転生ぽっちゃり聖女は、恋よりごはんを所望致します！2

葉月クロル
Chlor Haduki Presents

fairy kiss

この作品はフィクションです。
実際の人物・団体・事件などに一切関係ありません。

転生ぽっちゃり聖女は、
恋よりごはんを所望致します！2

転生聖女はぽっちゃりさん

「奥方さま、籠の用意はできてますよー」

我が家のメイドのディラさんがにやにや笑いながら言った。

「ありがとう」

今日も白い聖女服に身を包んだわたしは、ディラさんににこやかに微笑《ほほえ》む。

わたしの名はポーリン。レスタイナ国出身の、豊穣《ほうじょう》の聖女だ。

いろいろあって、ドラゴン族の末裔《まつえい》であるセフィードさんにこの屋敷に連れてこられ、今はガズス帝国にある、獣人たちが移住してきて作った『神に祝福されし村』の奥方さま（まだ婚約者だが、そう呼ばれているのだ）となって楽しく暮らしている。

ちなみに前世は日本の女子高生だ。人生の終わりに絶食状態になり、食べ物のことばかり考えていたせいか、食べ物飲み物に関するすべてのことを司《つかさど》る豊穣の神さまに、聖女として選ばれてしまった。神さまにたっぷりとご加護をいただいていて、食べ物に関わると素晴らしく運が良くなるため、毎日美味《おい》しいものに囲まれて暮らしているわたしは、体型がちょっとばかり……ええと、かなり、ぽっちゃりしているのだ。そのため、聖女服もウエストにゴムが入った特別製である。

けれど、こんなわたしのことを、セフィードさんを始めとする親しい人たちは『福々しくて美しい』と言ってくれる。

ちなみにセフィードさんが治めているこの村は、わたしが来るまでは『神に見放されし土地』と呼ばれるほどに寂れて貧しい場所であった。作物が育たないため、食糧不足で皆痩せ細っていて、村の人たちの目にはぽっちゃりしたわたしは豊かさの象徴のように見えたのだろう。

そんな村も、豊穣の聖女であるこのわたしがせっせと神さまの加護をいただき、畑を耕し、豊かに実った作物でとびきり美味しい特産品を作り、近くの町に卸したり、アップルパイが売りのカフェを開いたりしたため、食べ物に困らないどころか『神に祝福されし村』と呼ばれるほど住みやすい場所になった。

さて、このメイドのディラさんだが、実は人間ではない。嘆きの妖精という種族なのだ。

鮮やかな緑色の長い髪を後ろでまとめた彼女は、澄んだオレンジ色の瞳をいつも楽しそうに煌《きら》めかせている色っぽ可愛《かわい》い系の美女なのだが、どうも『奥方さまいじり』が趣味らしく、いろいろと余計なことをやってくれる。笑い上戸がすぎて嘆きの妖精をクビになっただけあって、陽気を通り越した悪ふざけが好きなのだ。

「ちょっとディラさん、いつの間にこんなものを！　この、『ポーリンちゃんのお部屋』っていうプレートはなんなの？」

新しく籠につけられたプレートを目にして、わたしは威厳を込めた口調でディラさんに注意した。

この籠は、元々は豚を運ぶのに使われた家畜籠なのである。使い勝手がいいので移動の時に愛用しているけれど、それを女主人であるわたしのお部屋と称するとは……。

だが、彼女はまったく悪びれた様子がない。

「だって、あたしがせっかくデコった可愛い籠を、誰かに盗まれちゃったら大変じゃないっすか！　だから、ちゃんと名前をつけときました」

「盗難防止にしては派手すぎないかしら？　なんでプレートの周りをぐるっと小さい魔石でデコってあるの？　とても光っていて素敵な仕上がりなんだけど……って、うっかり気に入りそうになっちゃったじゃないの！」

スマホを持っていたら、ぜひディラさんにデコらせたいと思うくらいの素晴らしい仕上がりだ。でも、やっぱりこれはあくまでも家畜籠なので、必要以上にデコって欲しくない。むしろなるべく地味にしておきたい。

そんなわたしの気持ちを無視して、この愛用の籠はすでにリボンやレースでかなり可愛くされてしまっているけれど。

ディラさんは、ふふっと笑って言った。

「あー、その石は旦那さまにもらったんっすよ！　セフィードさまに『奥方さまにぴったりな可愛い飾りが作りたい』って言ったら、魔物をがんがん狩って特別に光り輝く魔石をえぐり取ってきてくれたんっす。めっちゃ綺麗《きれい》っしょ！　いろんな色が揃《そろ》ったんで、存分に飾らせてもらいましたよ、うひひひひ、愛っすねー、愛されてますねー、憎いよ奥方さま、このこのっ！」

「え、えぐり取ってきたの？」

ディラさんがいつものように冷やかしてきたけれど、魔物の大量殺戮《さつりく》の証《あかし》でデコられても複雑な気持ちがするわ。

「ちなみに、魔物のお肉や骨はこのあたしが美味しく料理して、とっくに奥方さまのお腹《なか》の脂肪……じゃなくって、お肉になってますからね」

「あ、あら、そうだったのね。いつもごちそうさま。ありがとうね、ディラさん」

お腹に入ったなら、殺戮ではないので大丈夫。

むしろ、豊穣の聖女であるこのわたしに対する正しい振る舞いだと言えよう。

「いいんっすよー、あたしの料理を美味しく食べてくれる奥方さまが、あたしは大好きなんっすからね！　可愛らしい奥さまのために、もっと腕を上げられるようにがんばっちゃいますよ、なーんて、照れるっすねー、うひひひ」

わたしの背中をバンバン叩《たた》きながら下品に笑う美女だけれど、ディラさんは優しくて気のいいバンシーなのだ。本当は、ドラゴンも妖精も食事を取らなくても生きていける。だから、わたしが来るまではセフィードさんもディラさんも、家令を務めている家付き妖精のグラジールさんも、お茶を少し飲むくらいしかしていなかった。けれど、最近は食事の楽しさを知って、食いしん坊ドラゴンになったセフィードさんはもちろん、グラジールさんとディラさんもわたしと一緒にテーブルを囲んでくれている。美味しいものは、みんなで仲良く食べると余計に美味しいのだ。

さて、本日はこの籠に乗って、近くにある一番大きな町のオースタに行って、冒険者としてひと仕事する予定である。実はわたしは豊穣の聖女でありながら『闘神ゼキアグル』の大盾を使う選ばれし冒険者、でもあるのだ。

オースタの冒険者ギルド長のドミニクさんに「冒険者になって魔物肉をたくさん手に入れたら、村でいい干し肉が作れるぞ、かなりの儲《もう》けになるぞ」なんて唆《そそのか》されて、うっかり盾を手にしてしまったのがいけなかった。当初の予定通り、アップルパイが評判のスイーツの店だけを経営していればよかったのだ。まあ、確かに、干し肉作りで村の財政は潤ったのだけれど……。

いや、違う。わたしのせいじゃない。

誰にも使いこなせずに冒険者ギルドに飾られていたという伝説級の大盾を、面白がって聖女のわたしに持たせたドミニクさんが全面的に悪いのだ。

そう、この盾を持って『シールドバッシュ』という攻撃をしたら魔物が吹っ飛ぶのも、『大盾の猛牛殺し』なんて物騒なふたつ名をつけられてしまったのも、みんなみんなドミニクさんのせいよ。

わたしはか弱い聖女のポーリンなんですもの。

ね、闘神ゼキアグルさま？

だから、「シールドバアアアアーッシュ！」と叫ぶたびに、メラメラと燃え上がるような赤い聖なる光を大盾からお出しにならないでくださいませ。

わたしはやっぱり、『闘神の聖女』を兼任ですか？

狩った獲物のお肉を美味しく料理すれば『豊穣の聖女』として問題はないのですか？

でもね、乙女のポーリンは、一撃で魔牛を倒すワイルドなどすこい娘ではなくて、甘い砂糖菓子みたいな女の子でいたかったのです……。

「ポーリン、そろそろ出発しよう。大丈夫か？」

「はい、準備はできています」

仕事用の黒装束に身を包んだセフィードさんは……今日もカッコいい。

はあ、ヤバい。

家畜用の籠に片手を置いて、ちらっとわたしを見る姿は……尊い。

照れる！

乙女心が「いやーん♡」ってなっちゃう！

このセフィードさん、つまりわたしの婚約者は、実に見た目が良いのだ。以前は、顔も含む身体《からだ》の半分を、強すぎる力を封印するための痣《あざ》やひきつれで覆われていたたし、自分のことを呪われたドラゴンだと思い込んでいた彼は常に人目を避けて行動していたから、あまり素顔がわからなかった。

おそらく彼の好きな言葉は『物陰』とか『すみっこ』だったろう。セフィードさんはいつも、物陰からそっとわたしを見守っていてくれた……え、待って、ストーカーではないのよ？

そして、そんな彼を引きずり出して用事を言いつけ、なるべく他の人と関わらせようとするのがわたしのお仕事だった……違うの、下僕扱いではないの。

気配を消して影に忍ぶ彼は、実は高名なSSランク冒険者『黒影《くろかげ》』でもある。どのくらいすごい冒険者かというと、ガズス帝国から直々に依頼の声がかけられるし、武人として名を馳《は》せるガズス帝国の皇帝であるキラシュト陛下が、手合わせしろと追いかけ回すほどなのである。わたしと出会った時も、ガズス帝国軍に護衛として雇われていて、軍艦に襲いかかる海の魔物をほとんどひとりで倒してしまっていた。

しかし、封印が解けて元の姿を取り戻したセフィードさんの顔は、正面から見て衝撃を受けない者はいないのではないかというレベルで美しかった。その肌ときたら白磁のごとく透明感に溢《あふ》れ、うら若き乙女の柔肌のようにすべすべ滑らかで、赤い瞳は宝石のように澄んで美しい輝きを放っているし、鼻筋はすっと通って高く、少し薄めの唇も綺麗に整っている。

まあ、ひとことで言うと「めっちゃくちゃとんでもなく美形」ってこと。さすがは美しさを価値の基準としてきたドラゴン一族の中でも並外れた美貌だと言われた、ドラゴンの王子さまである。その上彼は背が高く、身体は筋肉質でありながらスリムなので、若い男性として大変魅力的なのだ。もしも日本に連れていったら、全世界のスーパーアイドルになっても不思議ではないほどに凛々《りり》しく美しい青年なのである。その手にエレキギターを持ってステージに立ったら、悲鳴を上げたバンギャが大口を開けたまま失神するほどのカッコよさである。

たとえギターを弾けなくてもね。

しかし、セフィードさんの真の素晴らしさはそこではない。まず彼は、可愛いのだ。

セフィードさんは、自分の屋敷の周辺に村ができたと知ると、土が痩せていて作物が育ちにくい土地に住む村の人たちが飢えないようにと、冒険者として出稼ぎに行っては報酬で食べ物を買い込んで、持ち帰ってくる親鳥のような人なのだ。誰に頼まれたわけでもないのに、せっせと食べ物を

運んできて「んっ」と渡すと去っていくセフィードさんは、村の人たちにものすごく愛されている。

そんな見た目はクールなのに優しくて思いやりがあるドラゴンさんは、最近人に懐き始めている。

わたしに餌づけされたのがその発端だ。今までは、あまり村とは関わらなかった（というか、村の人たちとどうコミュニケーションをとっていいのか知らなかった）セフィードさんなのだが、今はわたしにくっついて村の中を歩き回り、やっぱり無口なままお手伝いに参加して、焼きたての大好物のアップルパイを受け取ると「ぱあああああーっ！」と顔を輝かせてすみっこの方に行き（ああ、やっぱり今もすみっこが好きだったわね！）両手で大切そうに持ってもきもきと食べている。

口の端っこにかけらをつけて、食べている。

イケメンなのに！

くっつけてる！

彼に新作のおやつを渡すと、村の食堂のテーブルに座って、もきもきと食べる。そして、気に入ると口の端っこが少し持ち上がって、ひっそりと笑顔になっている。

お手伝いをしてくれた時に褒めたりすると、「ん……」と言って照れる。

ぽっと頬を染めて、ひそかに照れる。

ヤバい、可愛い、尊い。

見た目がイケメンなのに、オレさまにならずに、目立たないようにちょっぴり猫背になりながらすみっこにちんまりと座って、村の活動に参加できたとひっそり喜ぶドラゴンさんとか……最強すぎだろう！　萌《も》えが溢れすぎてる！　とわたしは天に叫びたい。

他人との関わりが苦手なコミュ障ドラゴンさんだけど、実はとても親切なことを知っている村の人たち（子どもたちを含む）は、そんなセフィードさんをそっと見守り「うちの領主さまは可愛すぎだろう……」と萌えている。

というわけで、彼を見るとついついわたしの鼻息がふんかふんかと荒くなってしまうのだ。


「どうしたんだポーリン、もうお腹がすいたのか？　ディラ、おやつと軽食を……」

彼はわたしの鼻息の意味を勘違いしている。無表情のセフィードさんが出す指示を（彼は長い間他人との関わりを避けていたので、表情筋のお休み期間が長く、あまり仕事をしないのだ）ディラさんが遮った。

「旦那さま、籠いっぱいにおやつとサンドイッチを積んでありますよ、このあたしに抜かりはないっすから！　足りない分は、旦那さまが町の屋台で買って奥方さまにあーんしてやってくださいよ、旦那さまの務めっすからね、ヒューヒュー、お熱いねー、このこのーっ！」

「あーん、か。なるほど……あーんは夫の務めなんだな……」

彼は頭の中にディラさんの言葉を刻み込んでいるようだ。

って、セフィードさんは素直すぎるし！

ディラさん、純真なドラゴンさんに変な教育をするのはやめて！

「ディラ、自分の主《あるじ》に向かってその口調はよしなさい」

そこへやってきたイケメン家令のグラジールさんが、失礼メイドをいさめてくれた。

「それよりも、さっき不幸な事故で二階の廊下に置いてある花瓶が崩壊してしまったので、その後始末を……」

グラジールさん、また割ったんかい！

わたしは心の中で突っ込んでしまった。

ディラさんは、グラジールさんの言葉の途中で叫んだ。

「うえええええー、嘘《うそ》でしょ？　あんたが壊せないように、すんごく重くて安定感がある花瓶をわざわざ帝都から取り寄せたっていうのに、絶対にぶつからないようにって、あたしが広い廊下のすみっこに置いたのに、グラジール、あんたまさか、あれを、やっちゃったわけ？」

「ふ、不幸な、事故、だから」

グラジールさんの声は震えていた。

「あー、やっちゃったんだね……まだ買ってひと月経《た》ってないのにさ……」

この、銀のサラサラ髪が美しい、白皙《はくせき》の美貌を持つ家付き妖精であるグラジールさんは、果てしない粗忽《そこつ》者なのだ……家付き妖精としての使命を果たせないほどの。

とにかく、物が壊れる。瓶を持ったら、間違いなく割れる。割らないように全力で気をつけても、うっかり転んで割れる。

うまく置けたと思うと、テーブルを蹴飛ばしてしまい、落ちて割れる。ついでにテーブルの脚も折れる。そのため、このセフィードさんのお屋敷には花瓶だの置物だの絵だのという装飾品を置くことができない。

先日なんて、とうとう、カーテンを開けようとして破いてしまった。緑の髪が艶やかで美しい妖精のディラさんに「頼むから、あんたはもうなんにも触らないで！」と叱られてしょんぼりする姿はかわいそうだったのだが、カーテンのみならず窓まで勢いよく引いて壊してしまった時には、もうフォローのしようがないわ……と諦めた。

ちなみに、ディラさんは見た目とは違ってものすごく器用なので、カーテンは綺麗に繕い、蝶番《ちょうつがい》がねじり切られた窓も元通りに直してくれた。素晴らしいメイドである。

発言は失礼だけれど。

絶対に壊されないように細心の注意を払っていた花瓶を『崩壊』させてしまったグラジールさんが、小さな声で言い訳をした。

「その、埃《ほこり》が積もっていたような気がして……少し磨こうとしたのですが」

「埃なんか積もってるわけないっしょ、このあたしがピカピカに掃除してるんだからさ！　わかったわ、あんた、家付き妖精らしい仕事がしたくなっちゃったんでしょ？」

今日もしょんぼりするグラジールさんは、家付き妖精の本能で、家の手入れをしたくてたまらないのだ。しかし気の毒なことに、あまりにも不器用すぎて、手入れをするとそれ以上に家が壊れていくという哀しい運命を背負っている。

「……わかったよ、大丈夫、あたしが片づけてやるからもう触っちゃダメだよ。あと、奥方さま、町に出たら鋼鉄の花瓶をひとつ、買ってきてくれない？」

「鋼鉄……ええ、探してみるわ」

うん、鋼鉄製の花瓶ならば、グラジールさんでも割ることはできないものね。

売っているかどうかが問題だけど！

というわけで、わたし専用の旅行用の籠に乗り込んで、いつものようにセフィードさんに運ばれて、オースタの冒険者ギルドにやってきた。町の入り口に降り立つと、門番さんに籠を預けることにする。

「こんにちは。お役目ご苦労さまです」

「いらっしゃい、聖女さん」

わたしが挨拶すると、ちょいちょい美味しいものを差し入れしているせいか（もしかすると、最近彼女ができて機嫌がいいせいかもしれない）門番の若者が笑顔で出迎えてくれた。

「今日はどんな用事なんだ？」

「冒険者ギルド長からの指名依頼よ。魔物の調査に行ってくるわ」

「そうか。聖女さんも立派な冒険者になったもんだな」

「わたしは盾を持ってくっついて回っているだけよ」

「いやいや、その盾が普通じゃないからな」

門を通してもらったわたしたちは、今度は冒険者ギルドの建物に向かうと、受付カウンターの顔見知りの若い女性が声をかけてくれた。

「ポーリンさん、黒影さん、こんにちは。お待ちしてました、こちらにどうぞ」

「ありがとう。これ、よかったら皆さんで召し上がってね」

「まあ、嬉しいです。いつもありがとうございます」

受付嬢は、レーズンと干しりんごを焼き込んだパウンドケーキを笑顔で受け取った。わたしはギルドに来る時には、たいてい美味しいお土産を持参している。

ギルドの受付嬢に案内されて、ギルド長室に入った。わたしたちは『神に祝福されし村』の領主夫妻（まだ婚約中だけど）という立場だし、セフィードさんは数少ないＳＳランクの冒険者なので、一般のカウンターを通さずにギルド長から直接仕事を依頼されることが多い。

「ドミニクさん、こんにちは」

「おう」

筋肉ムキムキの元冒険者であるギルド長のドミニクさんは、わたしたちの姿を見ると手早く机の上を片づけた。

「これはうちの村で作った干し肉よ。こんな感じの仕上がりにして、これが量産できるようになったらこの町でも売り出すつもりだから、味見をして頂戴な。保存用に濃い味つけにしてあるから注意してね」

わたしはドミニクさんに、試作の干し肉を渡した。うちの村の近所にも森があり、ツインテールビルを始めとする魔物が出るので、狩りができるのだ。そこで手に入れた肉は村の食糧となっているのだが、商品化の実現に向けて試行錯誤している。

「おお、できたのか。美味《うま》そうじゃないか、さっそく後で食べてみよう。アップルパイの店は順調なのか？」

「ええ。ティールームもオープンして、賑《にぎ》わっているわ」

素朴だけど美味しいアップルパイは、毎日食べても飽きないと町の人たちに喜ばれ、売れ行きが好調なので、併設してティールームも開いた。

ちなみに、ギルドの受付嬢に渡したパウンドケーキは、新作としてこの店で売り出そうとしているものだ。ここで働く人が食べて、美味しいと話題にしてもらえるといい広告になるのである。

わたしがギルド長のドミニクさんと話している間、セフィードさんは壁を背にして（どうしてもすみっこに行きがちなのだ）黙ってこちらを見ている。

「……どうしたの、ドミニクさん？」

ギルド長が眉をひそめてわたしを見たので、不審に思って尋ねた。すると彼は失礼なことに「干し肉をたんまり試食しすぎたのか？　一段と大きくなってるぞ、聖女さん」とのたまった。

「なんですって？　このわたしが干し肉ごときで太るはずがないじゃない……って、太ったの、わかる？」

「そりゃわかるに決まってるだろう」

「そう……」

わたしはぽっちゃりしたお腹を見下ろした。

うわあヤバい、胸より前に出てるわ。

毎日前にも横にも少しずつ盛り上がってきたせいで、気がつかなかった……。

「干し肉作りのためにツインテールビルを狩ったから、ステーキにぴったりの霜降り部分がたくさん手に入ったのよ。ほら、干し肉は傷みにくくするために赤身を使うでしょ？　だから霜降りの部分が余るのよね。で、いい感じにサシの入ったお肉を焼いて、お腹いっぱいに食べていたら……」

「こんなになったと」

　ギルド長に指をさされてしまった。

　村では連日のステーキ祭りが開かれたのよ。

　みんなと楽しく食べていたのに、どうしてだかわたしだけが、この通り丸くなってしまったの！

　ねえ、どうして獣人のみんなは太らないの？

　引き締まった身体のままなの？

「どうせ聖女さんのことだから、料理して、食って、料理して、食ってたんだろ。『豊穣の聖女』ってことで一番脂の乗った美味い部分を勧められて、腹いっぱい食ってたんだろ。でもって畑仕事は全然してなかったんだろ」

　ギルド長の言葉に、わたしはむうっとほっぺたを膨らませた。

「……その通りだけど」

「ま、そりゃ太るわな」

　うわーん、ドミニクさんにハートをサクッと斬られたわ！

「エネルギーの消費の多い獣人と同じ量を食べるのがまずおかしいし、食べた上に身体を動かさなかったというなら、そりゃあコロッコロにもなるだろうさ」

　うわーん、さらに斬られたわ！

わたしのハートは木っ端微塵《こっぱみじん》のミンチ状態よ！

「まあでも、『豊穣の聖女』のポーリンはいくら太っても健康には問題はないんだから、いいんじゃないか？」

「それはそうだけど」

「森で迷って食べ物が見つからなくても、それだけ身体についてりゃ長いこと生き延びられるぞ」

「迷わないし！」

ラクダのコブじゃないんだから！

乙女心が理解できないギルド長の言葉を聞き、わたしはさらにぷうっと膨れた。

「全然問題ない。ポーリンはまだまだ軽いし、可愛い」

背後に立つセフィードさんがぼそりと呟《つぶや》いたので、ドミニクさんは「旦那があぁ言ってるんだから、いいじゃねえか」と言った。

よかったわ、可愛いんですって。セフィードさん、大好き。

でもね。

セフィードさんは怪力のドラゴンだから！

大岩も持ち上げちゃうんだから！

『軽い』のレベルが違うのよー。

「……でも、これから魔物狩りに行くでしょ。いい運動になるから、きっと痩せると思うの」

わたしはそう言いながら、机の上にバスケットを置いた。

「おい、なんだこれは？」

「任務の前の腹ごしらえよ。ディラさんがサンドイッチを作ってくれたの。手作りのハムとトマトが挟まったとても美味しいサンドイッチと、森で摘んできたベリーを煮て作ったジャムとクリームチーズが挟まったとてもとても美味しいサンドイッチなの。うふふ、わたしが作るものはみんな美味しいのはご存じの通りよ。でも、このふたつは特に、辛い、甘い、辛い、甘いで、もう止まらない美味しさなんだから」

これから森の中をさまよって魔物の生息調査をしなくちゃならないから、しっかりと腹ごしらえをしておく必要がある。

「お前さんは、こういうのがまずいんじゃないのか？」

「まずくないわ、美味しいわ。お茶の準備をお願いね」

「お願いいね、じゃねえぞ。毎度毎度、なんで俺の机で食うんだよ」

「美味しいものを分けてあげるんだから、文句を言わないの」

「そういう問題じゃないんだがな……俺、ギルド長だぞ？」

「わたしは『豊穣の聖女』ポーリンよ？」

「ぐぬぬぬ」

なーんて、ドミニクさんが文句を言うのもお約束なのよね。

現場にもちょいちょい顔を出す、フットワークの軽い体力勝負のギルド長は、お腹のすくお仕事なのよ。いつもわたしの差し入れをぺろりと平らげてくれるわ。

その時、ドアがノックされて、三人分のお茶が届けられた。どうやらバスケットを抱えているわたしを見て「今日もおやつタイムに飲み物が必要だな」と気を利かせてくれたようだ。冒険者の権利を守る冒険者ギルドの職員は、なかなかのキレ者のようだ。

「職員教育がしっかりできているみたいね」

わたしは職員用のサンドイッチをバスケットから取り出すと「これも皆さんで召し上がってね」とお茶を持ってきてくれた青年に手渡した。彼は嬉しそうに会釈して、扉を閉めた。

「おう、ありがとう。うちの奴《やつ》らはすっかり餌づけされてるよなあ……俺もだけど。まあ、ゆっくり食ってくれ。どれ、味見させてもらおうか」

なんだかんだ言いつつ、食べっぷりがいいギルド長は素早くサンドイッチに手を伸ばした。そして、ひと口かじってもぐもぐごっくんしてから「くうううう一っ！」と顔をくしゃくしゃにした。

「どうしたの？　辛子《からし》が効きすぎていたのかしら」

「んんんんんんんまい！　美味いなこれは！　なんだ、なんて食べ物だって言ったっけ？」

「サンドイッチ、よ」

そう、サンドイッチはこの世界ではまだ普及していない。これはわたしがディラさんに頼んで作ってもらった特注品なのだ。

しかも、ハムは森で捕まえた豚（ちょっと、共食いじゃなくてよ！）を捌《さば》いて良い香りのする木で作ったチップで燻《いぶ》した村独自のジューシーな手作りハムだし、トマトも太陽の光と神さまのお恵みをたっぷり浴びてできたので、味が濃くてとびきりフレッシュだ。パンだって『神に祝福されし村』で育てて作った小麦粉をこねて石窯《いしがま》で焼いた、もちっとしてコクのある強い味のパンなのだ。

控えめに言って『絶対美味しいやつ！』なのである。

ちなみに、ジャムとクリームチーズが挟まった方は、ふんわりして甘みのある菓子パンにしてある。

「聖女さんや、これもあんたの開発した新しい食べ物なのかい？」

両手にサンドイッチを持ったドミニクさんが尋ねたのでそうだと答えると、彼は「できるなら、これもアップルパイの店で出すといいぞ」と言った。

「あら、そう？　なるほど、男性の口に合うみたいね」

「ああ、ちょっと摘《つま》むのにいい食べ物だから、パイが苦手な男もこれならいけると思うぞ。って、ここは冒険者ギルドなのに、なんで俺は商売のアドバイスばかり聖女さんにしてるんだろうなあ……美味いなあ……これは、美味いもんを持ってくる聖女さんのせいだろうな……こっちも甘すぎなくて美味いなあ……」

ドミニクさんは、わたしのサンドイッチを遠慮なく食べて、ふうっ、と満足のため息をついたのだった。

「ポーリン……そろそろ盾を受け取って、待ち合わせの場所に行こう」

あまり会話に参加せず、いつの間にかわたしの隣に来てもきもきとサンドイッチを食べていたセフィードさんがお茶を飲み干すと言った。彼は必要以上に喋《しゃべ》らないコミュ障ドラゴンさんなのだが、ドミニクさんには比較的慣れている。たぶん。

だが、ギルド長室でのおやつタイムでは、たいていはギルド長と会話するわたしの隣にちょこんと座って、なんとなく話を聞きながら美味しいものを満足そうにもきもきしている。今日も安定の、可愛い食いしん坊ドラゴンさんなのだ。

ドミニクさんの話によると、彼は腕は確かだけれど、以前はいつも俯《うつむ》いて顔を隠している上に猫背で、着ているものは真っ黒の、なんだか暗殺者のような雰囲気だし、他人とはろくに口をきかない無愛想な態度だった。そのため、胡散《うさん》臭く思う人たちに遠巻きにされたり、下手すると露骨に避けられたりしていたそうだ。

けれど今は、ドミニクさん曰《いわ》く「飼い主を見つけて餌づけされたご機嫌なわんこみたいだな、はっはっは」という感じでわたしにくっついて回っているため、このオースタの町にかなり溶け込んできていて、屋台の人から「黒影さん、いい肉が入ったから嫁さんに串焼きを買っていきなよ！」なんて声をかけられることすらあるのだ。

あ、あと、セフィードさんの素顔を改めて目にして、女性たちがぽっとなるということも……これはモヤモヤするわね！

この人はわたしの婚約者ですので、手出しは無用にございますわ。

サンドイッチを食べ終わってお茶を飲みながら、ドミニクさんが言った。

「おお、もう行く時間か。確か今日は斥候のジェシカと回るんだったか？」

「そうよ。困った魔物が生まれていないか、ぐるっと見てくるわ」

わたしは「聖女さんの村で、ぜひ美味しい加工肉を作って欲しい」というドミニクさんの勧めで冒険者登録をしてからすぐに、セフィードさんと『グロリアス・ウィング』という名のパーティーを組んでいる。パーティーの主な活動は、わたしたちの村で使う肉の確保だ。

ＳＳランク率いるグロリアス・ウィングはこの町を代表する冒険者のパーティーとなり、ギルド長からの特別な依頼も受けているのだ。

今日は、魔物狩りを行う冒険者たちのリスクを減らすための、森の見回りの仕事を受けている。時々異常に強い個体が発生するという、森のかなり奥まで入って調査してくるのだ。危険度が高いので、我々グロリアス・ウィングとよく一緒に組む斥候のジェシカさんが、ギルド長から指名されて請け負った。これは、魔物の討伐とは違って地味だけれど、定期的に行わなければならない大切な仕事だし、ついでに美味しい魔物を数匹倒してお土産にするのもＯＫなので、わたしとセフィードさんは何度か快く引き受けている。

「聖女さん、今日も美味いもんをありがとうな。ぜひまた頼む。あ、そういえば、お前たちの結婚式はいつやるんだ?」

ドミニクさんの言葉に、わたしはぎくっとした。

「結婚式、ですか」

「そうだ。アレか、ポーリンは聖女もやってるからなんか結婚式に特別な取り決めとかがあるのか？俺はそういうのはあんまりわからんのだが、そのつもりがあるんなら、早いとこ式は挙げといた方がいいぞ。冒険者なんて職業は、いつなにがあるかわからんからな」

「待ってください、わたしの本業は冒険者じゃなくて聖女の方なんですけど」

そうなの、わたしは『豊穣の聖女』としてのお務めが一番のお仕事なの。決して『猛牛殺し』の方ではないのよ。

そして、冒険者の黒影さんはドラゴンの姿にならなくてもSSランクの凄腕《すごうで》なので、なにかあるとも思えない。

「聖女の仕事が牛を吹っ飛ばすことか？　まあ聖女さんが気にしないのなら、結婚式は別にいいんだろうがな。女ってそういうのにこだわるって聞いたことがあるから」

「……そうなのか？」

そこで上目遣いのセフィードさんが反応して、ドミニクさんにぼそりと尋ねた。

「そうだぞ。女は綺麗な格好をしてみんなに祝われて、男は『他の女に目移りしたらボコボコにされるぞ』って脅される儀式だ」

ドミニクさん、あなたの結婚式ではなにがあったの？

「女は結婚式を挙げたがる……つまり、ポーリンも……」

セフィードさんは、そう言いながらわたしをチラッと見た。

せっかくのイケメンなんだから、正面からがっつり見つめてもいいのに。

「そりゃあね。一生に一度のことですからね。わたしだって、ウェディングドレスを着たいなあ、なんてことは思うけれど……」

わたしは言葉を濁した。

だって、確かにわたしは奥方さまとしてセフィードさんのお屋敷に住んでいるし、彼とは婚約しているんだけど。

……わたしたちはまだ、キスしただけの関係なのよね。

最初は大ダコとの戦いのために、セフィードさんに神さまの加護を渡した時で、二度目はセフィードさんからの、夜の川辺のプロポーズ確認の時よ。

それ以来、甘い雰囲気になんてならないから、あのプロポーズは夢だったのかしら？　なんて思ってしまうけど。

結婚式、かあ……。

わたしはちらっとセフィードさんを見て、彼が白いタキシードを着た姿を想像した。

ヤバい。

にまにましてしまう。

わたしは両手で熱くなった顔を押さえた。

「どうした？　歯でも痛いのか？」

んもう、デリカシーのないドラゴンね！

「俺は綺麗な格好をしたポーリンが喜ぶところは見たいが、ボコボコにされるのは嫌だ」

セフィードさんが眉をひそめてそんなことを言ったので、わたしは笑いながら「違いますよ、ドミニクさんの言ったことをそのまま信じてはダメよ」と彼をつついた。

「結婚式っていうのはね、ふたりがパートナーとして一生共に、幸せになることを目指して暮らしていきます、ってことを皆に誓う儀式なのよ。つまり……わたしがセフィードさんの番《つがい》になることを知らしめるということなの」

「番……そうなのか」

セフィードさんの表情が明るくなった。

「だから、他の女性に目移りしたらダメなのは、当たり前でしょ」

わたしがドミニクさんを睨《にら》むと、彼はそっぽを向いてごまかそうとした。そして、セフィードさんが不思議そうに言った。

「他の女性？　俺にとって大切な女性はポーリンだけだが。こんなに可愛くて可愛くて可愛らしい綺麗な人を奥さんにできて、どうして他の女性のことを考える必要があるんだ」

「え、やだ、もう、セフィードさんったら……好き」

わたしが思わず彼の指先をきゅっと握ると、彼はわたしの手を両手で包み込んだ。そして、顔を近づけて「俺はポーリンさえいればそれでいいんだ」と囁《ささや》いた。

「結婚式……する？」

「あ、そ、そうね」

「俺は世界中のすべての生き物に、ポーリンは俺だけの大切な番だということを知らしめたい。絶対に他の男には渡したくないから」

「そう、そうなのね」

「ん、そう」

イケメンのアップと甘い言葉で、わたしは眩暈《めまい》がするほど動揺した。

このドラゴンさん、やる時にはやってくれる男なのだ。ときめき大量生産乙女爆発装置なのだ。

見つめ合うわたしたちに、鼻に皺《しわ》を寄せたドミニクギルド長が文句を言った。

「おいお前ら、人の職場でいちゃいちゃいちゃいちゃいちゃ甘い空気を振りまくのはやめろ。あと、ウェディングドレスを着たいなら、聖女さんはもうちょっと……いや、かなり体重を落とさないとカッコつかないと思うぞ」

「うっ……」

痛いところを突かれて、毎日元気に増量中のわたしは言葉を失ったのであった。


わたしたちはギルド長の部屋を出ると、冒険者ギルドから少し離れたところにある防具屋に行った。そこにはわたしの『闘神ゼキアグル』の大盾を預けてあるのだ。

武器や防具は、使ったらきちんと手入れをしなくてはいけない。『闘神ゼキアグル』の大盾は神さまの祝福が付与された盾だけど、やはり手入れは必要なのだ。そこで、防具屋と契約をして毎回預かってもらっているのである。防具屋の方も『闘神ゼキアグル』の大盾を店内に飾っておくのは信用がある店だという証になるから、喜んでくれている。

ちなみにこの盾は、闘神に認められた者……すなわち、わたしにしか使えない盾なので、盗難に遭うこともない。さらに、この盾の表面には、ゼキアグルさまの名前が彫刻されているのだ。こんな畏《おそ》れ多い盾を盗んだりしたら即座に天罰が下るだろうから、誰も手を出そうとは思わないだろう。

あ、何度も言うようだけど、わたしは『豊穣の聖女』ですからね！

冒険者はアルバイトのようなものだし、まだ『闘神の聖女』だという正式な神託は受けていないのよ、本当よ。


聖女服に盾を持っただけのわたしと、黒ずくめの服装で武器を持たないセフィードさんという、冒険者にしては身軽な姿のわたしたちは、ジェシカさんと待ち合わせている『ハッピーアップル』というカフェに向かった。

ええ、この店はわたしがプロデュースして出している、アップルパイの専門店なのよ。味はもちろんとびきり美味しいし、カフェは男性にも気軽に入りやすいカジュアルな雰囲気だから、デートの待ち合わせなんかにもよく使われているわ。

そうだわ、ドミニクさんのアドバイスを取り入れて、今度メニューにサンドイッチを加えなくっちゃね。

「あっ、ポーリンさま！」

店に入ると、狼《おおかみ》の獣人であるジェシカさんが手を上げて合図をした。このスレンダーな美女は腕利きの斥候で、わたしたちの『神に祝福されし村』の人たちと知り合いなのだ。

実は、この獣人たちで構成された村には秘密がある。村人となった彼らは、遠く離れたガルセル国から逃げ出してきた亡命者なのだ。

この村はガズス帝国の一部なのだが、元々『神に見放されし土地』と呼ばれる神さまの恵みが届きにくい場所にあり、帝国の人々に認識されていなかった。そこへ、世捨て人のようなセフィードさんが住み着き、彼のドラゴンとしての覇気を嫌って強い魔物が逃げ出したため、そこそこ安全な場所になりだしたところに獣人が集まって村ができたのだという。

わたしがやってきて神さまにお祈りしてからは、心優しい獣人たちの信仰心が育ったこともあり、今では『神に祝福されし村』となったのだが、やっぱりキラシュト皇帝もこの村の話をすぐに忘れてしまうし、オースタの町の人々がやってくることもない不思議な村のままなのだ。

神さま公認の隠れ里、ということなのだろうか。

そして、ジェシカさんもやっぱりガルセル国からやってきた女性で、彼女は才能を生かして冒険者となり今日に至っている。村の女性たちが働く『ハッピーアップル』がオープンして、この店で同郷の人々と再会したジェシカさんは、涙を流して喜んでいて、今はこの店の常連なのだ。

「ジェシカさん、今日はよろしくね」

「こちらこそ、よろしくお願いします」

動きやすそうな装備の彼女は、わたしに頭を下げた。

「そろそろ大物が生まれていてもおかしくない時期なので、D区域は要注意です……といっても、黒影さんとポーリンさまの敵ではありませんけどね。そうそう、もしかすると、スリーテールビルが見つかるかもしれませんよ」

「あら、それは耳寄りの情報だわ！　見つけたらぜひゲットして、うちの村に持って帰らないと」

森には、なかなか手強《てごわ》いツインテールビルという魔牛がいて、このお肉はとても美味しいのでうちの村の加工肉の材料にしているのだ。そして、スリーテールビルは巨大なツインテールビルの倍以上も大きく、お味はそれ以上に美味しいらしいのだ。ツインテールビルでさえ、かなりのいいお肉の牛で、食べると力が湧いてくる。スリーテールビルともなると、高級な中でも最高級の貴重なお肉なので、なかなか手に入らないのだが、どうやらチャンスが巡ってきたようである。

ギルドへの報告は、魔物の体内から取れる魔石を見せればいいから、もしもスリーテールビルが狩れたらそのまま村に持ち帰ってしまおうと、わたしは心を弾ませた。

ご機嫌のわたしを見て、ジェシカさんは「……そのいい笑顔、さすがポーリンさまです。普通の冒険者なら、スリーテールビルが出るなんて聞いたら恐怖で顔を引き攣《つ》らせるのに」と笑った。

ふふふ、美味しいもののためならどんな障害も体当たりで粉々にしていく、『豊穣の聖女』ですからね。美味しいお肉ちゃん、待っていらっしゃいな！

準備ができたわたしたちは、森の中へと出発した。森は危険度によってA区域からD区域に分けられているのだが、わたしたちは比較的弱い魔物しか出ないA、B区域は飛ばすことにした。

「では、行く」

「はい、お願いするわね、セフィードさん」

「黒影さん、よろしくお願いします」

自然にわたしをお姫さま抱っこしたセフィードさんが、背中から黒い翼を出した。強靱《きょうじん》なドラゴンの翼だ。わたしを横抱きにした彼は、おやつを食べている時とは違ったキリッとした口元をして空中に飛び上がり、地面がはるか下になった。彼が腕に引っかけるロープの先には、お菓子のバッグをくくりつけられたわたしの盾があり、その上にはロープの輪に足をかけたジェシカさんが器用にぶら下がっていた。

さすがは身軽な斥候職である。

女性をふたりと、ものすごく重いはずの大盾（そして、大切なおやつ）を持ち上げて軽々と飛んでいる力持ちのセフィードさんだが、彼曰く「この程度なら羽根のように軽い」のだそうだ。大ダコをもぶら下げることができる怪力のドラゴンなので、人化した姿でも身体の作りが人間とは違うようだ。
A、及びB区域の空には飛行する魔物はあまり出てこない。出てもせいぜいスズメくらいの、手で叩き落とせそうな小さな魔鳥（食べるところが少ない）とか、小さなコウモリ型の魔物（身が硬くて筋張り、美味しくないから捕まえないけど）くらいである。
これが一番危険なD区域ともなると、ワイバーンというかなり強い魔物が出てくることもあるため、用心が必要だ。まあ、ドラゴンに似ていてもトカゲ寄りのワイバーンなんて、セフィードさんなら瞬殺だろうけれど。あと、ワイバーンのお肉は美味しいし、皮や骨は加工すると良い素材になるので喜ばれるから、むしろ見つけたら喜んで狩らせていただくと思う。

一番広く、新人向きの狩りや様々な効能がある草の採取が行われるA区域を越えると、木がまばらに生えるB区域になる。ここはA区域とは違って、魔物がそこそこ強い。そのためもう少ししっかりした装備を揃えた中堅のパーティーがちらほら見られる。

やがてわたしたちはC区域の前に着いた。ここから先は本格的な森になる。

C区域は冒険者にとって本番の狩場だ。出てくる魔物も強くなるけれど、力のある魔物からは良い魔石が取れるし、解体した皮や肉や骨や牙も素材として上質で高値で売れる。そして、この森の中では薬屋に高く売れる植物なども採取できるので、ベテランのパーティーは皆このあたりまでやってくる。何日もかけて目当ての魔物を狩るために、魔物除《よ》けの道具を持ってきて野営をしたりもする。

森を進み、D区域に近づくにつれて、木々には葉が繁《しげ》り昼間でも暗い雰囲気になってくる。こんな場所でも、セフィードさんひとりならなにも気にせずにどんどん進んでいくのだろうけれど、今日はわたしが一緒なので危険を避ける。まずは斥候のジェシカさんが先に進み、様子を確かめてから、安全第一で進んでいく。D区域は、本気で危険な場所なのだ。本来ならば、わたしのようなか弱い新人女性が来るところではない。

狼タイプの獣人のジェシカさんは身体能力が高く、素早さや耐久力が優れている。狼なので目もいいし勘も鋭いので、斥候という役割に最適なのだ。水場を見つけたり、任務中の食料の調達なども得意で、パーティーに斥候がいるかいないかで成功率がかなり変わってくる。

たくさん仕留める必要がある駆除とは違い、狩りというのは獲物に気づかれずに奇襲をかけて急所を突いて仕留めるのが基本なので、ワイバーンクラスの相手でなければ一撃の強さはさほど関係ない。また、冒険者として長く働く秘訣は、命懸けの戦いをしないことでもある。

ちなみに、熊タイプの獣人になると、まさに熊並みの怪力を持つので農作業に適している。うちの農作業班のチーフも優しくて力持ちの熊のおじさんなのだ。

足音を立てずに、ジェシカさんが偵察から戻ってきた。

「この先にスケアルフの群れがいます。どうやらこちらの存在を認識しているようで、十匹ほど向かってきます」

「ありがとう」

わたしが頷くと、セフィードさんが言った。

「十の群れか。ポーリン、ひとりでいけるか？」

「大丈夫よ、わたしに任せて」

「では、援護に回る」

セフィードさんとジェシカさんが後ろに下がり、わたしは大盾を構える。経験を積むために、犬に似た魔物のスケアルフ程度ならなるべくわたしが戦うようにしているのだ。森の奥から唸《うな》り声がして、弾丸のごときスピードで走るスケアルフの姿が見えてきたので「こっちよ、わんこちゃん！」と魔物に叫んで、わたしを狙うように誘導する。

「ほら、わんと鳴いてごらんなさい」

馬鹿にする気持ちが伝わるのか、怒りに燃える魔物の目はわたしを捉えている。まんまと挑発に乗ったスケアルフが「グルァーッ！」と叫びながら向かってきたので、わたしは群れに向かって走り、盾を突き出した。魔物にもいくらか知性らしきものがあり、わたしを格下と認定したスケアルフは隙だらけだ。舐めきった瞳で食い殺そうとする。

「シールドバーッシュ！」

そう叫ぶと、盾から「燃える闘魂！」といった感じの神聖なる赤い光が溢れ出して、わたしを包んだ。魔物たちが異変を感じ取っても、もう止まれない。

わたしが構えた盾に向かって、吸い込まれるように飛び込んできたスケアルフたちは、「ギャウウウーン！」「ギュワアアアーン！」と悲鳴を上げながら吹っ飛んでいく。わたしは盾の角度を調節して、魔物がうまく同じ場所に落ちるようにした。バレーボールで、レシーブしたボールをセッターに集めるような感じでぽーん、ぽーんと重ねていくのだ。

ちょっと離れた場所に、あっという間に魔物の山ができた。

「さすがです、ポーリンさま。凶暴なスケアルフを一撃で倒し、あっという間に全滅させるなんて。しかも獲物を一か所にまとめてくださるという女性らしい心配りをありがとうございます！　闘神ゼキアグルの化身と呼ばれるだけある素晴らしい闘気でしたね、燃える闘魂に心が震えました」

「あら、畏れ入ります」

わたしは聖女らしく、上品に微笑んでみせた。

ジェシカさんはニコニコしながら「まとまっているから作業が楽だわ」とスケアルフを解体して、魔石を取り出してくれた。スケアルフの毛皮は売れるのだけど、今日は調査がメインなのでお目当てのスリーテールビル以外は持って帰らない予定だ。残念ながら魔石以外は破棄することにする。

その脇で、無言のセフィードさんが、地面をガッガッと掘ってくれたので（ドラゴンの爪って便利よね）そこにスケアルフを落として綺麗に埋めてしまう。

あ、ちょっと待って。

今、聞き捨てならないことを言われたような気がするんだけど。

なに、わたしが闘神さまの化身？

「よし、埋め終えた。先に進もう」

セフィードさんが言うと、ジェシカさんがまた先に行って様子を見てくれた。

「他に魔物の気配はありません」

「ありがとう、ジェシカさん。今日はたいした魔物はいなさそうね。でも、危険度の高い魔物が生まれて、それを恐れて小物が逃げ出している可能性もあるから、しっかりと調べましょう」

魔物調査の依頼では、ジェシカさんが大活躍なのだ。けれど、ベテランのジェシカさんでも単独ではここまで来ることができない。前衛を務める攻撃力抜群のセフィードさんと、守ることならパーフェクトな防御担当のわたしがいるからこそ、こうして安全に調査ができるのである。

「そうですね。D区域の奥にある山から、大物が降りてきている可能性もありますからね。ゆっくり進んでいきましょう」

この山というのが強い魔物が棲《す》みついていて、また難所なのだ。山の向こうには砂漠があり、さらにその先にはジェシカさんや村の人たちの故郷である獣人の国ガルセルがあるという。

ガズス帝国のキラシュト皇帝は、自身もかなりの腕を持つ剣士で、武力で各国を攻めて統一してきた。まあ、こちらの大陸はわたしの故郷のレスタイナ国が位置する大陸とは違って、強い者が崇《あが》められる風潮があるということなので、今のガズス帝国内はキラシュト皇帝の人気が高く、なんだかんだ言ってうまくまとまっているらしい。見た目が抜群の男前だし、大剣を振り回す姿が勇猛だし、男性も女性もその心を惹《ひ》きつけられてしまうようなカリスマ性があるということなのだろう。たくましい腕でお姫さま抱っこをされた時には、このわたしでさえ不覚にもドキドキしてしまったくらいだ。

けれど、そのキラシュト皇帝でも、獣人の多い国に攻め込むことはしない。その理由のひとつが、この地形である。国を隔てる山にはD区域と同じくらいかそれ以上に強い魔物が棲んでいるし、その向こうはカラカラの砂漠なのだ。もちろん、砂漠にもタチの悪い魔物がいるので、下手に軍隊を出したら全滅しかねない。

腕力だけではなく頭脳も優れているキラシュト皇帝ならば、やろうと思えばできるのかもしれない。けれど、彼は別に全世界を支配しようなどと思っているわけではなく、小さな国々を統一して安定した強国を作りたかっただけであった。

「数は力だからな」

そう言って、帝国に君臨するカリスマ皇帝は笑った。

「人は群れて生きる社会的な生き物だ。個々の力は弱くても、皆の力を合わせると大きなことができる。まあ、俺の場合は話し合いなどというまどろっこしいものは使わずに、剣を使って皆を束ねたがな。手段はどうあれ、良い国を作ろうという気概で事を進めれば国民はついてくるものだ」

青い髪のイケメン皇帝は、そう言って妻の膨らんだお腹を優しく撫でた。

「余の子どもや孫たちが安心して暮らせる国を作るために、どんな手段を使ってでも国をまとめていくつもりだ」

まあ、そんなことなので、ガズス帝国には獣人の国ガルセルを侵攻する予定はないらしい。

わたしたちのパーティー、グロリアス・ウィングは戦力は充分なので、襲ってくる魔物を倒しては魔石を取り出して埋め、D区域を進んでいった。やがて、例の危険な山にたどり着いた。この山の半ばくらいまでは調査して欲しいという依頼内容だ。わたしたちはジェシカさんを先頭にして足を踏み入れた。

「偵察してきますね」

素早い身のこなしで木が生い茂る山道を登っていったジェシカさんは、少しすると難しい表情で戻ってきた。

「この先で、血の臭いがします。それに……獣人の臭いも」

「獣人ですって?」

顔をしかめて、ジェシカさんが頷《うなず》く。オースタの町で活動する獣人は少なく、ほとんどがジェシカさんの知り合いなので、彼らのパーティーの動きは彼女が把握している。

「オースタのパーティーメンバーではないですね」

「そうすると……まさか?」

「『神に祝福されし村』の者たちのように、ガルセルから亡命してきた獣人の可能性が高いな」

領主であるセフィードさんが言った。彼は保護欲の強い親切なドラゴンなので、頼ってくる獣人たちは全部村に迎え入れて守るつもりなのだ。

「そうね、ケガをしているかもしれないので急いで助けに行きましょう!」

「黒影さん、ポーリンさま、ありがとうございます」

同胞の危機に向かおうとするわたしたちに、ジェシカさんは頭を下げてお礼を言った。

「こっちです。血の臭いが強くなってきました」

わたしたちはジェシカさんの後を全力で追いかけた。農作業をしているから体力には自信があるけれど、神さまの加護による上底《あげぞこ》冒険者のわたしは山道には慣れていない。なので、山なのに身軽に進んでいくベテランのふたりのスピードに追いつくのは難しい。

と、その時、おやつのカバンを背負っている黒影さんが、大盾を持つわたしをひょいと抱き上げた。

「こっちの方が速いから」

正面を見て走りながら、セフィードさんが言った。わたしという大荷物を抱えているのに、まったくスピードが落ちない。

なんかもう、お仕事中のセフィードは普段の食いしん坊さんとは違う顔ばかりなので、無駄にときめいてしまう。

「あの、ありがとう」

心の準備もなく急にお姫さま抱っこをされたりすると、恋愛偏差値が非常に低いわたしとしては胸のドキドキが大変なことになってしまうのだが、今はそれどころではない。脳内に、前世で読んだような学園ラブコメを展開しそうなのをこらえ、気を引き締めようと努力する。

やがて、ジェシカさんが足を止めて木の向こう側を示しながら言った。

「これ以上近づくと、向こうにも気づかれると思います」

セフィードさんが、そっと地面に降ろしてくれた。どすんと落とさないあたりに、彼の愛情を感じる。

「構わないわ、早く行きましょう。魔物と戦ってケガをしているなら急いだ方がいいわ」

鼻の良い魔物たちが、遠くから血の臭いに気づいて集まってくる恐れもある。わたしたちはわざと物音を立てながら進んで、出血しているらしい獣人の前に姿を現した。

「誰だ？」

「あらま、子ども？」

そこには虎の耳がついた大男が、丸くて小さな白いネズミの耳をつけた十歳くらいの女の子を抱いて、木の根元に寄りかかるようにして座っていた。女の子はほっそりしていてまっすぐな長い髪は銀色に輝き、水色の服を着ていて、妖精のように美しい。ぐったりと横たわり目を閉じているので目の色はわからないが、元気だったら大変な美少女だろう。

それにしても、この子は痩せすぎのような気がする。

がっちり体型の虎の男性は、突然現れたわたしたちを警戒しているが、どうやら彼には立ち上がるだけの体力が残されていないようだ。出血しているのは彼らしく、身体中に血がこびりついている。髪はぼさぼさで顔には髭《ひげ》が生えていて、人気《ひとけ》のないところではあまりお目にかかりたくないような感じの男性だ。しかしその服装は、かなりボロボロになっているが質が良さそうで、冒険者が着るものではないように思える。元はなにかの制服だったのかもしれない。

わたしはケガをしている男性に声をかけた。

「大丈夫ですか？　わたしたちはガズス帝国にあるオースタの町の冒険者パーティー『グロリアス・ウィング』で、この付近の見回り依頼を受けて回っています。見たところ、ケガをされているようですが……」

女の子の状態が良くないようなので、わたしはなるべく静かに声をかけて敵ではないことを伝えようとしたのだが。

「失《う》せろ、人間」

即、敵意を剝《む》き出しにされた。

「あら、あなたはもしかして人間はダメな方？　獣人至上主義とかだったら、今は引っ込めて欲しいのだけれど」

わたしは思わず呟く。世の中には様々な差別をする人がいるのだ。けれど、ムキムキの男性だけならともかく、か弱い女の子がいる。あの子はなんとか助けてあげたい。

わたしがジェシカさんを見ると、彼女は顔をこわばらせながら男性を凝視していた。

「あなたは……まさか、剣士バラール？」

彼は眉をぴくりと動かした。

「もしかして、この虎の人はジェシカさんのお知り合いなの？」

「知り合いというか……有名な方なので、実際に会うのは初めてですが顔を知っています。彼は剣士バラールという、ガルセル国ではその名が知られた、王家に仕える戦士です。そして……」

「黙れ、裏切り者の狼め！　勝手に人間に情報を漏らすな、獣人の誇りを捨てたのか！」

「なんですって？　聞き捨てならないわね！」

虎男のバラールさんの言葉に、ジェシカさんは声を荒らげた。両者とも、耳の毛が逆立っている。

ジェシカさんは、狼の耳がついた、こげ茶の髪をショートカットにした二十三歳の女性なのだが、いつも明るく、冒険者にしては落ち着いた穏やかな性格をしている。

「わたしを裏切り者呼ばわりするほど、あなたはなにを知っているの？　いくらバラール殿でも侮辱は許さないわよ」

ジェシカさんは、相手がケガ人でなければ、飛びかかって喉を掻《か》き切りそうな勢いだ。

彼女が本気で怒る姿を初めて見たので、わたしは驚いた。きっと獣人にとっては、誇りというものがとても大切なもので、それを貶《おとし》められると酷《ひど》い侮辱になるのだろう。

喧嘩《けんか》になりそうなので、わたしはふたりの間に割って入った。

「ふたりとも、少し落ち着きましょう。バラールさん、ジェシカさんは大変立派な方です。初めて会った女性を侮辱するのは紳士的とは言えませんよ。それよりも、そのぐったりしている女の子の容体を見せていただけますか？　ケガをしているのはあなただけで、そのお嬢さんではないですよね？　発熱をしていませんか？」

「近寄るな！」

虎のバラールさんは、牙を剝き出しにして恐ろしい唸り声を上げた。

「お前のような胡散臭い女に、この方を触れさせるつもりはない。ここから立ち去れ」

「まあ……駄々をこねないでくださいな。わたしたちが立ち去って、あなたはそのお嬢さんを助けられるというの？　今の状態では、ふたり仲良く魔物に食べられた後始末をわたしたちにしろと言っているようなものですわ。愚かなことを言わないで頂戴。早くその子を手当てしないと……」

大人が数人現れて大きな声で会話をしているというのに、目を開けることもできないなんて、かなり体調が悪いのではないだろうか？

「来るな！」

「きゃっ」

どこにそんな力が残っていたのか、彼はわたしに向かって鋭い爪を伸ばし、その腕を振るった。

しかしそれは、わたしを庇《かば》ったセフィードさんが出した爪に弾かれる。

「おい、失礼な虎。俺の番に手を出すと、ただでは置かないからな」

剣士バラールは恐ろしい表情で、敵意を表している。

「そっちこそ、このお方に触れたらただでは……なんだと？　その闘気、まさか……くっ、この俺を圧倒するとは、き、貴様は、人間でも、ただの獣人……でもないな？」

「……」

「なんという荒ぶる威圧感……強い……強い男だ……」

女の子を守るように抱えてセフィードさんを見るバラールさんの額から、汗が流れ落ちた。

「貴様、な、なに奴？」

拳で語り合う系なのかしら？　なんて思いながらも、わたしはまた割って入る。

「まああまあ、小さな女の子を助けるのが先よ。バラールさん、早くその子をわたしに見せて頂戴。わたしの名はポーリン。『豊穣の聖女』ポーリンよ。神さまのご加護で癒やしを与えることができます。だから……」

「聖女だと？　ふん、人間のくせに聖女を名乗るな、偽聖女め！　さては邪悪なるものの手先だな？　聖女とは、この、この……」

バラールは（さすがにむかっときたので、呼び捨てに決定よ）聖女という言葉に反応してわなわなと唇を震わせた。ジェシカさんとセフィードさんが、そんなバラールに対してさらに腹を立てたようで、わたしをぐいっと押しのけて虎男に怒鳴った。

「ポーリンさまが聖女を名乗らなかったら、誰が名乗るのよ、アホ虎のうすらトンカチ！　駄虎！　頭空っぽのバカ虎、バラールじゃなくてばかーるだ、ばーかばーか！」

「おい、ダメ虎！　俺の番を侮辱すると、たとえケガ人でも許さない！　ポーリンは最高に可愛くて優しくて綺麗で素晴らしい神の恵みの結晶でこの世の宝石とも言える聖女の中の聖女なんだ。わかったら這《は》いつくばってニャンと鳴け駄虎！　にゃーごにゃーごばーかばーか！」

ひいっ、コメントに困るわふたりとも！

そして、セフィードさんがそんなに長いセリフが言えるなんて知らなかったわ！

でも、内容！

恥ずかしい！

しかもなんだかレベルが幼児っぽい！

「な、な、なんだと、貴様ら……」

「……た……たすけて……」

妙な雰囲気の中、ネズミの少女の小さな声がした。

「バラールが……酷いケガを。どなたか存じませんが、お願いします……どうぞこの人を……バラールを、助けて、くだ……」

女の子が、力を振り絞ってわたしたちに頼んでいる。

バラールは真っ青な顔をしながら自分を気遣う少女を見て、顔を歪《ゆが》めた。泣きそうな虎になっている。きっと彼女は、とても大切な女の子なのだろう。

「シャーリーさま！」

「おね……が……」

そのまま、意識を失ったようだ。

「シャーリーさま、しっかりなさってください！　ああ、姫……」

「わかりました。この失礼な虎は必ず助けるから、安心なさい」

わたしは目を閉じたままの少女に言った。

「バラール、あなたが喧嘩腰でいると、その子は大変なことになるわよ。こんなに小さな子に気遣わせて恥ずかしいと思わないの？　早く手当てをしましょう」

「偽聖女のお前の言うことなど」

「はいはい、わかったわ。そんなにわたしのことが嫌いなら、わたしはなにもしないから落ち着きなさい。ジェシカさん、このバラールはわたしに対して偏見を持っているみたいだけど、悪人ではなくこのお嬢さんのことを守っている、そういう認識でいいのかしら」

「……そうですね、ポーリンさま。悪人ではない、というのは保証できませんが。でも、獣人の風上にも置けないかなり嫌な奴なんで、こいつは助ける必要はないと思います」

「あらま。温厚なあなたがそんなに怒るなんてね」

ジェシカさんは、吐き捨てるようにして「虎は捨てておいて、女の子の手当てはお願いします」と言った。よほど頭にきているようだ。

「ほほほ、わかりました。セフィードさん、町に戻ってわたしの乗ってきた籠を持ってきてもらえるかしら？　このふたりを『神に祝福されし村』に連れていきましょう。向こうに着いたら、村に住む獣人の仲間たちがあなたたちの手当てをしてくれるわ。わたしは手を触れません。バラール、それならいいわね？」

「偽聖女め、この俺を呼び捨てにするとは……」

「失礼な虎に尊称はいりませんわ。あのね、有名な剣士だかなんだか知らないけれど、他人に礼儀を求めるなら、まずは自分からですよ！　今のあなたは躾《しつけ》がなっていない虎です。立派な大人がそんなことでどうするのですか、そんなことではそのお嬢さんに恥をかかせますよ！」

「な、なんだと、貴様、貴様は……」

「そのお嬢さんが大切ならば、あなたはもっときちんとなさい！」

わたしはピシャリと虎を叱りつけた。虎は「ぐぬぬぬ」と唸り、なにも言えなくなった。

「セフィードさん、わたしたちはここにゼキアグルさまの結界を張って待っているわ」

わたしは大盾を地面にさくっと刺して、表面に彫られた神さまの名前を指でなぞって微笑んでから、天に向かって祈った。

「闘神ゼキアグルさま、ポーリンの名においてお願い申し上げます。この場に護《まも》りの加護をくださいませ」

するとﾞ、盾の名前から赤い光が頭上に広がり、わたしたちの居場所を包むように降り注いだ。いつもながら、頼もしいご加護だ。

「さすがはゼキアグルさま、素晴らしい結界ですわ……しかも、とても美しいです。いつもご加護をありがとうございます」

すべての魔物から完璧にわたしたちを守ってくれる、きらきらと光る中で、バラールはぽかんと口を開けた。

「な……んだ、これは。こんなものは見たことがない……貴様はいったい……」

「これは神さまのありがたい結界ですよ。この中には魔物は入ってこれないし、血の臭いも外に漏れないから気づかれにくくなるわ。ここにいれば安全なのよ。それじゃあ、セフィードさん、籠をよろしくね」

「わかった、すぐ戻る」

彼は背中のバッグをわたしに渡すと、翼を出して垂直に飛び上がり、姿を消した。

「と、飛んだ、だと?」

わたしは驚く虎は無視して言った。

「じゃあ、しばし休憩ね」

別の木の根元に座り、ジェシカさんに「おやつにしましょうよ」と言った。そして、虎によく聞こえるように言った。

「ねえ、ジェシカさん。おそらくバラールは、わたしの食べ物なんて欲しくないでしょうからね……本当は、その女の子に水を飲ませてあげたいんだけど」

「水を……」

出血多量気味の虎は、思わず、といった様子で呟く。砂漠を越えた上にこの山を登ってきたのなら、ふたりともかなり喉が渇いているはずだ。

「脱水すると、いろいろなつらい症状が出るから、早くお水を飲ませてあげたいんだけど。そうだわ、ジェシカさんの味見した水なら大丈夫かしら？　つまり、普通の人間のわたしのことは信用できなくても、獣人のジェシカさんが飲んだ水を、さらにバラールが毒見したのならば、納得してその子に飲ませるかしらね？」

「そうですね。飲ませるかもしれませんね」

わたしは水筒をひとつ、ジェシカさんに渡した。彼女は口を開けると中の水をごくごく飲んで、水筒をバラールに渡して、わざとらしく丁寧に言った。

「剣士バラール、どうぞ」

「……」

バラールはしばらく黙って水筒を見つめていた。やがて彼は小さな声で「すまん」と言ってそれを受け取り、口をつけた。数口飲んで大丈夫なことを確認すると「シャーリーさま、水です。口を開けられますか?」と女の子に尋ねた。うっすらと意識があるらしい彼女は震える唇を開けて、半ばこぼしながらも水を飲む。

「……おいし……」

「その水筒はバラールに差し上げるわ。少しずつでも、水を飲ませて頂戴。あと、あなたが気を失ったらその子を運ぶ人がいなくなるから、あなたもしっかり水を飲んでおきなさい」

「貴様は、この俺に……」

「もうっ、そういうのは後で元気になってからにして！　今は体力を温存なさい。ほら、ぐずぐずしないでさっさと飲む！」

わたしは孤児院のいたずら坊主たちにしたように虎を叱りつけると、バッグの中から甘いおやつを取り出した。干した果物やナッツやシリアルを固めた栄養満点のバーだ。これは村で量産して、冒険者ギルドに卸している。美味しくて力の出る携帯食として、とても評判がいいのだ。

「ジェシカさん、申し訳ないけど、これをかじってからあの虎に渡して」

「ふふっ、わかりました。バラール殿、見てください。かじりますよ」

ジェシカさんがバラールさんに見せつけながら毒見をして、バーを渡す。

「バラール、よく噛《か》んでから飲み込むのよ。見たところ、あまり食事を取れていないみたいだから、急に食べると胃が拒絶しちゃうわよ」

「ふんっ、わかっている……ん？　いい匂いがするな」

バラールは甘いバーの匂いを嗅いでから、ひと口かじって「！」という顔をした。その姿が驚いた猫のようなので、わたしは噴き出しそうになるのをこらえた。

「なんだ、この食べ物は？」

「美味しいでしょ。うちの村で作っている携帯食なのよ。でも、ゆっくりよく噛んで食べるのですよ。お腹と相談しながらね」

彼はもう文句を言わなくなった。もぐもぐと口を動かしてバーを食べている。美味しいものの前では、怒りも不安もおさまるのだろう。どうやら彼の口に合ったらしく、虎の喉が少しゴロゴロいってしまっているが、わたしは気がつかないふりをした。

「シャーリーちゃんにもなにか食べさせたいけれど、保存食は硬いから難しそうね。村に着いたら、まずはりんごのすりおろしを食べさせてもらうといいわ。バラール、着いたら村の人に、ポーリンからりんごを食べるように勧められたと伝えるのよ。そしてあなたはりんごを丸かじりなさいね」

「りんご……おう」

バラールはまだしかめっつらだが、小さく頷いた。

「その、この結界は……」

そこへ、籠を持ったセフィードさんが空から降ってきた。

「ポーリン、籠を持ってきた」

「ありがとう。バラール、ふたりでこの中に入りなさい。セフィードさんが仲間の住む村に運んでくれるわ」

「おい、これは、家畜籠だろう！　我々を侮辱するのか！」

またしめんどくさいバラールが荒れ始めたので、わたしは籠をポンと叩いて言った。

「こんなに可愛い家畜籠がどこにあるっていうのよ、失礼ね。目を開いてちゃんと見なさいな」

まあ、確かに豚の運搬には使ったけれどね。

今はわたしの大切な籠なのよ。

「……『ポーリンちゃんのお部屋』だと？」

「可愛く魔石でデコってあるでしょう」

わたしはディラさんがつけてくれたプレートを指さして「ふふん」と笑った。

「わたしが愛用している籠よ。ありがたく乗るがいいわ！」

バラールは、わたしと籠とを何度も何度も見比べてから、がっくりと肩を落とした。

「なんだかもう……いや、わかった。どうやら俺が間違っていたようだ……すまなかった、ありがとう……いい籠だな……」

デコった籠を見て脱力してしまったのか、なぜか素直になったバラールは、シャーリーちゃんを大切そうに抱えると、ゆっくりと籠の中に入った。

「セフィードさん、村に着いたら、例のりんごを食べさせるように伝えてね」

重要なので、セフィードさんにも頼んでおく。

「わかった、祝福のりんごだな。ふたりを置いたらすぐにここに戻るから、悪いがもう少し待っていてくれ」

「わたしたちは大丈夫よ、よろしくお願いします」

籠を持ったセフィードさんが飛び上がり、村に向けて去っていった。

「じゃあ、ジェシカさん。ここでおやつでも食べて待ちましょう」

というわけで、本格的におやつタイムが始まったのであった。


「ポーリンさま、本当に申し訳ありませんでした」

バラールたちがいなくなると、途端にしゅんとした様子になったジェシカさんが頭を下げた。わたしは「どうして謝るのですか？」と彼女の手を取った。

「ジェシカさんに非はありません。あなたはあのバラールの顔を知っているだけの関係ですもの、あの虎の言動になんにも責任を感じなくてよろしいのよ？　それにね、わたしのことを彼から庇って、本気で怒ってくれたから、むしろ嬉《うれ》しかったのです。ありがとうございました、ジェシカさん」

「ポーリンさま……」

「ふふっ、すごい迫力で驚きましたわ」

普段は落ち着いて優しいお姉さんであるジェシカさんの、あの、渾身《こんしん》の力を込めた「ばーかばーか！」を思い出すと、なんだか胸の中にほっこりとした気持ちが湧いてくるわ。

「ジェシカさんの、今まで知らなかった一面を見ることができて、さらに仲良くなれた気がするし……さっきのバラールのあの顔ときたら、傑作だったわね！　もう、思い出すとおかしくって……」

するとジェシカさんは両手で狼のモフモフ耳を押さえて、赤い顔で脚をバタバタさせた。

「うわわっ、恥ずかしいですぅ、どうか忘れてくださいね！　わたしがあんなことを言うなんて……彼は王家に仕える強い戦士として、絵姿が売られるほど有名な人物なんですよ」

「あら、それはすごいわね」

アイドル並みに人気があったということかしら。

「実はわたしもちょっと憧れていたんです。その剣士バラールが獣人の大恩人であるポーリンさまに酷いことを言うから、頭にきてしまって。つい子どもの頃に戻っちゃったんですよ」

「きっと可愛いおてんば狼ちゃんだったのね」

わたしがおほほと笑うと、彼女はさらに赤くなって「違うんですぅ」と可愛らしく身悶《みもだ》えた。

さっきの、ジェシカさんに怒られて、その後にセフィードさんに「にゃーごにゃーごばーかばーか！」とドラゴンの殺気をぶつけられて、一歩も動けないまま顔をヒクヒクさせる虎の間抜け顔を思い出すと……ダメだわ、ツボに入ると本気で笑っちゃうから、これ以上思い出すのはやめましょう。

「ジェシカさんは、大人になった今でも子どものように純真な心をお持ちなのよ。それは素敵なことだし、そんなジェシカさんはとても魅力的な女性だと思うわ」

「わあ……ありがとうございます、ポーリンさま。ポーリンさまは本当にお心が優しい、愛情深い方です！　その上、獣人の仲間たちを救ってくれた恩人でいらっしゃいます。あの村で、命を救われて楽しそうに暮らすたくさんの同胞と会った時、わたしがどんなに嬉しかったか……。皆を助けてくださったそのお力も、誰もが驚くような素晴らしいご加護の力ですし、これほど聖女の名にふさわしい方はいらっしゃらないというのに、なのに、あの失礼な男は……あのバカ虎め……」

ジェシカさんの心の中にまた怒りの炎が灯《とも》ってしまったようなので、わたしは「さあさあ、それよりも、こちらの焼き菓子をいただきましょうよ。カスタードとチョコレートのタルトなのよ、セフィードさんが美味しいチョコレートを手に入れてくれたから、お菓子をいろいろ作ったの」と、とても美味しくできた小さなタルトを勧めた。

「バラールという剣士は思い込みが激しくて失礼だけど、ほとんどの獣人はそうではないことを、わたしはよく知っているわ」

わたしの村の人たちは、みんな親切だし、とても気持ちの良い方たちばかりなのだ。

「わたしはジェシカさんが思うよりもずっと心が狭いから、バラールが謝罪してこなければ、彼を許さないつもりよ？　それは、彼が獣人であることとは関係ないの。もしかすると、彼にはあんなことを言ってしまう事情があったのかもしれないけれど……でも、それをわたしにぶつけるのは見当違いだし、立派な男性の振る舞いではありません。もちろん彼のことと他の獣人たちへの気持ちは別よ。わたしは獣人の皆さんにとても良いイメージを持っているし、みんなのことが大好きなの」

そうなのだ。『神に祝福されし村』に住んでいるみんなは、わたしの家族のような存在なのだ。

「ねえ、ガルセル国は、王政だったわよね。わたしはレスタイナ国出身だから、この大陸の国については詳しくないのです。村の人たちも、国でなにがあったか思い出したくない様子なので、聞いていないのだけれど、ガルセル国でどんな事件があったの？」

ジェシカさんはタルトを食べながら、難しい顔をした。

「わたしが昔、このオースタの町に来たのは、見知らぬ土地を旅してみたかったのと、冒険者になりたかったからなんです。来た道も、砂漠を迂回《うかい》するから時間はかかるけれど、さほど危険ではないルートでした。その頃は、ガルセルは住みにくい国ではなかったと思います。けれど、今は違うようなんです」

ジェシカさんが、村の人たちから聞いたという、最近のガルセル国の様子を話してくれた。

四年ほど前に、ガルセル国に異変が起きた。作物の収穫量が激減して、急激に砂漠が広がってきたというのだ。

「どうやら原因は聖霊の祠《ほこら》にあるのではないかという噂《うわさ》を聞きました」

「聖霊の祠というのは？」

「ガルセル国を守る神さまのお使いが聖霊で、国には三つの聖霊の祠があるんです。そのひとつが神官長を名乗る人間に奪われて、そこに神殿が建てられてしまったという話です」

「人間に？」

「はい。その男は不思議な力を持っていたとのことで、最初にガルセル国王都にある祠が奪われたらしいです」

「まあ、なんて酷いことを……」

人々の信仰の拠《よ》り所に、そんな仕打ちをするなんて！

国民の皆さんの気持ちを考えると、聖女として許せないわ。

「最初の祠が奪われて力が失われました。そのせいで砂漠化が広がり食べ物は足りなくなって皆飢え始めるし、他国への戦争のための徴兵が行われるとか、とうとう獣人が奴隷として売られるという噂までも流れ始めて……王家の人たちや貴族はいったいなにをしているのかと、民の間に不満が溜《た》まっていたようですが、国の上層部に動きはない様子で、詳しい情報が流れてこなくなりました。王族は神官長にすべての権限を任せてしまったのかもしれません。そんなある日、砂漠に近い村に聖霊のお告げを受けた人が現れたらしいです。それを信じた人が砂漠と山を越えてガズス帝国に逃げ込んできました。こんなお告げだったそうです、『月が満ちる夜、砂漠に道が開いてドラゴンが守る地に繋がるだろう』」

「ドラゴンが守る地って」

うちの食いしん坊さんのことよね？

「みんなはそう言っていました。ガルセル国内は混乱し聖霊に対する不信感も湧き上がり、お告げを信じた人々がガズス帝国にあるドラゴンが治める地を目指して亡命したんです。砂漠に村が呑み込まれて行き場を失った人たちは、聖霊のお告げに最後の望みをかけました。大変な旅でしたが、満月に合わせて砂漠にやってきたら魔物があまり出ない、山へ向かった道ができていたそうです。砂漠にオアシスもできていたとか。ただ、彼らが通って振り返るとその道は消えていたとのことなのです」

「なるほど、聖霊の導きがあったのね」

「そう思います。でなければ、ミアンのような子どもが強い魔物が出る砂漠や山を越えて、ガズス帝国に来ることはできなかったでしょう」

「そうね」

わたしは両手の指を組んで「ガルセル国の聖霊さま、獣人の皆さんを導いてくださいまして、ありがとうございました」と祈りを捧げた。

ガルセル国は聖霊に守られていたけれど、力の源となる祠を奪われて力が弱まってしまったのだろう。その結果、作物が育たなくなり、聖霊の力で拡大を抑えていた危険な砂漠が広がってしまった。ガルセル国を治めていた王族たちがどうなったのかも気になる。

「こんな次第で、村の人たちにとっては、黒影さんは『聖霊から紹介されたドラゴン』なんですよね。だから、皆、黒影さんのことを信頼して敬愛しています。わたしは以前から彼のことは知っていましたので、冒険者の黒影さんという認識なんですけどね」

ジェシカさんは笑った。

「なんだか、他の人たちとは放つ力が違うな、とは思っていましたが。なるほど、ドラゴンと聞かされて腑《ふ》に落ちました。そして、村とオースタの町の間の道は、オースタ側からはなぜか繋《つな》がらなかったので、こんな近くに獣人の村があったなんて『ハッピーアップル』のお店ができてみんなと出会うまで気がつきませんでした。まさか、凄腕だけどなにを考えているかわからなくて近寄れなかった黒影さんが、ひとりでせっせとお金を稼いで、獣人の仲間を食べさせてくれていたなんて……ふふっ、こんなにいい人だなんて全然知りませんでしたよ。知っていたら、わたしもお手伝いしたのに！」

　あー、うちのドラゴンさんはコミュ障だからね、村のことは町の誰にも話してなかったのよね。

「ありがとう。ジェシカさんがいたら百人力だから、とても頼もしいわ。これからも力になってもらえると嬉しいいんだけど」

「もちろんですよ、わたしに協力できることならなんでもします。黒影さんもポーリンさまも、わたしたち獣人にとっての大恩人であり、守り手である聖霊のお導きで引き合わされた大切な方なんです。……それを、あの、頭空っぽのアホ虎め……」

「落ち着いてお茶を飲みましょうかジェシカさんっ！」

　わたしは、どうどう、という気持ちを込めて言った。

「あっ、ごめんなさい、つい興奮しちゃって。そうだ、これをポーリンさまにお伝えしなくちゃ」

「なにかしら？　どうぞ教えて頂戴な」

　ジェシカさんの怒りよ鎮まりたまえー、と念じつつ、にっこりと笑って尋ねた。

「バラールが守ろうとしていた女の子ですけれど、彼女はおそらく、シャーリー姫だと思います。王家の末の姫君です。わたしがお見かけしたのは国を出る前なので、だいぶ昔ですけれどね。可愛らしいネズミの聖女さまがお生まれになった時には、ガルセル国はお祭り騒ぎでしたよ」

「ネズミの、聖女？」

「はい」

　ガルセル国の聖女、シャーリー姫。

やんごとなき姫君で聖霊に愛される聖女が、あんなにぼろぼろになって弱っていたなんて……いったいガルセル国はどうなっているの？

『人間のくせに聖女を名乗るな、偽聖女め！』

そう言って、血塗《ちまみ》れの虎は牙を剝いた。

目を開けることもできない、まだ幼い聖女を守るように抱きしめて。

「どうやら神さまの名を騙《かた》る不届き者が、とんでもない悪さをしているようですわね……神さまの名のもとで神さまを汚すような行いをして、愛すべき人々を苦しめる輩《やから》を……このポーリンは決して許しませんよ……」

「ひっ！　ポ、ポーリンさまが……お怒りになられていらっしゃる！」

身体中にめらめらと赤い炎を纏《まと》わせながら、口に放り込んだチョコレートタルトをもきっ、もきっと嚙み締めるわたしを見て、恐怖の表情を浮かべたジェシカさんが身体を震わせた。

シャーリーの事情

頭上が暗くなったので見上げると、木々の向こうに翼を広げたシルエットが見えた。そのまま木の間をうまくすり抜けて、戻ってきたセフィードさんが着地した。その手には、例の移動用の籠『ポーリンちゃんのお部屋』を持ったままだ。

「置いてこなかったのね」

セフィードさんは、籠の蓋を開けた。

「んっ」

「ええとそれは『急いで町に戻るなら、ふたりでこの中に入るといいよ』という意味かしら？」

「ん」

彼は頷いて、手から鋭い爪を出して見せた。

「そうね、その籠にわたしたちが入っていればスピードも出るし、万一空を飛ぶ魔物に遭遇しても、ドラゴンの殺気を放って威嚇すれば逃げ出すでしょうし」

「ん」

爪を振るって見せる。

「逃げないような魔物は、籠を置いてセフィードさんが倒しちゃえばいいし」

「ん」

彼は爪をしまって、籠をとんとんした。

ジェシカさんが「さすがはポーリンさまです。よくわかりますね」と感心している。だが「ん」だけで語られても困るのだ。

もしかしてさっきの長ゼリフで、セフィードさんは一日分のトークを使い切ってしまったのかしら？

「中が虎臭いかもしれないが」

あ、悪口を言う余力はまだ残っているみたいね。まあ確かに、過酷な亡命の旅だったようで、バラールの髪はボサボサだったし、髭も伸び放題でお世辞にも清潔とは言えなかったわね。

わたしはジェシカさんに言った。

「それでは、だいたいの調査も終わったことだし、この籠でオースタの町に戻りましょうよ。ジェシカさんには、ギルド長への報告をお願いしたいのだけれどいいかしら？」

「はい、了解です」

「セフィードさん、この大盾も一緒に持てそう？」

「ん」

問題ないのね。ドラゴンって本当に力持ちよね。

さて、それでは急いであのネズミのお姫さまのところに行ってあげたいから……。

「くっさ！」

籠に入ろうとして屈んだわたしは、思わず鼻を押さえた。

「嫌だわ、すごく臭いわ……虎臭い……」

籠の中は、本当に臭かった。さっきは、わたしたちが風上にいたし、密閉された空間ではなかったからこれほどまでの異臭ではなかったのだが……。何日もかけて熟成された虎の汗の臭いと、血の臭いと、虎本人の臭いとが、わたしの可愛い籠の中でなんとも言いがたい配合で混ざり合い、お互いを悪い意味で引き立て合い、できあがったデンジャラススメルがこの籠いっぱいに充満している。

「換気したけれど、無理」

少し眉をへの字にしたセフィードさんが、すまなそうに言ったけど、彼は悪くないと思う。

「いやあん、染みついちゃったのかしら？」

ごめんね、セフィードさん。虎さんの悪口を言いたかったわけじゃなかったのね。正確に状況を伝えただけよね。

それにしても、これはものすごい臭いだわ。

「聖霊の加護もなしで砂漠と山を越えてくるのは、尋常でなく大変なことですもの。バラールに身体を洗う余裕なんてなかっただろうし、事情はわかるんだけど、でも……」

理屈ではわかるのよ。

でもね。

めっちゃ、くっさーっ！

お気に入りの籠が臭くなってしまって、ポーリン、大ショーック！

「……軍艦を思い出した。懐かしいな」

「そうね、あの船の海軍兵士も最初は結構臭かったから、雨で洗わせたのよね……って、懐かしんでいる場合ではないわ、セフィードさん。ジェシカさんの鼻がピンチよ」

「あうううう、鼻が、鼻がああああーっ！」

わたしだけ臭い思いをしたら申し訳ないと思ったのか、ジェシカさんたら籠の臭いを嗅いでしまったのよ。ダメじゃないの、鼻がいい狼ちゃんがそんなことしたら！

案の定、かわいそうに両手で鼻を押さえて地面を転げ回っている。

「どうしましょう……ああ、神さま。これでは籠の中でおやつを美味しく食べられません。嗅覚も味覚のうちなのです」

わたしは悲しげに呟いた。ジェシカさんはぐったりと横たわった。

その時、天から金色の光が降ってきて籠を包み込んだ。

「わあっ、ポーリンさま！　籠が光ってますよ！」

涙目のジェシカさんが起き上がり、地面にぺたんと座ったまま言った。

「まさか、神さまがお力添えしてくださったの？」

やがて、光が消えた。恐る恐る籠の入り口に顔を入れてみる。

「臭くない……全然臭くないわ」

完璧に、殺菌消臭されているし、綻《ほころ》びていたところも修復されているわ！

この中でお弁当も美味しく食べられそうよ。

すごいわ、さすがは豊穣の神さまね、食べ物飲み物を美味しくいただくことに関しては、徹底的に加護をくださるのね。

「神さま、ありがとうございます。これで美味しくおやつを食べられます」

天に祈りを捧げるわたしにも、金の光がキラキラと降ってくる。

「なんて幻想的なお姿でしょう……さすがはポーリンさまです……ほんのちょっとだけ、加護の無駄使いかな、って思ってしまったことをお詫《わ》び致します」

あ、それ、わたしも思ったからね！　でも、あの臭いの籠に入るなんて拷問ですもの。お優しい神さまは、敬虔《けいけん》な聖女を守ってくださったのよ。

「あらいけない、急がなくちゃ。身体の大きな虎が乗れたんだから、女子ふたりなんて楽勝で乗れるはずよ、ジェシカさん、行きましょう……あら？」

楽勝で乗れるはず、なんだけど……ううん、なんだか狭いわ。

「大丈夫です、こうすれば乗れますから」

わたしの後から乗り込んだジェシカさんが、膝を抱えて小さくなった。

身体が柔らかいのね。おかげで助かったわ。

「そうね、乗ればいいのよ、乗れれば」

わたしもなるべく身体を縮めるようにして、膝を抱え込もうとしたけれど……お腹のお肉が邪魔をする。

「おかしいわ、余裕で乗れると思ったんだけど、なにがいけなかったのかしらね」

「そうですね」

ジェシカさんは、神妙な顔で頷いた。

というわけで、わたしたちは籠の中で体育座りをして、おやつも食べずにおとなしくセフィードさんに運ばれたのであった。


オースタの町でジェシカさんを降ろし、魔物調査とガルセル国から亡命してきた身分が高そうなふたりを預かっていると報告を頼んでから、防具屋に大盾を預けた。

「お待たせ、行きましょう」

町の服屋で小さな女の子の服と男性の普段着を数着手に入れたわたしは、再び籠に乗り込んで『神に祝福されし村』に戻った。

「あ、奥方さま！　お帰りなさい」

「おかえりなさーい。あたらしいおともだちがね、すりおろしたりんごおいしいってー」

「たくさん食べてたよ。すごく可愛い子なの。ねえ、奥方さまのアップルパイも食べたいって言うんだけど、あげてもいいかな？」

「一応、奥方さまに聞いた方がいいって言ったのよ。あのネズミちゃんのお腹の調子が悪くなったら大変だからね」

「いたいいたいしたら、かわいそうなの」

「シャーリーちゃんっていうんだって！　最初は寝てたけど、もう座っていられるの。普通に歩いてるよ。早くもっと元気にならないかな。明日、遊べる？　走れるようになる？」

「そうね、遊べるといいわね。最初は座ってお花摘みをするといいわ」

わたしは、籠から出るなり抱きついてきて、口々にシャーリーちゃんの様子を報告してくれる子どもたちの頭を撫《な》でながら笑った。

シャーリーちゃんの容体がよくなったようでよかったわ。

「よく嚙んで食べるなら大丈夫だと思うから、アップルパイもあげて頂戴」

「はーい」

子どもたちは「わーいわーい」と言いながら駆けていった。その様子を見て「どうやらミアンのうちで看病してもらったみたいね」とセフィードさんに言った。

ミアンのうちは、お母さんのルアンとお姉さんのリアンの女性三人暮らしなのだ。弱ったネズミの女の子の預け先として最適だと思う。

「あら、そういえば、バラールはどうしたかしら？」

シャーリーちゃんのところに駆けていきながら、子どものひとりが振り返って教えてくれた。

「虎のおじさんは、泉のところでリアンとミアンに丸洗いされてる！」

虎の丸洗い？

「おじさんもりんご食べて元気になったから、今度はあわあわにされてるの」

「リアンとミアンにめっ！　されてたよ」

リアン、ミアン、グッジョブ！


「奥方さま、お帰りなさい」

「ルアン、ただいま。あら、シャーリーちゃんはすっかり元気になったみたいね。よかったわ」

祝福のりんごのすりおろしを食べたネズミの女の子は、今はテーブルについてもきもきとアップルパイを食べていたが、わたしを見るとはっとして手を止めた。

「あの、あなたは……」

「いいのよ、そのパイを食べておしまいなさいな」

シャーリーちゃんは、嬉しそうにぴょこんとお辞儀をすると、またもきもきとアップルパイを食べ始めた。

「はーい」

「はーい」

「はーい」

いいお返事がたくさん聞こえた。なぜか、村の他の子どもたちもシャーリーちゃんと一緒のテーブルでもきもきしていた。

あっ、目を離したら、きちんと手を洗った（ここはわたしの躾の賜物《たまもの》ね）ドラゴンさんまでテーブルについて、アップルパイをもきもきし始めている。

うーん、違和感がまったくないのがなんともいえないわね。

「そうだわ、ルアン。シャーリーちゃんに服を何枚か買ってきたのよ」

「ありがとうございます、助かります。とりあえずはミアンの服を着せたんですけれど」

「ありがとう、ルアン」

身体を拭いて、ミアンの服を着せてもらったらしいシャーリーちゃんのほっぺたは、ピカピカに輝いている。

「いろいろとお世話をしてもらって助かったわ。で、リアンとミアンが虎の丸洗いをしてるって聞いたんだけど」

「はい。あの虎の方は、あのままでは衛生上よくないので……」

うん、臭いわよね。

「虎さんの服も買ってきたから、泉に届けてくるわ。いい服を着ていたけれど、汚れてぼろぼろになっていたものね」

あと、臭いだろうしね。

脱いだ服は燃やしちゃっていいかしら？

「俺も行く」

パイを口に突っ込んで、頬袋を膨らませた（ドラゴンに頬袋なんてあったかしら？）セフィードさんが、椅子から立ち上がった。

泉に行くと、下着一枚の姿のバラールが泡にまみれていて、そのマヌケな姿にわたしは目を見張った。

「あらま……見事に丸洗い中だわ！」

犬耳をつけた可愛いリアンとミアンの姉妹がシャボンの葉でわしわしとバラールを擦《こす》り、これでもかと泡立てている。予想に反して、虎がおとなしい。

いちいち突っかかってくる失礼な虎ではあるが、いい歳《とし》をしたおじさんなのに、犬の姉妹に泡立てられながら、ご丁寧に頭のてっぺんまでソフトクリーム型の泡を載せられて、なす術《すべ》もなく立ち尽くす姿を見たら同情心が湧き起こってしまった。

彼は、わたしに対しての反抗的な態度とはうって変わったとても優しい目で、無邪気な子犬たちを見ながら言った。

「お嬢さん方、もうこれくらい泡立てばいいと思うんだがなあ……かなり綺麗になったんじゃないか？」

「あらダメよ、わたしたちの犬の鼻がいいと言うまでは、よく身体を洗いますからね！　もう、虎さんほど汚れた人を見るのは初めてですよ。ネズミちゃんが朦朧《もうろう》としてたのは、臭いのせいもあったんじゃないかしら」

お姉さんのリアンが、腰に手を当てて弟をたしなめるような口調で言い、バラールは「なんだと、俺の臭いでシャーリーさまが……」と衝撃を受けた表情になった。

ええ、リアンの意見をわたしも支持するわ。

ネズミのお姫さまは、臭いとは言えず我慢していたのね。かわいそうに。

そう思いながら、わたしとセフィードさんは気配を消して様子を窺《うかが》う。セフィードさんは陰に生きる冒険者、すみっこ大好き『黒影』さんなので、このように潜伏するのも得意なのである。

わたしは、若干、若干よ、存在感が大きいので大変なんだけど、セフィードさんに習いながら獲物を見つけたら身を潜《ひそ》めて気配を消す訓練をしたので、キャッキャと虎の丸洗いをするふたりと洗われる哀れな虎に気づかれることはない。

「この泉は少し温かいでしょう？　この通り、シャボンの葉の汁がとても泡立つのよ。寒くないはずだから、もう少し我慢してね。ミアン、背中にもよく泡を立てるのよ」

「はーい。虎のおじさん、ミアンの手が背中に届かないからちょっと屈んでくれる？」

「こうか？」

「虎さん、前の届くところはご自分で洗ってくださいね」

「おう」

「パンツの中もですよ」

「お、おう」

リアンに言われて、中腰の虎は自分の身体を擦った。

素直だわね。

そう、この泉は温泉ではないかと思う。わたしにとってはちょっとぬるいけれど、獣人たちにはちょうどいい温度らしくて、石鹸《せっけん》の代わりになるシャボンの木を周りに植えたら、みんな喜んで身体を洗いに来るようになったのだ。今は女性と男性とが時間を分けて使っていて、そのうち掘り広げて男湯と女湯を造ろうかなと考えている。

で、その泉の浅いところに立っているバラールは、困った顔をして、犬の姉妹に丸洗いされている。

「いや、寒くはないから大丈夫だ」

中腰をキープするのは大変だと思うけど、さすが剣士だけあって姿勢が安定しているので、わたしは感心した。

「あわあわー♪　あわあわー♪」

「なあ、こっちのお嬢さんは、目的を見失っていないか？　一緒に泡だらけになってるぞ」

「わーいわーい、すごく泡ができて面白いね！」

楽しそうなミアンが尻尾を振ると、シャボン玉が空中を舞った。なるほど、あの子は目的を見失っているようだ。

「見て、あんなにシャボン玉が飛んでいったよ」

「ミアン、シャボン玉遊びは後にしなさいね。そうね、そろそろ臭いが取れてきたかしら……ええ、もうよくてよ」

リアンがふんふんと匂いを嗅いでから、おしゃまな感じに顎に人差し指を当てて、おすまし顔でバラールに頷いた。

「それじゃあ、そっちの川の近くに行ってください。身体を洗い流しましょうね。そこで流すと汚れた水は川の方に流れていくから、泉は綺麗なままなのよ」

「ほほう、うまくできているもんだ……うわっ！」

その時、わたしとセフィードさんに気づいたバラールが、慌てて前を隠そうとした。

パンツを穿《は》いているから大丈夫ですよ。

「な、いつの間に？」

パンツ一丁の虎のおじさんを見ても動揺しないわたしは、鼻でふんっ、といった。

「お気になさらず結構よ、今さら照れなくてもよろしいわ。リアン、ミアン、ありがとう。よく洗えたら、この服を着せておやりなさいな」

わたしは、バラールのために町で買ってきた服を、近くの木にかけた。

「虎のパンツもある」

殿方の下着を持つのは、さすがにはばかられると思ったので、セフィードさんにお任せしていた。

彼は服の上に下着を載せた。

ちなみに、虎のパンツはしましまではなくベージュだ。

「奥方さまー！　見て見て、泡がたくさんですごいでしょ！」

「そうね、ミアン。とても上手に泡立てたわね。きっと虎のおじさんは、ふわふわの柔らかな毛並みになったわよ」

「ふわふわ……お髭もふわふわになるかな。よくあわあわしておくね」

ミアンに髭の辺りをもしゃもしゃっと洗われて、バラールは、眉をへの字にして情けない顔になった。しましまの尻尾が力なく垂れている。

「いや、その、これは……」

幼い女の子に丸洗いをされる虎は「自分には変な趣味はない！　誤解しないでくれ！」と鋭い眼光でわたしたちに伝えようとした。

わたしは厳かに言った。

「保護者のあなたがしっかり洗って身体を清潔に保たないと、シャーリーちゃんの健康にも教育にも悪いと思いますよ。そうだわ、彼女は今、美味しそうにアップルパイを食べていたからもう大丈夫よ。安心なさいね。ほっぺたもピンク色をしていたし、かなり回復してきたみたいだわ」

よかったわね、と言うと、バラールは「……この村の人々には、とても親切にしてもらった……その、助けてくれて感謝する」と軽く頭を下げた。

「虎さん、もっと下に下げてください。そして、目をつぶってね」

下げた頭にリアンが遠慮なく水をかけて、泡を洗い流す。

「リアン、タオルは持ってきたわね？」

「はい、奥方さま」

しっかり者のお姉ちゃんに抜かりはないようだ。

「それじゃ、虎さんを拭いて新しい服を着せたら、連れて戻ってきてね」

「わかりました、お任せください、奥方さま。……ミアン、もう綺麗になったから、あわあわしなくていいよ」

せっかく流したのに新たな泡を立てられた虎は、とうとうその場に座り込んであぐらをかいた。

そこにリアンがじゃぶじゃぶと水をかける。

リアン、容赦なくて素敵よ。

「あわあわ遊びはすごく面白かったね！　おじさん、また遊ぼうね、今度はシャーリーちゃんも一緒にあわあわしようっと」

「またやるのか？　しかも、姫さままで参加、だと？」

「わーいわーい」

ミアンは手のひらにすくって、バラールに水をかけて笑った。

気がつくと、泡の中から半裸のおじさんが現れてきていたので、わたしは回れ右して退散することにしたが、ふと足を止めた。

「そうだわ。そのもじゃもじゃっとした頭と髭も、なんとかした方がよくない？」

わたしの言葉を聞いて、リアンが言った。

「奥方さま、わたしも気になってたんです。狐《きつね》のケントさんに、虎さんの身だしなみを整えてもらったらどうですか？」

「そうね、彼はセンスがいいから、きっとこざっぱりするように髪と髭を整えてくれるはずよ。リアン、お願いできる？」

「はい、お任せください」

リアンはもう子どもから少女になろうという年頃なので、いろいろと気が利くしっかり者なのだ。

「おい、待ってくれ、俺の意見は無視されるのか？　この髪と髭は虎としてのアイデンティティというか……」

「おじさん、狐のお兄ちゃんにカッコよくしてもらうといいよ！」

ミアンは無邪気に言った。

「身だしなみを整えてない獣人は、ほんっとうにモテないからね。虎のおじさん、やっぱりお嫁さんはいないの？」

「うぐっ」

「狐のお兄ちゃんはモテモテなんだよ。で、可愛いタヌキのお嫁さんが来たの」

「うぐううっ、おのれ狐、羨ましい……それに引き換え、俺は……」

「そのもじゃもじゃがいけないと、ミアンは思うよ」

「虎としての……アイデンティティが……子どもに全否定……」

純粋な子どもの言葉がバラールの心をえぐったようだ。彼は両手を泉の中についてしまった。

ミアンの容赦のなさも、素敵よ。

有名な剣士をあっさりと斬り捨ててしまったミアンは「大丈夫、これからだよ、諦めたらおしまいだよ。ミアンがケントお兄ちゃんによく頼んで、おじさんをハンサムな虎にして、素敵なお嫁さんをもらえるようにしてあげるから。ね？」と虎を慰めた。

「このミアンに任せてよ！」

「……おう」

虎は、完全降伏したようだ。

「バラールの態度が、かなり軟化していたわね。身体の汚れと一緒に気持ちのしこりも流れ落ちたのかしらね」

シャーリーちゃんのところに戻りながらセフィードさんに言うと、彼は「そうだな」と頷いた。

「危険な旅をしてきたから、山で会った時には気持ちがささくれ立っていたのかもしれないな」

「ささくれ立って、ね。ガルセル国を飛び出して、何日も砂漠やら魔物の山やらをさまよっていたとしたら……シャーリーちゃんが、かわいそう」

「そうだな。虎はともかく」

わたしに対してかなり当たりが強かったから、暴言を思い出すと虎に対しては優しい気持ちになれないわね。

「ポーリンを悪く言ったこと、俺は許してない。ただ、あのネズミの子に免じているだけだから」

セフィードさんも、優しい気持ちになれてないみたいね。

しかし、バラールにとって、わたしを見ただけで拒否反応が出るほどに『人間』は問答無用で敵だったということだ。ガルセル国で、人間がよほどの暴挙に出ているのだろう。

あの国は、今はどうなっているのだろうか。村の人たちの祖国でもあるから、もしかすると彼らの縁者や親戚もまだまだ多く残っているのかもしれない。

「バラールの態度があれくらい落ち着いているなら、ディラさんと喧嘩にならないと思うし、お屋敷の方に連れていけそうだと思うの」

嘆きの妖精のディラさんは、思ったことをそのまんま言っちゃうし、わたしのことを気に入ってくれているから敵には容赦ないのよね。虎が失礼なことを言ったら、耳元で、例のものすごい変顔をしながら叫び声を上げるかもしれないわ。

「彼らの話の内容によっては、村の人たちが聞いたら心を傷つけてしまうかもしれないから、向こうで詳しく聞きたいのよ。あと、シャーリーちゃんには消化の良い夕飯も食べさせておきたいし」

「そうだな、ろくな内容ではなさそうだろうから、聞かせたくないな……。俺も、皆の気持ちを傷つけたくない」

村の人たちのことをとても大切に思っている優しいセフィードさんは「グラジールたちに話してくる」と言って、空へと飛び立った。

「……自由に空を飛べるって素敵ね。どんな気持ちがするのかしら」

みるみる小さくなるセフィードさんを目で追いながら、わたしは思った。


というわけで、わたしはリアンとミアンの家に行った。

「あっ、聖女ポーリンさま」

わたしの姿を見たシャーリーちゃんが座っていた椅子からポンと立ち上がったので、「あら、そのまま座っていなさいな。身体の調子はどうかしら?」と言った。

「はい、元気になりました。ここに来てすぐにとても美味しいすりおろしたりんごを食べさせてもらって、そうしたら身体の中から力が湧いてきました。バラールも、すごい勢いでりんごを五個くらい食べていました。わたしはすぐに起きられるようになって、美味しいアップルパイも食べて……今はチーズパンを食べています」

シャーリーちゃんの手には、パンの上に、とろけるまで炙《あぶ》ったチーズが載せられている。これもとても美味しいのだ。

ルアンが、わたしにお茶を入れてくれながら笑顔で言った。

「甘いものを食べた後は、塩辛いものが欲しくなりますし、シャーリーちゃんが遠くから旅してきたのなら、塩分が不足しているかもしれないと思ったんです。それに、チーズは身体に力がつく良い食べ物ですからね」

「それは素晴らしい判断だと思うわ。ありがとう、ルアン」

わたしが褒めると、犬のお母さんは嬉しそうな顔をした。

自分で言うのもなんだけど、わたしは豊穣の神さまに仕える聖女だから、食べ物に関しての発言は神さまを代弁しているとみなされるのだ。つまり、ルアンは神さまに褒められたことになる。

「そういえば、村の子どもたちはどこへ行ったの？」

「畑仕事と後片づけの手伝いをしに行きました」

子どもとはいえ、この村では大切な働き手なのだ。元々身体を動かすことが大好きな元気な子ばかりなので、美味しい作物ができる畑のお世話を楽しんでやっている。よく食べ、よく働き、よく遊ぶこの村の子どもたちは、みんな健康で、出会った頃には栄養が足りずに痩せ細っていたけれど、順調にふくふくと太ってきている。

といっても、動きも代謝も激しい獣人なので、ほとんどは筋肉なんだけどね。

「ただいまー！」

ミアンの声が明るく響いた。続いて「虎のバラールさんを、ケントさんのところに連れていきました。きちんと身だしなみを整えてきましたよ」というリアンの声もした。

「お疲れさま。ふたりともありがとう……ね？　え？」

「おじさんの毛が減ったでしょ」

「さっぱりしましたよね」

え？　嘘？

「あなた……バラール？」

「おう」

ひゃあああ、声がバラールだわ！

そこにいたのは、おじさんではなく精悍《せいかん》な好青年だったのだ。しっかりと筋肉がついたたくましい身体つきで、髪は短く切り揃えられ、髭もなくなっている。

「驚いたわ、わたしはてっきり、四十歳くらいの男性だと思ってたもの！」

「よんじゅう……酷いぞ！　俺はまだ二十代だ！」

ワイルドなイケメンと言ってもいいくらいの姿に変身したバラールが、頬を引き攣らせて言った。

「そうなの？」

「そうだ、あんたと同じくらいだぞ」

「わたしと同じ？」

え、待ってよ。わたしはまだ、ぴちぴちの十九歳なんだけど……いくら若返っても、さすがにあなたは十九歳には見えないわよ？

だが、彼は言った。

「そうだ。俺は二十八歳だからな。あんたもそれくらいだろう？」

「にじゅうはち……」

わたしはしばらく沈黙して、それから言った。

「わたしは十九歳よ」

その場が静寂に包まれた。

ルアンが両手で口を押さえている。

虎が突然、素っ頓狂な声を出した。

「……うえええええーっ？　嘘だろ、そのでっぷり……どっしり……いや、その貫禄《かんろく》があるから、てっきり、俺と同じか、下手すると歳上だと思ってたのに！　ってことは、俺は、十九の小娘に叱られてたのか？」

「な、あなたより歳上ですって？」

「いや、その腹肉……ふくよかさだろ。なんだかおっかさんっぽいし、とても二十歳そこそこには見えない貫禄……落ち着きがあるから……」

なんという。

なんという！

失礼な虎でしょう！

独身のうら若き聖女に対して、言ってはならないことを言いましたね！

「……虎よ。そこに直りなさい」

わたしは威厳を込めてバラールに言った。彼は及び腰になり、数歩後ずさる。

「お、おい、やめろ、その後ろに背負った恐ろしい光はなんだ、それを俺にぶつける気なのか？」

「天罰です」

「やあめえろおおおおおおおおーっ！」

虎が猛ダッシュで逃げていった。そして、ドラゴンさんに捕獲されて帰ってきたのであった。

「いろいろすまん。本当にすまん。悪気はまったくなかったんだ、すまん」

自分よりもずっと細いセフィードさんに首根っこを掴まれ、ぷらーんとぶら下げられた虎が、丸まった哀れな姿で言った。

「……すまん」

ううう、許したくないわ！

わたしとシャーリーちゃんは、仲良く籠に入って空を飛んでいた。

「お屋敷はすぐなのよ。料理上手なメイドがいるからね、楽しみにしていて頂戴」

「はい、ポーリンさま」

美味しい予感に、ネズミちゃんの目が輝いた。

「あと、見た目はものすごくカッコいいというか、綺麗な家令のお兄さんがいるんだけどね。彼は触ったものをことごとく壊してしまうという残念な美形さんだから、大切なものは渡さないようにしましょう」

「はい。なんだかすごい人ですね」

「いい人なんだけどね、とても残念な感じなの」

彼を森に放り込んだら、すべての魔物を倒すんじゃないかしら、と思う時があるわ。でも、森自体が壊滅してしまう危険があるから、やらせないけどね。お肉が取れなくなったら大変だもの。

わたしたちが仲良く女子トークをしている下では、全力疾走している虎がいる。

籠は定員いっぱいなので、男性には身体を張ってもらいましたのよ、決してさっきの報復ではないの、おほほほ。

セフィードさんに解放してもらってから、アップルパイとチーズパンをもしゃもしゃ食べたバラールは、顔色もいいしむしろ力が有り余っている感じだったので、これくらいは食後の腹ごなしにちょうどいいだろう。

「ねえ、バラールってどんな人なの？」

わたしはシャーリーちゃんにこっそり尋ねた。

「彼は王家に仕える剣士です。とても強くて、厳しくて……優しい人なのです。わたしのことをよく守ってくれました。わたしがケガひとつせずに国を脱出できたのも、バラールが剣が折れるほど魔物と戦い、守ってくれたからなんです」

「そうなの。厳しい旅だったのね」

シャーリーちゃんは、こくりと頷いた。

「けれど、国に残してきた家族や国民のことを考えると、これしきのことで弱音を吐くわけには参りません。皆が大変な時にわたしひとりが、こんなに良くしてもらって、美味しいものを食べさせてもらって……」

シャーリーちゃんは目を潤ませた。この子はあれほど衰弱して、お腹もすいて喉も渇いて、歩けないほどに弱りきっていたというのに、まだまだ弱音を吐いてはならないと思っているのだ。

「ポーリンさまはもうご存じだと思いますが、わたしはガルセル国の末の姫にして聖霊の聖女なのです。皆に大切にしてもらっているわたしには、皆の苦境を救う義務があるのです。ですから、ひとりバラールを連れて、国から逃亡してきました」

「大変でしたね」

「……」

シャーリーちゃんは、口をきっと結んで祖国を案じていた。けれど、鼻をひとつ、すんっと言わせた。幼いお姫さまは、王族としての覚悟をして生きている。この小さな肩にガルセル国を背負っているのだ。

「よくがんばりました。あなたのがんばりは、神さまが全部おわかりですよ。さあ、この甘いお菓子をお食べなさい。チョコレートの柔らかなボールは、身体と心の疲れを癒やしますからね」

わたしはシャーリーちゃんの口にトリュフチョコレートを入れた。ネズミのお姫さまは小さな両手で頬を押さえて「美味しい」とにっこりした。


屋敷の上空に到着すると、玄関の前にディラさんが待ち構えていた。

「奥方さまー、おっかえんなさーい！」

遠くから見ても、ディラさんは本当に美しい。艶のある緑色の髪は朝露を受ける若葉のようだし、オレンジ色の目には暖炉の炎のように楽しげに光が踊っている。動きやすいメイドの服を着ていても、そのスタイルの良さは隠せないし、さすがは妖精だと言えるだろう。でも残念ながら、大口を開けて手をブンブン振っているその様子はお世辞にも上品とはいえない。

わたしは籠の覗《のぞ》き窓から「ディラさん、ただいまー、お客さまをお連れしたわよ」と笑顔で手を振り返した。

ディラさんが、わたしとセフィードさんを含めてこのお屋敷をとても愛していることをわたしは知っている。人が住んでこそ『家』であることを、彼女は身に染みて知っている。

家付き妖精のグラジールさんも、嘆きの妖精でありながら無理やりメイドに転職したディラさんにも縛りのようなものがあって、このお屋敷から離れることができない。

だから、今日はお客を迎えるということで、ふたりともかなり張り切っていると思うのだ。

「やほー、やほー、お客さまー、いらっしゃーい！」

喜びのあまり、ディラさんが謎の踊りを始めた。妖精らしく重力を無視した軽やかなステップで、メイド服のスカートを翻し、見ていて心が浮き立つような素敵な歓迎の踊りだ。なにより、ディラさんのとても嬉しい気持ちが伝わってきて気持ちがほっこりする。

今では部屋の隅々まで手入れがされていて、清潔感がある温かい雰囲気のお屋敷になったけれど、わたしが初めてここに来た時は、正直なんだか陰鬱な感じの建物だった。そして、セフィードさんを主人として迎える前なんて、主がいない、それはそれはとても淋《さび》しい場所だったそうだ。

行き場をなくしたセフィードさんがやってきた時には、ふたりに「このドラゴンを逃してなるものか！」という気迫がこもった出迎えをされて、後にセフィードさんは「丸焼きにされて食べられるのかと思った」と感想を漏らしたらしい。

グラジールさんもディラさんも、人外の美貌の持ち主なので、余計に怖かったんだろうと思う。やあね、ドラゴンの丸焼きを食べるなんて。

わたしじゃあるまいし……って、今思ったのは誰かしら⁉

それはともかく。

仕える人がいないお屋敷で、いつ来るかわからないご主人さまを夢見て、長いこと待ち続けたふたりの孤独な妖精の気持ちを考えると、わたしは目がうるっとしてしまうのだ。

ふたりは、寒く静まり返ったお屋敷で「早くご主人さまが来ないかな」「どんな人が来るか、とても楽しみですね」「うん、待ちきれないね」と、毎日毎日、主となる人物が訪れるのを待ち侘びていた。不器用なあまり、家付き妖精の仕事を自分の手でできない家令のグラジールさんが指示を出し、笑い上戸で嘆きの妖精を首になった新米メイドのディラさんが少しずつ手を入れて、打ち捨てられた屋敷は蘇《よみがえ》った。でも、なかなか主人は来なかった。

セフィードさんがここに住み、近所に獣人の村ができ、わたしが連れてこられて、今は暖炉に火が入れられ厨房《ちゅうぼう》では美味しい料理が作られる。もう寂れた哀しい屋敷ではない。ここはわたしの家で、みんなは家族なのだ。毎日ちょっとした騒ぎが起こるが、それもまた楽しい。種族はみんな違うけれど、そんなことは神さまの目から見たら些細なことだから、全然気にしない。わたしたちは本物の家族なんだと思う。


高度が下がり、籠が着地した。続いて、荒い息の虎が玄関前に走り込んできた。

「お疲れさま、バラール」

「はあっ、こんっ、ふあっ」

「喋らなくていいから、息を整えなさいな」

虎に対してはいろんな思うところがあるセフィードさんが、遠慮なくかなりの速度で飛んだので、虎は全力疾走してきたようだ。

「おやまあ、お客さんってばずいぶんとお疲れのようだねー。あそこに井戸があるから、飲んできたら？　冷たくて美味しいよー、今なら飲み放題！」

うちのメイドさんはコップの水を出すわけではなく、井戸を指差してにっこり笑ってるわ。

さすが、ディラさんクオリティの接客ね！

こんなとんでもないメイドだけど、ディラさんの見た目はとびきり色っぽいグラマー美女なものだから、バラールは顔を赤くして「お、おう、それじゃ、もらおうか」なんて素直に井戸に向かって、水を汲《く》むとごくごく美味しそうに飲んでいる。

ついでに頭から水をかぶっているのは、汗の匂いを気にしているせいかしら？

リアンとミアンの教育が成果をあらわしてるわね。

「あ、ネズミちゃん！　今日のＶＩＰはネズミちゃんなんだね、うっひゃー、きゃーわゆい！」

「こんにち、きゃっ」

ディラさんに抱き上げられて、シャーリーちゃんが小さな悲鳴を上げた。満面の笑みを浮かべた美女が、幼い少女を高い高いしながらくるくると踊り出す。

「ネズミちゃーん、いらっしゃーい！　大歓迎っすよー、今夜は美味しいものをたくさん食べようね。お客さんが来るっていうから、お姉ちゃんが張り切ってご馳走《ちそう》を作ったんだよー、トロトロお肉のビーフシチューは、とっておきのツインテールビルのお肉を使って作ったからすんごく美味しいんだよ！　ネズミちゃんは人参《にんじん》とじゃがいもと玉ねぎとマッシュルームとアスパラガスは食べられるかな」

「は、はい、大好物です」

「そっかそっか、好き嫌いしない良い子だねー、村で採れた野菜だから、とっても美味しいのさ！」

ディラさんはシャーリーちゃんを降ろすと、頭をくりくりと撫でた。

「あたしのごはんをたくさん食べて、大きくおなりよ」

「ありがとうございます……」

撫でられて気持ち良さそうな顔になったシャーリーちゃんは、ディラさんの顔を見上げて言った。

「お姉さん、とっても美人ですね」

シャーリーちゃんのほっぺたが赤くなっている。

「すごく綺麗。お伽噺《とぎばなし》に出てくる女の人みたい……」

「ありゃま、かわゆいネズミちゃんに褒められちゃったよ！　こりゃ照れちゃうねえ、ほんとに可愛い子だねえ、シチューにチーズも載せたくなっちゃうねえ」

喜ぶディラさんにさらにくりくりくりくりと撫でられるシャーリーちゃんの首が心配なので、わたしは「ディラさん、お客さまを中にお通しして頂戴」と声をかけた。

「シャーリーちゃんは、病み上がりなのよ。まだ本調子じゃないから、休ませてあげてね」

「おやまあ、かわいそうに。ネズミちゃん、シャーリーちゃんっていうんだね、可愛いな。そら、おいで」

すっかりシャーリーちゃんを気に入ったらしく、ディラさんは彼女を抱き上げた。

「お姉さんは、力持ちなんですね」

「そうさ、あたしは妖精だもん。ネズミちゃんの五人や十人……ってのは大袈裟《おおげさ》だけどね、三人くらいならば抱っこしておんぶして肩車できるよ。よいせ」

「わあ……たかあい！」

ディラさんに肩車されて、シャーリーちゃんは嬉しそうに笑った。ガルセル国には、お姫さまを肩車するような人はいなかったのかもしれない。

と、そこへ頭をびしょびしょに濡《ぬ》らしたバラールが戻ってきた。そして、若くて（見た目は、よ。ディラさんの年齢がいくつか、わたしは知らないの）美人のディラさんがシャーリーちゃんを軽々と肩車しているのを見て、口をぽかんと開けた。

「あんた、そんなに濡れたままでお屋敷に入んないで。グラジール、聞こえたらタオルを一枚、お客さまに持ってきてよ。タオルなら落としても割れないから大丈夫でしょ」

ディラさんが、玄関を開けて叫んだ。

そうね、タオルなら割れないわね。

そう思ったのは甘かったようだ。

「うわあああああーっ⁉」

グラジールさんのイケメンらしからぬ叫びの後に、がごごごばきがたんどしゃっ、という恐ろしい音がした。

「あっちゃー、あんた、期待を裏切らない妖精だね！」

「嫌だわ、グラジールさんになにがあったの？」

ディラさんの横をすり抜けて屋敷の中に入ると、そこには階段から落ちたらしいグラジールさんが横たわっている。彼は「タオルが……脚に絡みまして……」と言いながら、半分破れたバスタオルをわたしに差し出した。

「ケガはない？」

「こう見えても家付き妖精ですので、家の中でケガをすることはございません」

「そう、ならよかったけれど……」

シャーリーちゃんを肩車したディラさんがやってきて、ため息をついた。

「あーあ、階段の手すりをもぎ取ってくれちゃったね！　あたしが後で直しておくから、グラジールはもう触んないでよ。それ以上壊されると、修理するのが大変なんだからさ」

「……わかりました」

グラジールさんは立ち上がり、身体についた木屑《きくず》（階段の手すりの成れの果て）をはたき落とした。

「うわあ……すごく綺麗な男の人だけど……残念……」

シャーリーちゃんが呟くのが聞こえた。

そうなのよ、グラジールはとっても綺麗な美人さんでしょ？　どこから見ても、完璧な美形青年なんだけどね。

この通り、とっても残念だから、割れ物を……割れなくても、ものを渡してはダメなのよ。

彼は、美しく響く声で言った。

「いらっしゃいませ。お部屋に案内致しますが、拠《よんどころ》ない事情がございまして、一部手すりが使用不能になっておりますので、お気をつけくださいませ」

いやいや、今あなたが壊したのよね？

お客の前で突っ込むのもなんなので、わたしはなにも言わずに玄関の外で待つバラールのところに戻り、破れたタオルを手渡した。

「あのさ、聖女のポーリンさま。世話になっておいてこんなことを言うのもなんだけど」

頭をわしわしと拭きながら、バラールが言った。

「あんたんちって、大丈夫なのか？　うちのシャーリーさまに危険はないのか？」

「大丈夫よ」

わたしは笑顔で言った。

「この屋敷は神さまに守られているのです。ですから、とても安全な場所なのよ」

「とても安全な……のか？」

バラールは、ディラさんに肩車されて階段で二階へと向かうシャーリーちゃんを心配そうに見た。

「ほら、虎の人ー、こっちだよ、頭拭いたら早く来なよー」

バラールはため息をひとつつくと、「シャーリーさまを落とすなよー」と言いながらディラさんの後を追いかけて、客室へと案内されたのであった。


ディラさんが腕を振るった夕飯は、とても美味しかった。

お屋敷に住むグラジールさんとディラさんの役割は家令とメイドだけど（妖精として存在するための事情があるらしい）実際は家族のようなものなので、いつも通り、ふたりもテーブルについて一緒に食べた。

今夜は、ディラさんが言っていた通り、焼きたてのパンによく煮込まれてお肉が柔らかくなったビーフシチューと、採れたて野菜のサラダにアンチョビドレッシングをかけたもの（このアンチョビは、軍艦に乗っていた時に食べたものだけど、あまりにも美味しいので帝都からお取り寄せをしているのだ。ちなみに、運ぶのはドラゴン便にお任せよ）というメニューだ。

フルコースのディナーではなく、気の置けない同士の楽しい夕食メニューである。けれど、ツインテールビルや『神に祝福されし村』の祝福された農地で採れた野菜が材料である上、最近は料理を作ることにハマっているディラさんの心がこもっているのだ。

「美味しい！　このシチュー、とっても美味しいですね」

「ネズミちゃんにそう言ってもらえると、がんばった甲斐《かい》があるってもんっすよねー」

ディラさんは、わたし以外の人に料理を振る舞うのは初めてなので、少し緊張していたのかもしれない。シャーリーちゃんが上品にスプーンを使って「お肉が柔らかーい」といい笑顔でシチューを食べる様子を見て「へへっ」と笑い、嬉しそうな顔をした。

食事の後は、わたしが時間を見計らって焼いておいたまだ温かいフォンダンショコラだ。

「おおっ、ケーキを切ったら、中からチョコレートがとろって出てきたっすよ！　さすが奥方さま、芸が細かいっすね、こんなの初めて見るなあ……ふううっ、とろ甘ぁ、これは美味しいっすね」

ディラさんが、初めてのフォンダンショコラを食べながら感想を言った。

「うふふ、ありがとう。溶けたチョコレートって格別に美味しいわよね。この前、セフィードさんがお土産にものすごく美味しいチョコレートの塊を買ってきてくれたから、いろんなデザートが作れて楽しいわ。セフィードさん、ありがとうございます」

わたしがお礼を言うと、中から流れ出てきたチョコにびっくりしていた可愛いドラゴンさんは「んっ」と満足そうに頷いた。

「そうっすね、旦那さまのおかげっすね。一昨日でしたっけ、奥方さまがチョコレートババロアっていう、もんのすごく美味しいやつを作ったのは！　あれも面白い食べ物っすね」

「あら、ディラさんはチョコレートババロアが気に入ったのね」

そう、先日「そうだわ、ゼラチンを使ったお菓子が食べたいわ」と思いついて、ツインテールビルの骨からゼラチンを作ってみたのである。寒天は天草という海藻から作られるが、ゼラチンは動物の骨や皮から作る。いわゆる『コラーゲン』と呼ばれる健康にも美容にも良い成分なのだ。ツインテールビルの骨をよく洗ってから、神さまのご加護で浄化して煮込むと、不純物がすべて取り除かれて、とても澄んだゼラチン液ができた。それを水で薄めて砂糖とレモン汁を入れて果物を固めるだけでも、光の中でキラキラと輝く、子どもたちが大喜びするおやつになるのだが、わたしはこれもこの村の特産品にできるかもしれないと思いついた。

というわけで、濃いゼラチン液を固めて乾かしてから粉砕する、という方法で粉末ゼラチンを作り、様々なデザートを作って研究している。そのうち、オースタの町で開いているカフェ『ハッピーアップル』のメニューにもするつもりだ。

そのゼラチンを使い、先日、搾りたてミルクの生クリームとチョコレートを合わせて、ミルキーでぷるんぷるんのとろけるチョコレートババロアを作ったというわけだ。

「あたしはチョーお気に入りっすよ！　マジ美味しいです、ぷるぷるが口でとろんとろんになって、甘くてチョコレートの味がぱーっと広がって！　後で作り方を教えて欲しいっす。シャーリーちゃんにも食べさせてあげたいんで。ね？」

シャーリーちゃんは「食べたいです、すごく美味しそう……」と期待に満ちた目でわたしを見た。

すると、セフィードさんが「そうだな、あのババロアという食べ物はぷるぷるした感じがポーリンのほっぺたみたいで……可愛い」と呟いた。

「ポーリンはどこもぷるぷるのつやつやで、ババロアみたいに甘い」

「んなっ、セフィードさん！」

セフィードさんの爆弾発言を聞いたわたしは、フォンダンショコラを潰しそうになった。

「うひひひひ、言ってくれますね！　旦那さまはデザートよりも甘いっすね、このこのーっ、いちゃいちゃカップルめ！　奥方さまが味見されちゃったわけっすか」

「ち、違いますよディラさん！」

わたしたちはまだ結婚前で、そんな、甘いとか、味見とか、不純な関係ではありませんから！

セフィードさんを見ると、真剣にケーキをぱくついている。どうやら自分の発言が引き起こした波紋があまりわかっていないらしい。

わたしはため息をついてから言った。

「ええもちろん、チョコレートババロアの作り方をディラさんに教えますよ。ぜひシャーリーちゃんに食べさせてあげて頂戴な」

「うんうん、このあたしが可愛いネズミちゃんのお口に、甘くて美味しいババロアをあーんしてあげるっすよ」

「わあ、嬉しい！」

シャーリーちゃんが、子どもらしく顔を輝かせて大きな声で言ったので、バラールさんは驚いた顔で彼女を見た。

「あたしは妖精なんですけど、なんか、あれを食べた後にやたらとお肌がもっちもちぷるっぷるしてきたんっすよねー。なんすか、奥方さまのほっぺたが感染《うつ》るデザートなんっすか？」

「ディラ、奥方さまを病原菌みたいに言うのはやめなさい」

いや、グラジールさんの方が失礼だからね！

伝染してないから！

でも、コラーゲンは美肌にいいと言われているし、神さまのご加護で作ったゼラチンには、さらに特別な作用があるのかもしれないわね。売り出す時に「美人になるデザートはいかが？」ってうたい文句に入れてもいいかしら。

「じゃあ……ポーリンはババロアを俺にあーんしてくれるんだな」

唇についたチョコレートを舌で舐め取ったセフィードさんが、当然のようにとんでもないことを言ったので、わたしは手が震えてお皿の上にケーキを落としてしまった。

ちょっとこのドラゴンさん、爆弾を投げすぎよ！

「あーんするのは……仲のよい番の務めだろう？」

「その通りっすよ、旦那さま。よくできました」

ディラさんったら、わたしの知らないところで変なことを教えないで欲しいわ！


そんな会話をしながら、和やかに夕食が終わった。わたしたちは食後のお茶を飲みながら、いよいよバラールから話を聞くことにする。

「ガルセル国は、今はどんな状態なのかしら」

わたしが尋ねると、シャーリーちゃんの表情から子どもっぽさが消えた。バラールが席を立ち、彼女の後ろに控える。

「聖女ポーリン、改めまして名乗らせていただきます。わたしはガルセル国の第五王女にして聖霊の聖女である、シャーリー・アラベラ・ガルセルと申します。このたびは、救いの手を差し伸べてくださいまして、ありがとうございました」

シャーリーちゃんは頭を下げて言った。

「こうしてポーリンさまにお会いすることができたのも、聖霊さまと、ポーリンさまの神さまのお導きだと存じます。謹んでご加護にお礼を申し上げます」

「そうですね、すべては神さまのお導きなのでしょうね」

わたしは、ガルセル国を守る聖霊も、わたしがお仕えする神さまも、ひとつに繋がった存在だと思っている。レスタイナでの教えは『神は幾多にして唯《ただ》ひとつ』なのだから。いろんな顔がある神さまたちは、実はひとつの存在である、ということなのだ。なにしろ神託で神さま本人がおっしゃっているのだから、間違いはない。

「聖女としてのシャーリーちゃんに、神さまからなにか神託のようなものはありましたか」

「はい」

彼女は力強く頷いた。

「恥ずかしながら、ガルセル国では神さまの使いを名乗る人間に聖霊の祠を蹂躙《じゅうりん》されてしまい、王家の者たちは現在軟禁されています」

「軟禁、ですって？」

わたしは思わず立ち上がって、セフィードさんを見た。彼は顔をしかめながら「予想以上に穏やかでないな」と呟く。

「そのことは、ガルセル国外に伝わっていないのか？」

セフィードさんが尋ねると、バラールが首を横に振った。

「可能性は少ないと思う。ガズス帝国の密偵がガルセル国内に潜んでいる可能性はあるが、作物の収穫が減ったのと徴兵とで国内の様子は不安定だ。そのどさくさに紛れて王族が軟禁されたから、まだ情報は外部には漏れていないだろう」

シャーリーちゃんは、暗い表情をした。

「巧みに情報を操作して、その男は神官長となって我がもの顔に振る舞っている今の状況を、ガルセル国王家が認めているかのように思わせているのです。神官長は人間ですから、獣人たちを従わせることができません。しかも、国民が信仰する聖霊を蔑《ないがし》ろにしているのですから、反発されることは必至です。そこを、王族の後ろ盾があると偽って、人々を無理やりに抑えつけているのです」

バラールが低く唸りながら言った。

「それに、神官長には奇妙な力があるようなんだ。王都に住む者たちの思考に働きかけて、あの男のことを長く考えていられなくさせている。俺も聖霊の光を目にするまでは、奴を不快に思う程度でまったく危機感を感じていなかった」

わたしは「そうだったのですか。神さまを騙って、王家を騙って、二重の意味でまったくもって許しがたい者ですね」と目を細めた。

「元々この風の祠は地下にあったのですが、その上に神殿を造られ、わたしたちはそこに閉じ込められてしまいました。そしてある日、わたしのもとに聖霊の光が現れて、こうおっしゃいました。『わたしの大事なお客さま　砂を越え　森を越え　わたしの大事なお客さま　天の祠に空の実を土の祠に炎実《ほむらみ》を風の祠に光る実を　納めて天に祈りませ』と。その後には、何度お呼びしても聖霊の光は現れませんでした。弱った力を振り絞り、神託をくださったのではないかと思います。そして、その数日後に、光がバラールを連れてきたのです」

「俺が非番で部屋にいたら、聖霊の光が現れたんだ。急いで剣を摑《つか》んで追いかけると、王族しか知らない隠し扉から緊急脱出用の通路へと導かれて、そこを進んでいったら神殿に通じてシャーリーさまの閉じ込められている部屋に着いた」

「そしてわたしは、他の王族の勧めでバラールと共に軟禁されていた部屋から脱出し、砂の砂漠と魔物の森を越えてやってきたのです」

「そうだったの……」

　ふたりは過酷な旅をして、ここにやってきたのだ。

「ポーリンさま、ガルセル国には三つの祠があって、その周りにはいつも果物の木が育ち、たわわに実っていました。しかし今は、聖霊の力が弱り、木が次々と枯れているそうです。王宮の風の祠にも、以前は光の木がたくさん生えていて美味しい実をつけていたのですが、数個しかならなくなり、やがて神殿を建てるためにとすべて切られてしまいました」

「木が……なるほどね。もしかすると、木が元気に育つことによって聖霊の力も強まるのかしら？」

「そうだと思います。そして、聖霊のお力で他の作物もよく実るので、祠に力を取り戻すことがガルセル国の飢饉《ききん》を救うことになると思うのです」

　そう、それでシャーリーちゃんはこの『豊穣の聖女』のもとへと導かれたのね。

「か弱き乙女でいらっしゃる聖女ポーリンに、このようなことをお願いするのは心苦しいのですが……我が国を救ってもらえないでしょうか」

　真面目に話しているのに、バラールは鼻に皺を寄せて余計なことを言った。

「か弱き乙女？　そんなものがどこに……ぐっ」

「俺の妻……になる人に、なにか文句でもあるのか、虎よ」

　バラールが、またしてもセフィードさんに『猫持ち』されて、ぷらーんとぶら下がっている。

「そうよ、バラール。わたしは心優しきか弱き乙女なのよ？　……ちょっとばかり闘神ゼキアグルさまに贔屓《ひいき》されてるけど、基本的にはか弱いのです」

「か弱き、者が、あんな森の中に、やってくるわけが、ないだろうが！　しかも、おやつを、山ほど、持参して！」

虎はもがきながら言い、それを見たディラさんがけらけら笑った。

「奥方さまはか弱くて可愛い女の子だけどさ、食べられるとなると虎も食べちまうから、口には気をつけた方がいいっすよ」

「……」

虎の動きがぴたりと止まった。

もう、いやねえ。

わたしはドラゴンも虎も食べません。

今食べたいのは、スリーテールビルのお肉なのよ、おほほほ。

どこかにいないかしらねえ。

これが終わったら、結婚式を……

シャーリーちゃんを寝かしつけるのはディラさんにお願いして、バラールさんは客室に戻った。あ、誇り高そうな（面倒くさいとも言う）彼が頭を下げてきちんと謝ったことだし、まだ言葉の端々に失礼な感じが残るものの、これからは彼をバラール『さん』と呼ぼう。

旅の間には仕方がないので一緒に野営していたけれど、シャーリーちゃんはガルセル国の第五王女さまだし、なんといっても女の子だから、護衛の剣士であるバラールさんと同じ部屋に寝泊まりするわけにはいかない。そこで、にわか侍女として「このあたしにお任せっすよ！」とディラさんが登場した。シャーリーちゃんも、久しぶりに女性に身の回りのお世話をしてもらえて嬉しそうだし、なによりも、妖精のディラさんが美人すぎて、一目で心を奪われてしまったらしく、すっかり懐いている。そして、当のディラさんも、小さなネズミのお姫さまの面倒を見るのが楽しくて仕方がないようで、ふたりでおままごとをやっているのかしら？　と思うほど、甲斐甲斐しくお世話をしたりされたりしている。

バラールさんは、護衛の剣士として徹夜で警備するとか、シャーリーさまから離れることはできないとか、いろいろと面倒なことを言い出したけれど、長旅の疲れもあるだろうし、ドラゴンのセフィードさんが睨みを利かせているこの屋敷に脅威はない。『神に祝福されし村』なんて神さまが結界を張っているのだから、村の人たち以外は入ってくることができないどころか、うっかりすると村の存在を忘れてしまうほどなのだ。このあたりではバラールさんに出番はないのである。

というわけで、「ぐだぐだ言ってないで、とっとと寝るっすよ！」とディラさんに寝室に叩き込まれてすぐに、爆睡したようである。

気絶ではなく、気持ち良く眠ったのだと思いたい。まさか虎まで寝かしつけるとは……妖精の底力をいろいろと見ることができて、大変勉強になったと思う。

「ポーリン、話がある」
「はい」
「よかったら、少し外を歩かないか？」

お客のふたりが部屋に行った後、セフィードさんはわたしを夜の森に誘った。お屋敷を少し歩くと、村に抜ける道が森の中にあるのだ。もちろん、魔物なんて出てこない安全な森だ。

まあ、ドラゴンのセフィードさんにとっては危険な場所なんてないだろうから、どんな森でもお散歩できてしまうけれど。

でも、こんな夜更けにふたりきりで外に出るなんて……まるで夜のデートみたいじゃないの！

ちょっとドキドキしながらも、相手が相手なので自分に「ロマンスを期待しちゃダメよ、ポーリン」と言い聞かせる。

外に出ると、空には満月が輝いていて、あたりは思ったよりも明るい。静かな雰囲気の森は、陽《ひ》の光がなくても心穏やかに過ごせる場所だ。むしろ、暗いことで気持ちが落ち着くから……。

「んっ」

「え？」

セフィードさんが手を差し出したので、思わず彼の顔と手を見比べてしまった。

「足元が暗いから、転ばないようにしろ。俺は夜目が利くからな」

て、手を？

セフィードさんが、手を繋いでくれるの？

わたしの気持ちは全然落ち着かなかった！

「ええ、はい、そうですよね。ドラゴンは目がいいから安心です。それではお言葉に甘えまして……お願いします」

「ん」

わたしは平静を装って、セフィードさんの手を握った。

少し体温が低いから、きっとわたしの手は汗をかかない。

かかないはずよ！

そのまま、しっかりと手を繋いだまま、わたしたちは黙って森を歩いた。爽やかな風が頬を撫で、なかなか素敵な夜の散歩だ。ちらっとセフィードさんを見たら、ほのかな明かりの中にすっと鼻筋の通った端整な横顔が浮かび上がっていて、思わず見惚《みと》れそうになる。この世界では、聖女のお姉さま方とかキラシュト陛下とかロージア妃とか、さらには妖精のディラさんとグラジールさんもそうだけれど、とにかく顔立ちが整った人が多い。けれど、セフィードさんはその中でも一際美しいと思う。性格の良さが外見に表れているのだろうか。荒っぽい冒険者の仕事をしているのにその美しさを損なうことがなく、むしろ美貌に精悍さがほんのりと加わって、微妙なさじ加減でイケメン度がアップしているのだ。

ここまで突き抜けてカッコいい人が相手だと、わたしじゃ釣り合わないんじゃないかしら……なーんて殊勝なことを考える余地がこれっぽっちもないわね。

視界に光が揺れたのでふと見ると、夜にしか咲かない花、月夜草がほんのりと黄色く光る花をつけて、月の光を反射している。群生している月夜草が風に揺れる様子は夢の中のように美しい。

わたしの視線を追いかけたセフィードさんも、花を見て言った。

「綺麗だな。月の光の下で見る、ポーリンの髪のようだ」

「ひょっ！　あ、ありがとうございます……」

ほ、褒められちゃった！

綺麗だなんて、照れる！

神さま、金髪に産んでくださってありがとうございます！

違う違う、神さまが産んだわけではないわ、今は亡きお母さま、ありがとう！

全然落ち着けない。

表向きは泰然自若とした聖女だけれど、わたしはまだ十九歳の恋する女の子ポーリンなのだ。しかも、前世も今世も恋愛経験は少ない……というか、今までお付き合いした男性といえばセフィードさんだけなので、こんなロマンチックな状況になると、嬉しくてドキドキしすぎて、どうしたらいいのかわからない。

好きな人と手を繋いで散歩をするだけで、こんなにも嬉しい気持ちになるのね。

ポーリンは、初めて知りました。

背の高いセフィードさんをちらっとを見ると、彼は「暗くても、俺がいるから大丈夫だ」と少し口の端を持ち上げた。

ヤバい、カッコいい！

「ポーリンの手は温かいな」

「そ、そうですか」

「ああ、柔らかいし……きっと心も温かいからだろう」

がんばります！

この手以上に心も熱く燃やします！

燃えろ、聖女の闘魂！

妙な方向に固く決意していると、セフィードさんがぽつりと言った。

「……ポーリンは、ガルセル国に行くつもりなのか？」

「はい」

あまりふたりきりでのんびりと歩くこともないので（大盾を持って魔物狩りに行くのは、ロマンチックではないのでノーカウントよ）今夜はなんだかデートしているみたいだ。ちょっと浮かれていたけれど、今も飢えている獣人たちのことを思い出し、気持ちを引き締めた。

「聖霊の祠の現状を知り、シャーリーちゃんの受けた神託の内容を聞いて、ガルセル国に聖女としてのお役目が待っているのだと感じました。ですから、わたしにできることをしたいと考えているんですけど……」

セフィードさんは、どうだろうか。

わたしはちらっと彼の様子を窺った。

共にガルセル国に行ってもらえればとても心強いから、ぜひ同行してもらいたいのだけれど……人と関わるのが苦手なコミュ障ドラゴンさんにはつらい旅かもしれない。

けれど、彼は言った。

「俺は、ガルセル国の獣人を助けたいと考えている。村の獣人たちのことが大切だと思っているから……彼らの家族や友人がガルセル国に残っているなら、その者たちも助けたい。村は、俺が生きる理由だった。俺が存在してもいいのだと思わせてくれた。身体が焼け焦げて、半分痣に覆われた俺を、村の獣人たちは受け入れて、頼ってくれた。だから、俺は生きていくことができた」

「そうですよね。村のみんなは、セフィードさんのことを大好きだし、尊敬しています」

その昔ドラゴンの一族が、その美しさと強さで驕《おご》り高ぶるあまり、酷く心を歪めた。彼の仲間たちは、彼らの美意識から逸《そ》れた彼の妹を殺せと彼を責め苛《さいな》んだ。

誰よりも美しく強いドラゴンであった、ドラゴンの国の王子であるセフィードさんだったが、まだ若く未熟なうちに親を始めとした年長者に折檻《せっかん》され、洗脳されかけて、精神が砕けそうになった……そして、かなりの錯乱状態になった。

結果として彼は、ドラゴン一族をすべて焼き尽くしてしまったのだ。

ぼろぼろになった彼の身体を、偶然出会った少女の頃のわたしが癒やし、寂れた屋敷に迷い込んだ彼の心を村の人たちが癒やしたのだ。そのことに彼はとても恩義を感じていて、ガズス帝国の宮殿でいじめにあっていたわたしを助けに来てくれたし、村の獣人たちのために冒険者として働いて、稼いだお金で手に入れた食料を村へと運んでいた。

「だから、俺は……ガルセル国に行って、獣人を助けたい」

セフィードさんは、プライドが高くて身勝手なドラゴン一族に生まれたのに、とても愛情深い。

彼と、亡くなってもなお彼を守り続けた妹さんのふたりは、突然変異だったのかもしれないと思う。

しかし、愛情たっぷりのセフィードさんには、家族がいないのだ。事故で両親を失ったわたしが孤児院の子どもたちを愛して、レスタイナ国の人々を愛して生きてきたのと似ているな、と思う。

そんな似ているふたりを、神さまが引き合わせてくれたのだろうか。

家族になりなさい、と。

「わかりました。セフィードさん、一緒にガルセル国に行きましょう。そして、まだ見ぬわたしたちの家族を救いましょう」

「ん」

手が、キュッと握られた。

「いつもありがとう、ポーリン。こんな俺のそばにいてくれて、ありがとう」

握った手が引かれたかと思うと、わたしはセフィードさんの腕の中にいた。そして、彼の両腕はわたしを包むようにして抱きしめる。

「俺はポーリンが大好きだ。ガルセル国から戻ったら、結婚式をしよう。ポーリンが俺の妻であることをみんなの前で神に誓いたい」

「結婚式を？」

まさか、セフィードさんからそんなことを言われるとは思わなかったので、わたしは彼の赤い瞳を見つめた。

「可愛いポーリンにドレスを着せて、頭に白い花冠を載せたい。そして、一生守って幸せにすると誓いたい。あと、音楽に乗ってダンスをする。花嫁と花婿のお披露目のダンスだ」

え、待って、この前まで恋愛偏差値が低かったセフィードさんに、誰が英才教育をしたの？

「結婚するとはそういうものだと聞いた。俺にはそういう知識がなかったから、ポーリンは困っていたんだろう。すまなかった」

「いいえ、そんなことは」

わたしはぶんぶんと頭を振って、振りすぎて眩暈がした。ふらついたわたしの顔はセフィードさんの胸にぽふっと着地した。

「好きだ」

うわあああーっ、嬉しすぎて爆発するわ！

「わ、わたしも、セフィードさんのことが好きです。セフィードさんと結婚式を挙げて、家族になって、セフィードさんの子どもを産んで、みんなで楽しく暮らしたいと思ってます！　グラジールさんやディラさんも一緒に、ずっとずっと！」

そうだ、家族になるんだ！

産もう！

ぽこぽこと産もう！

ちびドラゴンと、ちび聖女と、いろいろとたくさん産もう！

セフィードさんの子どもなら絶対に可愛いし！

わたしが鼻息荒くそんなことを考えていると、頭の上で「え？」という声がした。

「今、なんて……言った？」

「みんなで末長く、楽しく暮らしましょう！」

「いや、その前に……」

「セフィードさんの赤ちゃんを産む話ですか？」

「俺の……？」

しばらくそのまま固まっていたセフィードさんが、がっとわたしの肩を掴むと、胸から離した。

「ポーリン、本気か？」

「本気です……けど？」

「俺の、子ども、産む？　俺の？　俺の？」

イケメンが、変なカタコトになっている。

「他の誰の子を産むって言うんですか！　わたしはセフィードさんの奥さんになるんですよ？　セフィードさんの子どもを産むんです、セフィードさんがお父さんです、ちゃんとわかってますか？」

「…………ふぉうっ！」

セフィードさんが変な声を出した。そして、顔面と瞳の色がお揃いになるほどに真っ赤になった。

「おれがおとうさんになるのか？　おれがおとうさんでポーリンがおかあさんでおれがおとうさんで……おおおおれがおとうさん！」

セフィードさん、大丈夫かしら？

わたしは月の光の中で、激しくうろたえるセフィードさんを見守っていた。黒髪を振り乱し、赤い瞳が少し潤んでいるあたりが大変色っぽくて、わたしは鼻血が出ないようにそっと鼻を押さえた。挙動不審な振る舞いをしても、見目麗しい男性だとドラマのワンシーンのように見えるのだから、イケメンは得である。同じことをわたしがやったら、食あたりでもしたのかと心配されるだろう。

豊穣の聖女は決して食あたりしませんけどね、おほほほ。

「お、俺に、子どもが？　俺の子をポーリンが産んでくれると言った……いや、俺の聞き間違いかもしれない……」

そこは聞き間違いにしないで欲しい。

わたしのせっかくの決意をなかったことにされたら、立つ瀬がないんだけど……。

動揺のあまり現実から逃避しようとするドラゴンさんに、わたしはきっぱりとダメ押しをした。

「聞き間違いではありません。わたしはセフィードさんの子どもを産んで、素敵な家族を作りたいという夢を持っています」

ぽこぽこ産んで、大家族にしたいと思っています……っていうのは、豊穣の聖女としての使命感かしら。

「夢……ポーリンの夢は家族、なのか」

「はい。わたしも幼い頃に両親を亡くした身なので、親子で末長く仲良く楽しく暮らすというのが夢なのです」

神さまのご加護に頼りまくり、わたしは長生きする予定なの。

決して幼い子どもたちを残して逝ったりしないわ。

「親子、か」

セフィードさんが空を見上げた。

「ああ、俺が父親になる日が来るなんて、それこそ俺にとっては幸せな夢のように感じる。俺は良い父親になれるだろうか？　いや、なってみせる。でもポーリン、本当にいいのか？　その……」

彼は再び真っ赤になった顔を両手のひらで覆うと「赤ちゃん、だぞ」と、その隙間からちらっとわたしを見た。

「俺はポーリンが近くにいてくれるだけで嬉しいから、それ以上のことは考えないように、なんというか、あまりポーリンの邪魔にならないように、ひっそりと陰から見守る夫として生きていこうと思っていたのだが……そんなことを言われたら、俺は期待してしまうし、照れる」

照れるのね！

可愛い。

うちのドラゴンさんが可愛すぎる。

物陰が好きなセフィードさんらしい発言だけど、ひっそりと見守るのではなく堂々としてもらって構わない。むしろキリッとした顔で「俺の番に手を出すな」なんて言ってもらいたい。

絶対カッコいいから！

「セフィードさんが、わたしのことを想《おも》ってくれているのと同じように、わたしもセフィードさんのことを想っているんです。セフィードさんが邪魔だなんてとんでもありません。どうぞ陰から出てきてください、陽の当たる場所へ」

わたしは両手を伸ばして、思いきって彼の手を握った。

「セフィードさんが結婚式をしようって言ってくれて、とても嬉しいんです。わたしはセフィードさんが強くて優しいところも、わたしのごはんやおやつを喜んで食べてくれるところも、みんな大好きなんです。だから、わたしからお願いします。これからもわたしとずっと一緒にいてください」

「ポーリン……」

彼は、わたしの手を握り返すとそのまま顔まで持っていって、愛《いと》おしそうに頬に押し当てた。そして、今度は両腕でわたしを抱きしめて、頭に頬擦りしながら言った。

「ありがとう。俺は嬉しい。嬉しくて、これが現実でなかったらどうしようと恐怖を覚えるくらいだ。ポーリンが幸せに暮らせるように、俺は全力でがんばるから……」

彼は少し身体を離してから「ポーリン、愛してる」と小さく言って、わたしに口づけた。

「元気な赤ちゃんを産んでくれ」

彼は優しくわたしのお腹を撫でた。

「はい……え？」

わたしがじっとセフィードさんの顔を見ていると、彼はもう一度ちゅっと口づけてから「ん？」

と首を傾げた。

「どうした？」

「あの……まだ、お腹に赤ちゃんはいませんからね？」

人は、キスだけでは妊娠しないのである。

「……まだいないのか」

「……」

わたしたちは無言で見つめ合う。

「そういえば、そうだった気がする。結婚式を挙げないと、子どもは生まれないんだったな」

……誰か。

誰か、コミュ障ドラゴンさんに、「赤ちゃんが生まれるまで」の英才教育を！

してくださる方はいませんか！

そしてわたしは、妊婦に間違えられないようにもっと痩せてみせるわ、くうううっ！

サイズは妊娠中だけどまだ中に誰もいないお腹を持つわたしは、問題点を棚上げすることにした。

そのまま、また仲良く手を繫ぎながら夜の道を歩き、お屋敷に戻る。心なしか、セフィードさんの頰が緩んでいて、足取りも軽く楽しそうだ。まるで、遠足の前の子どものように。

そんな彼のことが好きで好きで可愛くて愛おしくてたまらないわたしは、自分の幸せを神さまに感謝するのと同時に、ガルセル国にいる人たちも平穏で幸せな日々を送れるように、全力でお手伝いをしようと誓った。


翌朝、わたしとセフィードさん、シャーリーちゃんとバラールさんは、『神に祝福されし村』に向かった。

ガルセル国に行くのに、シャーリーちゃんは連れていかないことにした。彼女は、リアンとミアンとルアンお母さんのうちに預けようと思うのだ。お屋敷に置いておくよりも、村の子どもたちと遊んだり、村の仕事を手伝ったりして過ごした方が、余計な心配事をしないで済むと思う。

さて、このルアンなのだが。

まだ三十歳を過ぎたばかりの彼女は、崖崩れに巻き込まれるという事故で夫を亡くしてから、女手ひとつでふたりの娘を育てていた。そして、聖霊のお告げを信じて食べ物の乏しいガルセル国から逃げてきたのだが、無理がたたって病気になり床に伏せってしまったのだ。

そんなある日、わたしが村にやってきた。ルアンはミアンが持ち帰った、わたしが神さまにお願いしてこの村にいただいた、不思議な力を持つ『祝福のりんご』を食べた。すりおろしたりんごは、食事もなかなか喉を通らなかったルアンでもするすると食べられて、りんご一個分を食べ終わったらあら不思議、病は完全に治り、その日からベッドを離れることができたのだ。

神さまのご加護で村の食糧事情が一気に改善して、お腹いっぱいにごはんを食べられるようになった彼女は、あっという間に完全に健康体に戻った。そして、そんな彼女の心の中には、誰よりも強い神さまへの感謝の気持ちと信仰心が育っていたのだ。

農地の拡大作業が落ち着き、村のみんなとお茶を飲みながら話ができるような時間の余裕が出てくると、わたしは神さまについてのお話をした。それを誰よりも熱心に聴いていたルアンは、今やわたしの片腕として、聖女見習いのような仕事をしているのである。

なんと、神さまのご加護をお願いして簡単な治療までできるようになったのだ。もしも村に神殿を建てるとしたら、彼女が間違いなく神官長となるだろう。

「ポーリンさま、わたしでよかったら、シャーリーちゃんをお引き受け致します」

わたしの頼みに、彼女は快く頷いてくれた。シャーリーちゃんが、実はガルセル国の王女であり聖女であることを、ルアンにはこっそりと告げたのだが、神さまへの信仰心がしっかりとある彼女は、身分の違いにも気持ちが揺らぐことなく、シャーリーちゃんを三人目の娘として面倒を見てくれると約束してくれた。若いながらも、見事な肝っ玉母さんぶりである。

「セフィードさまのお屋敷でひとりで過ごしているよりも、村の子どもたちとわいわい遊んだり、仕事の手伝いをしたりして忙しく過ごした方が、余計なことを考え込まずにいられると思います」

さすがはルアンである。わたしとまったく同じことを考えているあたり、子育て中のお母さんだ。

……え？　どうしてまだ独身のわたしと、考え方が同じかって？

わたしもね、孤児院のやんちゃ坊主ややんちゃお嬢ちゃんを育ててきたからわかるのよ！

「そうね。これもすべて、神さまのお導きなのだと思うのよ。過保護にする必要はないから、村のみんなと同じようにのびのびと過ごさせてあげて頂戴」

ルアンは「はい、すべては神さまのご加護のもとに」と頷いた。

というわけで、わたしたちに置いていかれるとしょんぼりしていたネズミのお姫さまは、しばらくはリアンとミアンと一緒に暮らすと聞いた途端に、ぱあっと顔を輝かせ、リアンとミアンの方も大喜びだった。

「わーいわーい、シャーリーちゃんと一緒だね、嬉しいな！」

「うふふふ、嬉しいわ！」

ミアンとシャーリーちゃんが狂喜乱舞状態になって、両手を繋いで踊っている。幼い女の子がくるくる回って楽しそうに踊る姿を見ていると、こっちまで楽しくなってくる。

「……こりゃあ、反対できなくなったな」

シャーリーちゃんから離れることに難色を示していたバラールさんも、ほっぺたを赤くして元気にはしゃぎ、大声で笑うシャーリーちゃんの姿を見たら、肩の力が抜けたようだ。

「あんなに楽しそうなシャーリーさまの姿は、俺は初めて見たが……年相応な姿なんだろうな。あれほどいい顔で笑う方だったとは、まったく知らなかった」

「ここはね、素朴だけど、自然がいっぱいのいい村なのよ。もちろん、神さまのお力に満ちているから、聖女のシャーリーちゃんが過ごすのに適した場所だと思います」

「ああ、そのようだ」

バラールは頷き「獣人の仲間のために、こんなに素晴らしい村を作ってくれてありがとう。聖女ポーリンさま、感謝申し上げる」と恭しく頭を下げて、わたしを驚かせたのだった。


さて、はしゃぎ回る子どもたちを見ながら、わたしはルアンに相談をした。

「あのね……ガルセル国から戻ってきたら、結婚式を挙げようと思うんだけど」

「まあ！　なんて素晴らしいことでしょう！」

ルアンは顔を輝かせた。

「そうですね、やはり夫婦として暮らすことをきちんと神さまの前で誓って、お披露目することが大切だと思います。ええ、わたしも全面的に協力させていただきますね。セフィードさま、ポーリンさま、改めておめでとうございます」

「結婚式なの？　今、結婚式挙げるって言ったよね？」

耳の良い子どもたちが駆け寄ってきた。

「よかったあ、セフィードさま、ちゃんと言えたね！」

「……ああ」

照れて頭をかきながら、セフィードさんが言った。

英才教育を施してくれたのが誰か、これではっきりした。

「やっぱりね、ウェディングドレスを着るのは女の子の夢なのよ。奥方さまはとってもお綺麗で可愛らしいから、ドレスが似合うと思うよ！　わーいわーい、楽しみだなあ」

「わーいわーい」

小さなわんこちゃんとネズミちゃんが、また楽しそうに踊り出した。

「本当によかったわ。なし崩しに夫婦になるのときちんと相手に伝えてからなるのとでは、やっぱりその後の生活も違ってくるって聞いてたもん」

顎に指先を当てながらおしゃまなことを言うのは、お年頃のリアンだ。

「奥方さま、式の準備はわたしたちに任せてくださいね。そうね、奥方さまは肌が白くて美しいから、白いドレスが似合うと思うの。ね、お母さん？」

「そうね、リアン。きっととってもお綺麗でしょうね。仕立てはタヌキのキャロリンに頼むといいんじゃないかしら。彼女はとても器用で、服を作るのが得意だから」

「出発前におふたりともサイズを確認した方がいいよね。わたし、キャロリンさんと、狐のケントさんを呼んでくるわ！」

「わたしもー」

「わたしもー」

駆け出したリアンを追いかけて、ミアンとシャーリーちゃんが走り出した。

「この村で一番最初の婚礼がセフィードさまとポーリンさまの結婚式だなんて、とっても素晴らしいわ。村の女性たちで準備を整えておきますので、奥方さまは安心して旅に出てくださいね」

「え、ええ、ありがとうルアン。お任せするわ」

さすがパワフルな獣人の皆さまだけあって、たいした行動力である。

そして、ケントとキャロリンの夫婦がやってきた。

「セフィードさま、奥方さま、このたびはおめでとうございます！　畏れながら、当日の髪型と化粧はこの俺に任せてください」

「おめでとうございます！　おふたりの婚礼衣装が縫えるなんて、わたし、とっても幸せです。奥方さま、腕によりをかけて素敵な白いドレスを作りますからね」

ビシッとメジャーを構えたキャロリンが「それではさっそく、測らせていただきます！」と、ケントを助手にしてわたしたちの身体中を測り始めた。

ええとね、詳しい数字は秘密にしておいてもらえると嬉しいわ。

最近、ぽっちゃり度が増しているから……聞く勇気がないの。


それからわたしたち三人は、オースタの町へと向かった。もうひとりの道連れとして、狼のジェシカさんに一緒に行ってもらえるように頼むのだ。

ちなみにわたしはセフィードさんにお姫さま抱っこをして飛んでもらい、虎のバラールさんは元気にダッシュだ。美味しいものをたくさん食べ、一晩ぐっすり眠った彼は、完全に体力を回復している。さすがはガルセル国の有名な剣士だけある。鍛え方が違うようだ。

わたしたちは、ギルド長に会って軽く挨拶をして、今回の旅について報告をした。

「そうか、ガルセル国ではそんな状況になっていたのか……」

王家に仕える剣士に会っても、ギルド長のドミニクさんは動じることがない。

「この件は、帝都の冒険者ギルドにも報告するからな」

「ええ、お願いするわ。わたしも、キラシュト皇帝に手紙を送るのよ。これまでは、山や砂漠が隔てていてガルセル国とは国交がなかったらしいけれど、これを機会に同盟を組めたらと思っているの」

「そうだな。きちんと話し合って同盟国となり、互いに協力し合えるといい」

「そうよ。せっかく隣の国なんだから、お友達になる方がいいわ」

わたしたちの話を聞いていたバラールさんが「おい、ポーリンさま、今なんて言った？」と驚いた顔で話に割り込んできた。

「キラシュト皇帝に手紙をって、あのキラシュト皇帝か？　ガズス帝国の戦神とも鬼神とも言われる、キラシュト皇帝のことなのか？」

「そうよ。彼も剣を振り回すのが得意だから、きっとガルセル国の人たちと話が合うんじゃないかしら」

「……まさか、個人的に知り合い……なのか？」

「元恋敵だ」

横でアップルパイ（ギルドへのお土産に持ってきたものだ）を食べていたセフィードさんが、ぼそりと言った。

「ポーリンを王妃にするとか言っていたが、他の王妃たちが悪さをするし、あいつはどうにも頼りないから俺が攫《さら》ってきた」

「はああああああ？」

虎は大きな口を開けた。わたしはすかさず、サンドイッチ（ドミニクさんのリクエストで、また作ってきたのだ）をそこに放り込んで「落ち着きなさいね」と優しく言った。

「大丈夫よ、すべて丸く収まっていることだから。わたしは元々、レスタイナ国からガズス帝国のお飾り第五王妃になるためにやってきたのよ。結婚する前にセフィードさんとこっちに来ちゃったから、王妃候補で終わったけどね。あ、王妃のロージアさまとは仲の良いお友達だから、頻繁に文通してるわ」

「……元お飾り王妃候補で、王妃と文通……」

もぐもぐとサンドイッチを食べてから、バラールさんが呆《あき》れたように言った。

「もしかして、聖女ポーリンはとんでもない大物だったのか？」

「見た目も大物サイズだけどな、わはははははぐえっ」

わたしは大口を開けて笑う失礼なドミニクさんに、一発天誅《てんちゅう》を下した。

「さすがだな、いい拳だ！」

腹筋をさすりながら、ドミニクさんが言った。

「黒影も、皇帝に気に入られている冒険者だぞ」

セフィードさんは眉をひそめて「あいつは俺と手合わせしたがって、うるさい奴だ。一度も俺に勝てないから悔しがってまるで子どもだな」と文句を言った。

そんなドヤ顔をするセフィードさんもかなり子どもっぽいと思うんだけど。

「子ども？　キラシュト皇帝が、子ども？　しかも、全戦全勝なのか？　……あんたたち、いったい何者なんだよ」

「『神に祝福されし村』の、領主と奥方よ。さあ、アップルパイを食べちゃって頂戴な。ジェシカさんと『ハッピーアップル』で待ち合わせしているんだから」

「おいおい、とんでもないことをさらっと流しているけれど、いいのか？　……おお、このパイは美味いな」

「りんごとさつまいもとレーズンが入ってる、栄養もたっぷりのパイなのよ。男性にも人気なの」

虎はまだなにか言いたそうだったけど、あっという間にパイの虜《とりこ》になった。


「ジェシカさん、お待たせしてしまったかしら」

「あっ、ポーリンさま！　いいえ、全然大丈夫ですよ」

村のみんなで経営している『ハッピーアップル』で、ジェシカさんはケーキとお茶を楽しみながら待っていてくれた。店番をしている女性に、ここで待ち合わせをするようジェシカさんへの伝言を頼んでおいたのだ。

冒険者のジェシカさんは、郷里の仲間がやっているこのお店が居心地良いらしく、毎日のように通ってくれる。そのため、ジェシカさんを捕まえたかったら、冒険者ギルドを通すよりもこの店経由で連絡を取った方が早いのだ。

「黒影さんも、こんにちは」

「おう」

コミュ障の黒影さんだけど、さすがにジェシカさんには慣れているので、ちゃんと返事ができた。

「ジェシカさん、昨日はギルドへの報告を引き受けてくださってありがとうね。おかげで助かりました」

「いえいえ、いつでも任せてください。シャーリー姫は元気になりましたか？」

「ええ。今頃はミアンと手を繋いで、村中を走り回っているんじゃないかしら」

「うわあ、よかったわ！」

ジェシカさんは、手を打ち合わせて嬉しそうに言った。

「あんなに小さな女の子は、毎日元気に笑顔ではしゃぎ回っているべきなんですよ！　村の子どもたちはみんないい子だから、きっと彼女のいいお友達になれると思います」

「ふふっ、そうね。昨日のあの姿から想像がつかないくらいに、きゃあきゃあ言って笑ってるわよ」

「想像がつきますよ、ふふっ」

わたしとジェシカさんが、にこやかにシャーリーちゃんの話をしていると、その様子を見ていたバラールさんが複雑そうな顔をしていた。

「あら、どうしたの？」

わたしが虎さんに声をかけると、彼は「すまない！　本当に、なにもかも、すまなかった！」と深く頭を下げたので、ジェシカさんが驚いてしまった。

「あの、こちらの方はどなたなんですか？」

不審な男発見！　みたいな表情になっているジェシカさんに、「『剣士バラール』よ」と教えてあげる。

「……えええええーっ、嘘でしょ⁉」

しばらく間を置いてから、ジェシカさんが叫んだ。冷静な斥候のジェシカさんだけど、よほどびっくりしたようだ。しかし、その気持ちはよくわかる。

「ね、別人になったでしょ。わたしも驚いたけどね、狐のケントさんに彼の身だしなみを頼んだら、こうなったのよ」

「えっ、だって、若いじゃないですか！　あのもじゃっとしたのがこうなったんですか？　いくらなんでも変わりすぎですよ」

「厳しい旅で、かなり消耗していたし、髪や髭がべったりと汚れていたものね。全身をよく洗って美味しいものを食べてぐっすり眠ったから、今日は元気そうでしょ」

「それにしても……わたし、てっきり四十歳くらいだと思っていたのに……」

「ほら、バラールさん、やっぱり四十歳くらいに見えていたのよ。わたしだけじゃなかったわね」

それを聞いたバラールさんは「ふぐうふっ！」と変なうめき声を上げて、その場に崩れ落ちてしまった。剣では誰にも負けない猛者だけど、言葉の刃物には弱いようである。

有名な剣士の哀れな姿を見て、心優しいジェシカさんは彼に同情したようだ。

「あっ、ごめんなさい。いやでも、昨日、散々失礼な態度を取られたんだから……あ、でも今謝ってましたよね。ポーリンさま、剣士バラールは反省したんですか」

「ええ。誤解が解け、深く深く反省して、今はとても良い虎になりましたよ」

「そうですか、良い虎に……」

「ちなみに、彼は二十八歳だそうよ」

「あらやだ、そんなに若かったの！　それじゃあわたしとそんなに違わないですね」

「ジェシカさんは、二十三歳だったわよね」

「はい」

二十三歳独身女性のジェシカさんは、心を砕かれ、なにも言えずに胸を押さえてうずくまるバラールの前にしゃがみ込んだ。

「バラール殿、お髭を剃《そ》ったその姿の方がずっとお似合いですよ。さあ、立ってください。お店の邪魔になります」

「お、おう、わかった」

しょんぼりした虎が立ち上がった。

「ちなみに、なんで髪も髭ももじゃもじゃさせていたんですか？」

「……その方が、剣士として貫禄があると思って……舐《な》められたくなかったから……」

足下に視線を落としているバラールさんを見て、ジェシカさんがくすりと笑った。

「まったく、男の人ときたら。バラール殿は強い人なんですから、見た目でハッタリをかます必要なんてありませんよ。そのままスッキリさせてた方が全然いいですよ」

「そんなもんか？」

「ええ、ハンサムに見えますよ」

「ハッ、おっ、おう、そうか」

元もじゃもじゃで、今はワイルドイケメンのバラールさんが、口元をヒクヒクさせた。見ると、顔が真っ赤になっている。どうやら女性に褒められる経験があまりなかったようだ。

「とりあえず、座りましょうか。ポーリンさまのお話をお聞きします」

きびきびしたジェシカさんが椅子を勧めたので、みんなでテーブルについた。

「ちょっと内々の話だから……ゼキアグルさまのお力を借りるわね」

そう、わたしは防具屋に寄って、闘神ゼキアグルの大盾を持ってきたのだ。ずっしりとした盾をテーブルに立てかけてから、わたしは祈った。

「ゼキアグルさま、防音の結界をお願い致します」

すると、盾がふわっと赤く光り、わたしたちの周りに光がちらちらと踊り出した。

「さあ、これで会話の内容が漏れることはないわ」

「便利な盾ですよねー。女子会には欠かせないですよ」

「ほほほ、女子会の時は、ゼキアグルさまもお耳に耳栓なのよ」

バラールさんが「神具の使い方！」と呆れたように言った。

「それじゃあ、シャーリーちゃんの事情と、これからわたしたちがやりたいことを説明するわね」

「はい」

「というわけで、わたしはガルセル国へ行こうと思っているのよ」

「……そんなことになっていたなんて」

ガルセル国に、幼馴染《おさななじ》みと親戚、そして家族もいるというジェシカさんは、ショックを受けた。

「それで、わたしとセフィードさん、バラールさんが行く予定なの。できればガルセル国に詳しいジェシカさんにも加わっていただきたいのよ。これは簡単に済む依頼ではないから、ジェシカさんがここまでと判断できるところまでお付き合いくだされぱいいわ」

「そうですね。確かに簡単な依頼ではありません」

ジェシカさんは、少し考えた。

「だいたい、これは獣人の問題であり、他国のポーリンさまのお手を煩わせること自体が……」

「わかっているわ。でも、わたしはガルセル国の皆さんのお手伝いがしたいのよ」

「敵対する存在がいるので、かなりの危険があると思いますよ」

「ええ。おそらくね。それでも、聖女としてのお役目があるなら、このポーリンが行くべきだと思うの」

ジェシカさんはため息をつき「ポーリンさまはお優しすぎると思います」と言った。

「ポーリンは、俺が守る」

「……黒影さんも、優しすぎますからね、もう」

彼女はとほほ、という半泣きの表情になった。セフィードさんがずっと村の獣人たちを守ってきたことを、ジェシカさんはとても感謝しているのだ。

「わかりました。ポーリンさまが行かれるところなら、わたしもお付き合い致します。ええ、どこまでもですよ！　なんと言ってもこれはわたしの祖国の問題ですからね。ありがとうございます、ポーリンさま。心から感謝を申し上げます」

ジェシカさんが深く頭を下げて、それを見ていたバラールさんも同じように頭を下げたので、わたしは「ふたりとも、よして頂戴な。わたしは自分の意志でガルセル国へ行くのよ。それにね、獣人も人間も、皆神さまの愛し子なの。困っているのならば、できる限りお救いするのがわたしのお役目なのよ」と言った。

「剣士バラール」

ジェシカさんが言った。

「これが聖女というお方なの。見た目や人種の差なんてポーリンさまには些細なことなのよ。そして、すべての者を愛情でお包みになり、助けの手を惜しげもなく差し伸べるお方なの。だから、わたしも『神に祝福されし村』の人たちも、みんなポーリンさまを敬愛しているのよ。わかるかしら？」

「……返す言葉もない」

ごん、と、虎が頭をテーブルにぶつける音がした。

「それでは、ガルセル国へ行くための準備をしましょう。明日の朝には出発したいわ」

「了解しました」

熟練の冒険者のジェシカさんは、突然の依頼でもまったく動じない。

「ポーリンさま、旅程はどのくらいの予定ですか？」

「そうね、ガルセル国まで一泊二日かしら」

わたしが答えると、バラールさんは「はあああーっ？　おい待て、魔物の山と砂漠を越えていくんだぞ？　いくら冒険者のパーティーだからといっても、それはあまりにも無謀すぎる」と反対した。

「そうかしら？」

わたしがちらっとセフィードさんを見ると、彼は「俺とポーリンだけなら一日で着くから……虎も狼も体力がありそうだから大丈夫じゃないか？」と言った。

「セフィードさんがそう言うなら、大丈夫よ」

わたしの信頼のこもった視線を受けたドラゴンさんは、目を細めて「ふっ」とクールに笑った。

きゃー、カッコいいわ！

「いや、二日で着くわけがない！」

「剣士バラール、このおふたりをどなただと思っているんですか？　大丈夫と言ったら大丈夫なんです。ただし、食料は多めに用意した方がいいですよ」

「あら、さすがはジェシカさんね」

よくおわかりだわ！

バラールさんはまだなにかを言いたそうな顔をしたけれど、ふっと考えてから「ああ、この聖女さまには常識を求めちゃいけないんだったな」と、妙な納得をしていたので、わたしはゼキアグルさまにお礼を言って、防音のご加護を終わらせていただいた。

「それでは武器屋に行きましょうね。まずは、バラールさんの剣を選びましょう。剣を失った剣士では、心許《こころもと》ないわ。バラールさんも、武器がないのでは不安でしょう？」

「ああ、そうだな」

「この町にはガルセル国で使っていたような業物《わざもの》はないだろうけれど、結構腕の良いドワーフの武器屋がいるのよ。剣の代金は立て替えておくから、国に帰って落ち着いたら返して頂戴ね」

「すまないな、必ず返す」

うちの村は、まだ裕福とは言えないので、高い武器をほいほい奢《おご》るわけにはいかないのだ。グラジールさんが財政を担当しているのだが、税収はすべて村の発展のために使われているから、領主であるセフィードさんもさほどお金持ちではない。わたしたちは、冒険者としての稼ぎをメインに暮らしているのだ。

でも、農業も魔物狩りも順調なので、食生活はものすごーく豪華だけどね！

「それから、ジェシカさんへの依頼料についてなのですが……」

「そんな、ポーリンさま。わたしは自分の国のために行くんですから、依頼料なんて必要ありませんよ」

「いいえ、冒険者を何日も拘束するのだから、それなりの報酬は出したいのよ。とはいえ、財政的にあまり無理はきかないから……この『ハッピーアップル』で、毎日ケーキやサンドイッチなどの食べ物を飲み物つきで一日三つまで無料が一年間、というのはどうかしら？」

ふふふ、これならわたしにもお得なのよね。

「えええっ、いいんですか？　その報酬は嬉しすぎるんですけど！」

ジェシカさんの声がいきなり高くなった。

「美人のジェシカさんが通ってくれるから、このお店も繁盛しているのよ。これからもご贔屓にね」

「そんな、ポーリンさまったら……」

ジェシカさんは赤くなった。ショートカットの狼さんは顔が小さくて逆三角形で、アイドルになれるくらいに美人さんなのだ。

「ここのお店のスイーツも軽食も、とても美味しくて大好きなんです。その報酬、ありがたく受けさせてください」

「契約成立ね」

わたしたちは固い握手を交わした。

『ハッピーアップル』を出ると、旅の買い物に出かけるジェシカさんと別れて三人で武器屋に向かった。

「オレンおじさん、こんにちは」

「おや、ポーリンちゃんじゃないか！」

店の扉をくぐると、真っ直《す》ぐな髭を伸ばした武器屋のオレンおじさんがいた。

「今日もぽちゃっと可愛い別嬪《べっぴん》さんだのう。か弱いポーリンちゃんじゃ、うちの武器は持てないだろうが、おじさんがナイフでも包丁でも、なんでもポーリンちゃんに作ってやるからのう。ほれ、ここにおかけ」

「ありがとう」

わたしは勧められた椅子に腰かけた。オレンおじさんは、店の奥に「ポーリンちゃんが来たから、なんか美味いもんを出しとくれ！」と叫んだ。

「はいはい。あらまあ、うちの亭主のお気に入りのポーリンちゃんは、今日もふくふくして本当に可愛らしいねえ。よく来なさったね」

オレンおじさんの奥さんがニコニコしながら出てきたので、わたしは「お邪魔してます」と挨拶をした。わたしは大盾以外の武器（盾は防具なんだけど、ぶつけて魔物を倒しているから武器ってことになるのかしらね？）は持たないのだ。だから、ここに来るのは珍しい……というか、なんでもいいからポーリンちゃんに作ってやりたいんじゃあああ！　と絶叫するオレンおじさんに包丁を作ってもらう時くらいしか来ない。

そう、ドワーフであるオレンおじさんたちは男女共にとても筋肉質なので、わたしのような色白でふんわり柔らかい体型にものすごく魅力を感じるらしい。おかげでわたしはオレンおじさんにも、奥さんのアリンおばさんにも（彼女も鍛治《かじ》をするのだ）絶世の美女に見えるらしく、贔屓されている。

「黒影はもちっと肉をつけて、ポーリンちゃんの隣に立っても見劣りしないようにならんといかんぞ」

「そうよ、ちゃんとごはんを食べているの？　身体を張ってポーリンちゃんを守らないといけないんだから、がんばりなさいよ」

「わかった」

素直なドラゴンさんが「もっと食べる」と頷いた。美貌の王子も、ドワーフ視点からすると、わたしにふさわしくなるためにはもっと努力が必要なのだそうだ。

「そうだわ、今日はこの剣士が使う剣を探しに来たのよ。バラールさんといって、国では有名な剣士なんだけど、旅の途中で女の子を守って剣をなくしてしまったの」

わたしたちの会話を「別嬪……？」と首をひねりながら聞いていたバラールさんを、オレンおじさんに紹介する。

「急な話だけど、明日、この町を出発するから急いでお願いするわ」

「旅の途中で剣をなくすとは、あんた、そりゃあ難儀だったのう。女の子は無事なのかい？」

「生き延びるだけで精一杯だったが、すっかり元気になって、今は村で遊んでいる」

「そうかそうか、ふたりとも命があってよかった」

剣士が剣を失うというのはよほどの状況なので、オレンおじさんは腕を組んで頷いた。

「よし、わしが良い剣を選んでやるからな、ちょいと身体を見せてもらおうか。ほれ、屈んでみろ」

ドワーフはわたしの肩くらいの身長で、バラールさんはわたしよりも頭ふたつは大きいので、虎はぐっと腰を屈めた。オレンおじさんは、厳しい目つきでバラールさんの全身を眺めてから、肩や腕を触ったり身体をぐいっと押してどのくらい耐えられるか見たりした。

「ほう、こいつは驚いたな。おまえさんは、かなりの腕前じゃろう？　無駄なく鍛えられた、バランスの良い身体つきをしておるし……天性の才能もあるようだな。ふむ……これならもしや……」

「あんた、お茶とお菓子を持ってきたよ」

「アリン！　この虎男に例の大剣を振らせようと思うんじゃが」

「ええっ？」

お茶とお菓子が載ったお盆を持ったアリンおばさんが、ぱかっと口を開けた。

「あんた、アレを持たせるのかい？」

「ふっ、この時を待っていたんじゃ。持ってくるのを手伝っとくれ」

「わかったよ！」

おばさんは、わたしにお盆を預けると、おじさんと一緒に奥へ戻ってしまった。仕方がないので、わたしはカウンターにお盆を置いて、もぐもぐとお菓子を食べ始める。

うん、ジャムの挟まった素朴なビスケットね。

生地に楓蜜《メープルシロップ》が入っているのかしら？　風味が良くて美味しいわ。

「おい、なんだか騒ぎになってるようだが、のんびりおやつを食べてる場合なのか？」

腰を伸ばしながらバラールさんは言った。

「おやつを食べるしかないでしょ。わたしにお手伝いできることはないもの」

わたしはカップのお茶を飲んだ。

これは紅茶に近いわね。

ビスケットにとても合うわ。

セフィードさんの口にも「あーん」とビスケットを入れたりしていたら、巨大な剣をふたりで持ったオレンおじさんとアリンおばさんが奥から戻ってきた。

「あらまあ驚いたわ！　これはまた、大きくて立派な剣ね。でも、大きすぎない？」

人間が持つには大きすぎる剣を見て、わたしは驚いてビスケットをもうひとつ食べた。

「これはな、曰くつきの剣なんじゃよ。三日三晩、わしの夢にヒラヒラした光る神さまが出てきてなあ。わしに目で『大剣を打って欲しい』と訴えてくるんじゃよ。それで、どうしても作らなくちゃいけない気持ちになって剣を打ったはいいが、あまりにも大きすぎて誰もまともに振るえなくてのう。仕方がないから、夢の神さまが引き取りに来るまでと、工房の壁に飾ったままにしてあったんじゃよ」

壁に飾ったままにって……闘神ゼキアグルの大盾と同じパターンじゃない？

ドワーフの鍛治職人オレンおじさんが夢で見た神さまに頼まれて作った大剣は、かなりの重さがあるようだ。作ってから「これを誰に持たせればいいのじゃ？」と悩んだオレンおじさんは、力自慢の人間のみならず、獣人やリザード族などの数名の大男に試し斬りをさせたという。しかし、皆に口を揃えて「こんな剣、重すぎて戦いには使えない」と言われてしまったそうだ。

虎のバラールさんは、剣士として鍛えられた肉体を持っているし背も高いが、それほど大きいわけではない。熊や牛などの獣人の中には、縦も横も巨大な体躯《たいく》をしていて、巨人と呼んだ方がいいような者もいる。しかし、オースタの町が誇る鍛冶屋のオレンおじさんは、この大剣を彼に持たせようと考えた。

「オレンおじさん、それをバラールさんに振ってもらうの？」

大きいので、背中に背負うタイプの両手剣は、鞘《さや》に納められていても存在感が抜群だ。わたしは、バラールさんにはちょっと無理っぽくない？　という気持ちを込めて尋ねたけれど、オレンおじさんは言った。

「本当の力とは、筋肉があれば出るものではないんじゃ。我らドワーフも、身体は小さいが重い鎚《つち》を扱うのが得意だ。これは力だけに頼っていないからなんじゃよ。すべてはバランスじゃ、バランス。さて、お前さん、これを振ってもらおうかのう？　ほれ、店の隣に武器の試し場があるからな、来るがいい」

オレンおじさんとアリンおばさんが「ほっ、ほっ、ほっ」とかけ声をかけながら大剣を運んでいったので、わたしたちも後をついて試し斬りができる広いスペースに行った。

腑に落ちない顔をしながらも、虎さんは剣士だけあって大剣に非常に興味があるようだ。

ちなみに、自分の腕をドラゴンの鉤爪《かぎづめ》に変化させて戦うセフィードさんは、剣にまったく興味を示さない。場所を移動するにあたり、お茶菓子のビスケットを持ってもらっている。

「……ジャムが美味いな」

もきもきとおやつを食べるドラゴンさんが可愛くて和むわ。

「ほい」

「おう……おや？」

オレンさんに促されて、バラールさんが両手を伸ばして大剣の柄《つか》を握り、鞘から抜くと、それは重さを感じさせない様子で持ち上がった。

あらら、重力どこいった？

「さすがじゃ。やはりお前さんは剣の扱いに関して生まれもった才能がある」

「……」

驚いた顔をしていたバラールさんは、やがてにやりと笑うと、剣を構えて振った。ぶん、と風圧が飛んでくる。わたしは内心で「うちわか！」と突っ込んでしまった。

「これはいいな」

ぶん、ぶん、と何度も大剣が振られる。とても楽しそうだ。新しいおもちゃをもらった男の子の顔になっている。

「試し斬りは、あれを使えばいいんだな」

嬉々《きき》として大剣を振り回し終えてから、バラールさんは丸太が何本か立つ場所に移動した。

「ねえオレンおじさん、あれはバラールさんだからできることなのかしら。あんな金属の塊を軽々振り回すなんて……ちょっと普通じゃないわね」

「そうじゃよ、ポーリンちゃん。他の者では逆に剣に振り回されておった。あの足腰を見てみい。どっしりと大地を摑んでおるじゃろう。あの虎はたいした剣士と見たぞ」

「そうなのね……」

ガルセル国の王家に仕える剣士だものね。

「まあ、それに、あの大剣にはなにか不思議なお力を神さまがくださっているのじゃろう。おそらく、あの剣士に剣が渡ることを望まれていたんじゃな」

わたしもそう思うわ。

大剣を受け取ってからのバラールさんは、オーラを纏っているというか、光り輝いて見えるもの。

「でっかい大盾を片手で持って走る誰かさんも、普通じゃないからのう」

「あ、あら」

「うむ。盾がアクセントになって、なんともかわゆいのじゃからな。ポーリンちゃんの可愛さは全然普通とは言えん」

「ええっ、そっち？　盾がチャームポイントってアリなの？」

「闘神さまも、ポーリンちゃんの魅力にくびったけなんじゃろうな、はっはっは」

「……おほほほ……ほ？」

よくわからないけれど、褒められてるみたいね。

大剣を手にした虎さんは、見事な剣さばきで試し斬り用の丸太をスパッと斬った。

「この剣はすごい！　様々な業物を見てきたが、こんなにも素晴らしい剣は初めてだ」

「そう言ってもらえると、嬉しいのう」

バラールさんがこの大剣をとても気に入ったみたいなので、オレンさんから購入を決めた。しかし、当のオレンおじさんが、なぜか普通サイズの剣の料金しか受け取ってくれない。

「ねえ、これじゃあ材料代くらいにしかならないんじゃないかしら？」

いくらなんでも安すぎるので、わたしは鍛冶屋の夫妻に尋ねた。

「そうさのう、材料代が返ってくるのならわしは充分じゃからな。ほとんど趣味のようなものとして作った大剣を引き取ってもらえるのじゃから、それだけでありがたいと思うぞ」

はっはっは、とまた笑うオレンおじさんと、「そうよね、場所塞ぎだった剣が活躍できるのだもの、それだけで嬉しいわよね」と言うアリンおばさんは、とても良い人たちだ。

「それに、虎の兄さんは訳ありなんじゃろう？　ポーリンちゃんが面倒を見てるんじゃから、善人に決まっとる。ならば、わしたちはその手伝いをしたいものじゃよ」

「そうそう、神さまのお引き合わせってことさね、あんた」

「オレンさん、アリンさん……ありがとうございます」

訳ありの虎は、ふたりに頭を下げた。

わたしもお礼を言う。

「おふたりとも、ありがとう。そうね、きっと神さまのお引き合わせなのね。神さま、いつもお力添えをくださいまして、ありがとうございます。ポーリンはとても助かっています。……ええと、ヒラヒラしてお光りになる神さま……でしたっけ？」

「そうじゃよ、素晴らしく綺麗な神さまで、うっとりするような剣さばきをされてたのう」

あ、綺麗だけど、そこは剣なのね。

「こんな一介の鍛冶屋の夢の中に現れてくださったとは、本当にありがたいことじゃな」

わたしはヒラヒラした神さまにお礼の祈りを捧げる。

「見守ってくださいまして、ありがとうございます。……これから困った皆さんをお助けに参りたいと思っておりますので、どうかご加護をお願い致します」

わたしが天に向かって祈ると、キラキラ光るものが天から降り注がれた。

「あら？」

「おう、なんじゃこれは？」

癒やしのご加護をお願いする時に降ってくる、お馴染みの光なんだけど……今回はやたらと量が多いわ。わたしたち五人の周りに光が渦巻き、目が開けられないくらいに眩《まぶ》しくなる。

『鍛冶屋オレンよ、良い剣を打ってくれたね』

頭の中に声が響き渡る。わたしががんばって薄目を開けると、そこには身体に羽衣のような薄い服を纏わせた、とんでもない美人（性別は不明だ）の姿が見えた。

『この大剣にも、大盾のようにわたしの加護を授けてある』

「大盾のようにって……うえええええええ？　闘神ゼキアグルさまでいらっしゃいますか？」

わたしの問いかけに、美人さんが笑顔で頷く。

神々しい！

尊い！

美しすぎるの千億倍！

『愛しき我が子、聖女ポーリンよ。わたしたちはいつも見守っているからね』

「はい。ゼキアグルさま、ありがとうございます」

闘神ゼキアグルさまが、その白魚のような白くて美しい御手で、わたしの頭をくりくりくりくりんと撫で撫でしてくださった。

『わたしの大盾を使ってもらえて嬉しいよ』

きゃあああああああーっ！

美しい！！

尊い！！！

尊いの那由他《なゆた》倍！！！！

そして、ゼキアグルさまが去った。

去ってしまった。

尊かった！！！！

聖女やっててよかった！！！！

わたしは撫でてもらった頭を押さえて「んむふふふふ」と怪しい笑いを漏らしてしまった。

「……今のは……闘神ゼキアグルさまが、わしの剣を、お褒めくださったのか……」

オレンおじさんの目からは滂沱《ぼうだ》の涙が流れ出て、隣にいる奥さんのアリンおばさんも「よがっだねえ、あんだぁ……」と泣きじゃくっている。

「眩しくてよくわからなかったが、今のは神さまの降臨だったのか？　この大剣にも加護が授けてあるって聞こえた気がするが……そうか。さすがは聖女ポーリンだな。これはすべて神さまのお導きだったというわけか。ありがたいことだ」

虎の心に強い信仰心が芽生えたようだ。

「なんか、光るのがぱーっときてがーっと帰ったな」

ちょっ、ドラゴンさん！

淡々とした感想ね、さすがというかなんというか、セフィードさんらしくて萌えるわ！

と、それは置いておいて。

「オレンおじさん、アリンおばさん。実は獣人の皆さんが住むガルセル国で、大変な事件が起きているのです。わたしたちはそれを解決するために、明日ガルセル国へ向かうのですよ。この虎のバラールさんは、ガルセル国王家に仕える高名な剣士なのよ」

大剣を掲げて神さまへの祈りを捧げたバラールさんは、鍛冶屋夫妻に会釈した。

「なんと、ガルセル国の剣士、しかも、王家に仕えるほどの手練れじゃと？　いや、なるほど、合点がいったわい」

オレンおじさんは髭を撫でながら言った。

「この剣は、わたしたちの目的を果たすのに重要な役目を担うはずです。オレンおじさん、アリンおばさん、ありがとうございます」

「そんな、ポーリンちゃん、あたしたちは武器を打つくらいしか能がないけど、それが困った人たちの役に立つのなら、むしろこっちがありがたくてお礼を言いたいくらいだよ！」

「そうとも、武器屋冥利に尽きるってもんじゃ、ありがとうよ、ポーリンちゃん。それから、お前さんにその大剣を渡すことができてよかった。ぜひとも存分に振るってもらいたい」

「……感謝しかない。俺のもうひとつの腕として、ガルセル国の運命を切り開かせてもらおう」

「ありがたいことじゃ。というわけで、やっぱり代金はいらん」

「いやいや、せめて材料代は受け取ってもらわないと」

「いやしかし、大義を聞いてしまったからには、受け取るわけにはいかんぞ」

「いやいや、それは困る」

「いやいや、こちらこそ困るわい」

というわけで。

神さまオーダーの大剣を作ってくれた夫妻にはそれぞれに、ジェシカさんと同じく、『ハッピーアップル』で、毎日ケーキやサンドイッチなどの食べ物を飲み物つきで一日三つまで無料が一年間、というお礼をすることになったのであった。

そして、翌日。

出発の支度が整ったわたしとセフィードさん、そしてバラールさんは、ジェシカさんと待ち合わせるためにオースタの町に向かう。

「奥方さま、気をつけて行ってらっしゃいませ！　絶対にお屋敷に帰ってきてよ、このあたしをひとりにしないでね、約束だからね！　うわあ、やっぱ行かないでよー、行っちゃやだー」

元嘆きの妖精の嘆きがすごい件。

ルアン母さんに連れられて見送りに来てくれたシャーリーちゃんも、ディラさんの嘆きっぷりに目を丸くしている。

「ディラさん……困ったわねえ」

「やだーやだーやだー」

もうやだこの子ったら可愛すぎる！

わたしは駄々っ子のようになったディラさんに抱きつかれて、内心で萌えつつもため息をついた。

まさか、彼女にこんなにも心配をされるとは思わなかった。普段はわたしのことをいじり倒す、面白がり屋の失礼メイドなのに、目に涙を浮かべてすがりついている。

「だって、今回はマジヤバいとこに行くっしょ！　その辺の野山で美味しい魔物を狩ってくるのとは訳が違うっしょ！　奥方さまが帰ってこなかったら、あたし、生きていけないっすからね！　そうだ、死んだら嘆きの妖精以上のおっそろしい嘆きの妖怪になって、もっのすごい声で嘆いて、このあたりの森を全部枯らすから！」

元嘆きの妖精の脅しが怖い件。

「ディラさん、自然破壊はやめましょうね」

わたしはディラさんの肩をぽんぽんと叩いて「ほら、誰よりも強いセフィードさんも一緒だし、大丈夫よ。他にもバラールさんとジェシカさんがいるし。みんなで力を合わせていれば、それほど危険はありませんからね」とディラさんをなだめた。

「そりゃあ、セフィードさまの化け物じみた強さはあたしも知ってるけどさ……」

「化け物言うな」

ドラゴンさんが無表情のまま呟いた。

すごいわセフィードさん！

突っ込みが言えるくらいにコミュケーション力がついたのね！

「ね、ディラさん。心配をしてくれてありがとう。でもね、わたしには強くて頼りになる仲間がいるし、なによりも神さまがお守りくださっているのよ。これほど心強いことはないでしょう」

「じゃあ、あたしも祈るよ！　毎日神さまに祈るっすよ、早く奥方さまを返しやがれこの……」

「はいディラさん、落ち着いて。それはお祈りじゃなくて、神さまに喧嘩を売ってますね。お守りくださる方にその言い方はありませんよね」

「……んじゃあ神さま、できるだけ早く奥方さまを返してください、お腹いっぱいになるような美味しいごはんを作って待ってますから、ってこれでいいんすか？」

「素晴らしいわ！」

めっちゃ早く帰りたくなってくるお祈りだわね。

主にわたしが。

「なるべく早く帰れるように、わたしもがんばりますからね。あなたはグラジールさんと一緒にこのお屋敷を守ってお留守番をしていて頂戴な」

グラジールさんは家令らしく、少し離れたところでわたしたちを見守っている。さすがは家付き妖精、どっしりとした落ち着きさえ感じられ……あら？

「グラジールさん？　グラジ……あらま、なんてこと！」

直立不動の美貌の家付き妖精は、無表情のまま滂沱の涙を流していた。

こんなにも美しい滝のような涙、初めて見たわ！

キラキラと輝きながら、彼の身体の水分が地面に落ちて水溜まりを作っていく……って、干からびちゃうし！

いくら水も滴るいい男でも、干物になったら困るわよ、どうせ食べられないし！

「ちょっ、あなた、大丈夫⁉」

「おぐがだざま……しづれい」

彼はしなやかな指先でハンカチを取り出すと、ちーん、と上品に洟《はな》をかんだ。

「失礼致しました。奥方さま、どうかご無事でお帰りくださいませ。できるだけ早くお戻りくださいませ、おぐがだざま……」

イケメンが鼻水の水溜まりを作るのは阻止されたけれど、涙の方は止まらない。

いや、鼻水の方も元気を取り戻してきた。

これはまずい。干物化に拍車がかかってしまう。

「ええ、絶対に無事に帰るわよ、こんなんじゃこっちが心配でたまらないもの。だからグラジールさん、泣くのはおやめなさいな」

彼は別のポケットからハンカチを取り出して、再びちーん、と洟をかんだ。

「しかし、セフィードさまはふらふらお出かけになっても大丈夫な気がしますが、奥方さまのことは心配で仕方がないのです。奥方さまが戻ってこられなかったらと思うと、わたしはもう、この場で朽ちて地面の一部になってしまうような心地がするのです」

やめてー、朽ちるのはやめてー。

神さま、この妖精が朽ちたりしないように、ぜひご加護をお願い致します。でないと、聖女ポーリンは自分の罪深さに打ちひしがれて、聖女のお役目を果たせなくなりそうです。

わたしがグラジールさんの心配をしていると、彼の様子を見かねて家からタオルを取ってきたデイラさんが、それをグラジールさんの顔面に押しつけながら言った。

「そうそう、セフィードさまはね、無駄に強いから留守にしてても心配いらないんっすけどね。特にここんところ、身体からジャンジャン覇気が漏れまくってて、言うならば『凶悪なドラゴンここにあり』ってなもんっすから。セフィードさまはそのお漏らしをなんとかした方がいいと思うっす」

「俺は、お漏らしをしてるのか」

「ずばり、いろんなものが漏れてるっすね！　例えば、奥方さまへの愛とか？　うひひひ」

「それは……」

「愛はいくら漏らしてもいいけど、凶悪さは漏らさないのがマナーっすよ！」

「俺は……そんなに嫌な奴なのか……」

ディラさんってば、ずいぶんな言いようである。

『凶悪なドラゴン』なんて言われてしまい、心なしか、セフィードさんがしょんぼり顔になったような気がする。

「……ディラ、グラジール、落ち着け。ポーリンは、大丈夫だ」

元嘆きの妖精と不器用な現役の家付き妖精に向かって、セフィードさんがぼそぼそと言った。

「最悪の場合は……凶悪な俺がすべて焼き払うから」

ドラゴンさんが拗《す》ねた。その無表情さが怖い。

「ひっ！　セフィードさん、なんてことを！」

それ、洒落《しゃれ》にならないからね！

ドラゴンさんにとってのすべては、本当にすべてなんだから！

しかも一回やっちゃってるでしょ、あなたは！

「ポーリンのことは火傷《やけど》ひとつ負わせないから大丈夫だ。あとはすべて焼く。俺は凶悪なドラゴンだから、綺麗さっぱり焼き払う」

「ねえセフィードさん、世界を火の海にするのはやめましょう」

「……それは、食べるものがなくなるからか？」

こてんと首を傾《かし》げて、焼く気満々らしいドラゴンさんが言った。

「そ、それもありますけどっ！」

もう！

当たってるけどね！

「セフィードさんは、決して凶悪なドラゴンではありませんからね。優しくて強くてカッコよくて頼りになる、最高のわたしのドラゴンさんですもの。神さまだってそれをお認めだから、わたしをセフィードさんと結びつけてくれたのだと思いますし、セフィードさんは神さまの治癒のご加護も頂いたでしょう？」

「……そういえば、そうだな。天からの光が俺の身体の火傷を治してくれた」

「そうですよ。神さまは凶悪な者にご加護をくださいませんよ」

わたしとセフィードさんは見つめ合った。

彼は「そうだな、俺は、凶悪なドラゴンじゃないな」とふふっと笑った。

めっちゃ可愛いんですけど！

可愛さが凶悪だと言えるわね、このこのーっ！

「ヒューヒュー、お熱いね、このこのーっ！」

元気になったディラさんが、いつものように冷やかしてきた。

「あ、あたしってば凶悪なとか言っちゃってごめんっす！　超強いって意味だったんすけど、セフィードさまに失礼だったよね、ごめんごめん、ごめんっすってば」

安定の失礼メイドは、こんなにも顔もスタイルもいい美女妖精なのに「へへへ」と言いながら頭をかいて、とても残念な感じで謝ったのだった。

と、そこへ少し離れたところで大剣を振り回していた、ご機嫌な虎がやってきた。

「これは本当に素晴らしい剣だな！　俺は毎日神への祈りを欠かさないようにするつもりだ、わははははは！　さあ、出発するぞ！」

「バラールさん……マイペースでいいですね」

「気持ちのいい朝だな！　旅日和だ！」

大剣を背中に背負ったバラールさんが、天に向かってガオーッと吠《ほ》えた。

「闘神ゼキアグルよ、俺はこの剣で国を救うと誓うぞ！　神よ、ありがとおおおおおおーっ！」

……わたしの周りの人たちは、どうしてみんなキャラが濃いのかしらね？

「あの……皆さま、お気をつけて行ってらっしゃいませ」

シャーリーちゃんだけが、まともな見送りの言葉をかけてくれた。

「このポーリンにお任せあれ！　シャーリーちゃんのご家族にお会いして、元気で過ごしていることをお伝えしましょう」

「はい。ありがとうございます」

そしてネズミのお姫さまは、わたしたちのために祈りを捧げてくれた。


オースタの町でジェシカさんと落ち合って、わたしたち三人はガルセル国へと出発した。危険度が低いA区域とB区域を抜けて、そこそこ強い魔物が出るC区域の森の前で準備を確認する。武器も防具も必要ないセフィードさんは、いつも通りの黒ずくめの服装で、あとは手ぶらだ。バラールさんは背中に大剣を背負ってご機嫌だし、ジェシカさんも身体のあちこちにいろんな道具を仕込み、背中にはリュックがある。で、わたしは手に大盾を装備して、いつもの聖女服を着ている。

そして、目の前には椅子がある。手ぶらのセフィードさんがここまで運んできてくれた。大きめの木の椅子にはクッションが置かれ、両方の肘かけを繋ぐように、固めの長いロープが二本結ばれている。背部にはおやつや食料などが入ったカバンが装着されていた。

「……なぜ、椅子なんだ？」

「わたしが座るからです」

「…なるほど。は？」

バラールさんの問いに答えたのに、彼はまだ首をひねっている。

「効率良く山と砂漠を越えるのに、最適な方法を考えて、ジェシカさんにこの椅子を作ってもらいました」

「わたしは椅子にロープを結んだだけですけどね」

あら、座り心地が良くなるようクッションをつけてくれるあたりに、ジェシカさんのきめ細やかさが表れていてよ。

「それでは、行きましょう。バラールさん、ジェシカさん、しっかりついてきてくださいね」

これから長距離マラソンをしてもらわなければならないので、わたしはふたりに声をかけて、椅子に座った。そして、大盾を前に構える。

「闘神ゼキアグルさま、ガルセル国の皆さんのもとへ向かいますので、森を抜けるためのご加護をお願い致します」

わたしが神に祈ると、大盾から赤い光が溢れ出した。

「セフィードさん、お願いします」

「よし」

セフィードさんが背中からドラゴンウィング（ちょっとカッコよく言ってみた）を出すと、ロープを摑んで飛び上がった。すると、わたしは遊園地の空中ブランコに乗ったように浮き上がる。安定感はこの椅子の方がずっと上であるが。

「ええっ、なにをする気だ？　重くないのか？」

「全然。これくらいは雲を持っているようなものだ。じゃあ、出発するぞ」

いやーん、セフィードさんったら今日も男前！

イケメン王子！

「お、おい、おおおい！　それで行くのか？」

バラールさんの声を無視してわたしたちは森の中へと飛ぶ。すると、結構な音を立てながら、大盾から溢れる光で森の木々はなぎ倒され、さらに地面が固く踏み慣らされた。

「道が、できた、だと？」

「さあ、わたしたちも行くわよ！」

「お、おう」

ジェシカさんが走り出し、その後からバラールさんもついてくる。

「なんだこれは、なにしてるんだ聖女さまは、いくらなんでもこんなのは非常識すぎる、聖女ポーリンはなんてことを思いつくんだーっ！」

わたしは楽にガルセル国に行くことしか考えてないわよ？

さあ、野生の本能を思い出して気持ち良く走っていらっしゃいな、虎さん。

低空飛行をするセフィードさんの前に盾から溢れ出た光が広がり、どんどん道ができていく。わたしは盾を構えているだけなので、大変楽ちんである。この大盾はとても軽いし、いくら持っていても全然疲れないのだ……わたしに限り、だけれど。

「これは走りやすいわ、さすがはポーリンさま、素敵な森の道ね！」

狼のジェシカさんはとても身軽で走るのが得意なので、お散歩気分で鼻歌まで歌い出しそうな勢いだ。

「こんなの、無茶苦茶だーっ！　森に穴を開けてどうするんだーっ！」

叫びながらも、虎もやっぱり走るのが得意で体力もあるので、ちゃんと後からついてきている。

こうしてわたしたちは、危険度が高めのC区域をあっという間に走り抜けた。そして、危険度がさらに高いD区域の森に突入する。ここでも神さまがくださった光の盾は、行手を阻むなにもかもをなかったものとし、ただ走りやすい道を作っていく。

「登りになってきたけれど、つらくないかしら？」

「わたしは大丈夫でーす」

「俺も、なんということはない」

ご機嫌なジェシカさんと、諦めの境地に至ったらしいバラールさんが後ろから答えた。

「さすがだわね。それではセフィードさん、このまま進んで頂上あたりでお昼ごはんにしましょうか？」

「そうだな。なにか美味い魔物を捕まえて食べよう」

わたしと椅子とカバンという荷物をぶら下げていても、セフィードさんはほとんど重さを感じていないらしく、余裕の表情で言った。さすがはドラゴンである。

「頂上だと、脂の乗ったカランバードがいるだろう」

「カランバードですって！　素敵、お腹に詰め物をして焼くと美味しいのよ。確か、この森には鳥に合う香草も生えていたわよね」

「ああ、ジェシカなら苦もなく見つけられるはずだ」

というわけで、こんがり焼いたカランバードの皮から熱い脂が滴り落ち、切ると肉汁がジュワッと溢れるところを想像しながら、わたしは期待に胸を膨らませて神さまに感謝の祈りを捧げた。

「美味しい食材がたっぷりの森でランチさせてくださって、ありがとうございます」

「ランチじゃないからな！　この山は、ついこの間俺とシャーリーさまが命を落としそうになったほどの、恐ろしい場所なんだからな！　そこんとこわかってるのか聖女さまは！」

まあ、虎さんったらお腹がすいてイライラしているのかしら？

美味しいカランバードの丸焼きを食べたら、きっと元気が出ると思うわ。


「むはあっ、美味い！　めちゃくちゃ美味いな！　聖女さまはいろんな意味でめちゃくちゃだな！」

それは褒めてるのよね？

目の前では、うまうま言いながらカランバードのもも肉にかぶりつく虎がいる。「カランバードの丸焼きキノコと香草詰め」は、バラールさんの口にあったようだ。

「よかったわ。お肉はたっぷりあるからたくさん食べて頂戴。こっちの焼けた木の実もどうぞ」

わたしは、焼いて割った木の実を渡した。栗《くり》とさつまいもを足して二で割ったような甘くて美味しい実に胡椒《こしょう》と岩塩を振ると、ホクホクして甘じょっぱくてとても美味しいのである。神さまのご加護のおかげでお昼前に山の頂上に着いたわたしたちは、ぐるっと飛んで広場を作り、そこでお昼ごはんの準備をしたのだ。木がなくなったため日当たりが良くて、ちょっとしたピクニック気分である。

近くに美味しい湧き水でできた泉も見つけたので、わたしたちはそこまでの道も作った。盾から出た光で道も広場も光っていて、魔物が近づけなくなっているから少しのんびりできる。

そして、バラールさんが薪《まき》を集めて火を熾《おこ》し、セフィードさんが丸々と太ったカランバードを一羽狩ってきて、さらにはジェシカさんが香草やキノコや焼くとほっくりして美味しい木の実を採ってきてくれたので、本日のランチは野趣溢れた豪華なものとなった。カランバードは大きな鳥の魔物だけれど、豊穣の神さまのご加護をお願いして焼いたので、中までしっかりと火が通ってジューシーかつ皮がパリパリという最高の焼き加減である。

「カランバード、最高よね！　噛み締めると旨《うま》みが口いっぱいに広がって、お肉は弾力があるけど柔らかい。強い魔物ってどうしてこんなにも美味しいのかしら！」

鶏ももちろん美味しいんだけど、やっぱりカランバードには敵《かな》わない。小さめのダチョウくらいあるこの魔物は空から弾丸のように襲ってくるし、鳴き声で金縛りをかけてくるので倒すのが難しい。

とはいえ、セフィードさんにかかったら、空飛ぶヒヨコ並みに簡単に捕まえられるけれどね。カランバードが飛ぶよりももっと高いところから弾丸のようにドラゴンの鉤爪が襲いかかるのだから、たまったものじゃないだろう。

「食後のデザートに、オレンジはいかが？」

「……どこから出したんだ？」

「泉の脇をちょっぴり耕して、オレンジの種を植えたの。たわわに実がなったから、きっとここを旅する皆さんの憩いの場になると思うのよ」

「素敵なオレンジの木ですよね、さすがはポーリンさまです。甘酸っぱくて、疲れが吹っ飛ぶような美味しいオレンジですね」

うふふふ、女の子は果物が大好きなのよね。

「はああああ？　種を植えて、もうオレンジの実が、だと？　いやその前に、耕してってのは……いや、いい」

バラールさんは手と頭をぶんぶんと振ると「俺はもう、深く考えないことにすると決めた！」と言いながらオレンジの皮を剝き、口に放り込んだ。

「美味い！」

「でしょ？　神さまに種なしにしてもらったから、食べやすいでしょ。どんどん食べてね」

「種なしに？　そんなもの、どうやって……いや、考えないったら考えないぞ！　美味い！　美味いからな！」

わたしたちは時間をかけてランチを楽しんだ。そして、泉で手を洗った。

たくさんの実がなるオレンジの木を見たバラールさんは、またしても「考えない、考えないぞ」と呟いていた。

暖かな陽の光の中に気持ちの良い風が吹く（とはいえ、危険な魔物が出没する、ベテランでも気合を入れて挑まなければならないデンジャラスなD区域に認定されている）山の頂上で、美味しいランチをお腹いっぱい食べたわたしたち（通常ならば、魔物にお腹いっぱい食べられてしまう場所である）は、青々と茂る芝生の上（神さまにお願いしてお借りした金のクワで耕し、種を蒔《ま》いていただき、超促成栽培で生やしたもの）に寝転んで食休みをした。

ちなみに、その横では、空を見上げたままのバラールさんが「俺はなにも見てない、なにも見えないぞ、心の広い虎だからな、非常識な聖女の所業について深く考えたりしないのだ」とぶつぶつ独り言を言っていた。

「うふふ、気の置けない仲間とするピクニックって、とっても楽しいわね」

芝生の上で伸びをして、わたしは言った。

「みんなで作る野外のごはんって、美味しいしね。セフィードさんの獲《と》ってきた鳥は、美味しくて最高だったわ」

「ポーリンが欲しいなら、いつでも獲ってくるから」

「まあ、ありがとう！　そうね、次は焼き鳥にしてもいいわね。お醤油《しょうゆ》とお砂糖でタレを作って、たっぷり塗って焼きましょう」

「ポーリンさま、それは美味しそうな料理ですね」

芝生に座り、周りに咲いていた花を摘んで冠を編んでいたジェシカさんが言った。

「こんがりと焦げたお醤油の香りって、本当にお肉に合うのよ。ジェシカさんにも食べさせてあげたいわ」

「うわあ、食べたいです！　ポーリンさまのお料理って珍しい材料を使いこなしていて、とびきり美味しくて、大好きなんです」

「まあ、ありがとう。嬉しいわ」

わたしは激しく尻尾を振るジェシカさんに笑顔を向けた。

「……おい、ここで突っ込むのが俺の役割なのか？　今はもう、腹がいっぱいであまり深いことは考えたくないんだが、一応言っておく。これはピクニックじゃないからな」

カランバードの丸焼きをわっしわっしと食べて、口の周りにオレンジの果汁をべったりつけていた虎さんに言われても、説得力がありませーん。

「わかってるわよ。お腹が落ち着いたら出発しましょうね。山を下りて麓に向かい、今夜の野営地を探しましょう。小川の近くがいいかしらね？　そこの判断はジェシカさんにお任せするわ」

「わかりました。砂漠に入ってしまうと水が不足するでしょうから、早めに野営して、明日の朝早く出発した方がいいですね」

「そうね。……お夕飯は、なにがいいかしら？」

「もう夕飯の話か！　ブレないな！　さすがは豊穣の聖女さまだな、呆れを通り越して、もはや尊敬の念しか湧かないぞ」

ちょっと虎さんたら、失礼な褒め方よ？

というわけで、再び椅子に座って大盾を構えるとガルセル国へと出発したのだが、わたしたちの通ってきた道や山の頂上の休憩所は、後日、心の善き人たちだけが通れる神さまのご加護に満ちた場所となり、末長く愛用されたのであった。

「ポーリンさま、このあたりが野営地に適していると思います。付近に水の匂いがしますから、川か泉があるはずです」

「ありがとう、ジェシカさん」

大盾を構えたわたしたちはお昼の時のようにぐるっと飛んで木々をなぎ倒し、野営するための広場を作るとセフィードさんが椅子を着地させてくれた。わたしが椅子から降りると、邪魔な木をドラゴンさんが爪で引っかけて片隅に積み上げてくれる。セフィードさんはそのまま「夕飯を獲ってくる」と飛び去った。危険な場所にいるためか、大盾からはゼキアグルさまの光が常に放たれているので、この付近は安全なのだ。

わたしは大盾を椅子に立てかけると言った。

「皆さん、お疲れさまでした。わたしひとりで楽をさせてもらってしまって、申し訳なかったわ」

ふかふかのクッションの上で、大盾を持っているだけの簡単なお仕事だったのよね。

しかし、ジェシカさんは「いいえ、ぜーんぜんですよ！」と手をぶんぶん振り、バラールさんは
「……こんなのは散歩した程度だから……むしろ、シャーリーさまとの山越えの苦労を思い出して、少し精神的にヤられるというか、非常識な聖女のパワーに対して納得できない思いで心がいっぱいなんだが……」とその場にしゃがんでしまった。

そうね、あの時のバラールさんは、身体中から血を流して瀕死《ひんし》に近かったものね。

すると、彼の言葉を聞いたジェシカさんが厳しい声で言った。

「剣士バラール、ポーリンさまに失礼なことを言わないで！　あのね、確かにポーリンさまは規格

外だわ。けれど、それは常日頃から聖女としての修行をなさって、ご自分のことよりも周りの人たちの幸せをお考えになりながら行動されているからなのよ！　この旅だってそうよ、ポーリンさまご自身には得なことなどないの。大変な目に遭ってるガルセル国民を助けるためだけに、か弱い聖女さまの身でありながら、こうして長旅をしてくださっているのよ！」

「……ああ……か弱くないし、長旅でもないが……」

「私利私欲とは無縁な聖女さまだから、こうして神さまのご加護に恵まれているし、その恩恵をわたしたちもいただいているんだからね！」

「確かに、そうだ……」

しゃがんだ姿勢でジェシカさんに叱られていた虎は、とうとう四つん這いになってしまった。

「俺は、なんという驕り高ぶったことを考えていたんだ！　シャーリーさまをお助けするのは、王家に仕える剣士としての当然の仕事だ。なのに、自分のことを英雄のように勘違いしていた……ふっ、自分の未熟さに笑いが漏れるわ！　それに引き換え、ポーリンさまは、我らのガルセル国とは関わりがないのに、聖女の慈悲でこうして厳しい旅路についてくださっている。愛の気持ちで助けの手を差し伸べてくださっているのだ。それなのに、俺は……聖女さまを俺などと対等に考えて……ああ、恥ずかしい！　恥ずかしいぞ！　俺の愚か者め！　馬鹿者め！」

バラールさんは、とうとう両手の拳で地面をがんがんと叩き始めてしまった。

虎は反省の仕方も激しいようだ。

「俺のバカ虎！　ケダモノ！」

「バラールさん、お取り込み中ですけれど」

わたしが声をかけると、彼は地面を叩くのをやめてわたしを見た。

「……ポーリンさま、俺は……」

バラールさんの顔がくしゃりと歪む。

「あなたのその勢いを、薪拾いにぶつけてくださると、わたしたちは大変助かりますわ」

わたしは膝をつき、バラールさんの手を取った。

ほら、やっぱり擦りむいてるわ。

「大丈夫ですよ、神さまはバラールさんのご尽力もわかっていらっしゃいますわ。任務を果たそうとする剣士バラールは、とても立派だと思います」

わたしが祈ると天から金色の光が降り注ぎ、バラールさんの手が治っていった。

「おお、これは、おお！　神の加護がこの俺の手に？」

わたしは大きく頷いた。

「さあ、バラールさんのこの大きな手で！　山ほどの薪を！」

「わかった！　俺は薪を拾おう！」

立ち上がったバラールさんは、天に向かって「うおおおおーっ！」と吠えると、薪を拾いに駆けていった。

うん、単純で扱いやすい虎で助かったわ。

「ポーリンさま、竈《かまど》が組み上がりました」

バラールさんを叱るだけ叱ったあと、黙々と野営地作りに取りかかっていたジェシカさんが、大きな石を使って作った竈を示しながら言った。

「ちょうどいい平たい石が見つかりました。この下で火を熾すと、石焼き料理が作れますよ。あと、こちらでお湯も沸かせます」

ジェシカさんが背中に背負っていたリュックには、様々な便利な道具が入っていた。今回は大盾の護りを使うので斥候が必要ないため、旅慣れたジェシカさんがたくさんの荷物を運んでくれた。主に調理道具だが。

ちなみに、わたし用の毛布は椅子の座面の下にくくりつけられている。

「ポーリン、戻った」

上空が暗くなったので見上げると、セフィードさんが獲物をぶら下げて帰ってくるところだった。

「これ、美味いから」

そう言って彼が置いたのは。

「……カニ？　砂漠にカニがいるの？」

体長一メートルくらいの真っ黒なころっとしたカニが二杯、そこにいた。

「これはデザルクラーという魔物だ。殻が非常に硬くて倒しにくいが、これくらいの大きさならばまだ柔らかいからポーリンでもぽんぽんヤれる。まあ、大きいものでも二、三回シールドバッシュで攻めれば大丈夫だと思う。砂漠に行ったら試してみるといい」

セフィードさんは、先輩冒険者としてアドバイスをしてくれたけれど。

「きゃあ、やったわ！　今夜は焼きガニね！　まさか、焼きガニが食べられるなんて……神さま、ありがとうございます！　そうだわ、レモンの準備をしなくっちゃ！　焼きたてのカニにレモンとお醤油をかけていただいたら、きっと最高に美味しいわ！」

わたしの頭は、カニを食べることでいっぱいであった。

「うわあ、なんでデザルクラーがこんなところに⁉」

巨大な黒いカニを見て、驚く虎さんなのである。

ジェシカさんが「他にもなにか食べられるものを探してきますね」と姿を消し、入れ替わりにバラールさんが戻ってきたところだ。彼は蔓《つる》で縛った大量の薪を両手にひとつずつ持っていたが、その場にどさっと落とすように置いた。

「襲われているわけじゃないのか」

「もちろんよ。神さまの結界を超えられる魔物はいないもの。それにしても、すごい量の薪ね！　びっくりしちゃったわ。ありがとう、バラールさん。このカニ……じゃなくって、デザルクラーは今夜のごはんよ。セフィードさんが獲ってきてくれたの」

「虎のバラール、これは美味いらしいぞ」

セフィードさんは木の根元をざっくりえぐって、倒してから木の幹を鋭いドラゴンの爪で削り始めた。そうして先の尖《とが》った頑丈な棒を数本作ると、力尽《ず》くで地面に埋め込む。そこにカニを吊るすのだ。

彼は、啞然とする虎に頷いてみせた。

「特に、この大きさが一番美味しいと、小耳に挟んだことがあるが……知ってるか？」

「その通りだ。この大きさのデザルクラーは最高級品だ。凶暴でなかなか倒すことができない、硬い殻に身を包んだデザルクラーは大変な美味で、庶民の口には入らない食材だが……しかも小さなものは大きなものに守られていて、群れを壊滅させないと手に入れられないはずなのに、なんであっさりと、しかも二匹も狩ってきているんだ？」

「普通に、上空から一撃で……」

セフィードさんはわざわざ手を止めて説明しようとしたのだが、バラールさんがそれを遮った。

「いやいい、もう気にしない、どうせ非常識なやり方だとわかっているから、俺は深く考えないぞ。俺は砂漠の獰猛《どうもう》な魔物がおかずにされても、なにも気にせずに味わうからな。はははは、そうか、そうか、今夜はデザルクラーが食べられるのか、こいつは楽しみだ！」

「ええ、楽しみにして頂戴。……セフィードさん、落ち込まないでね」

わたしは、コミュ障で傷つきやすいドラゴンさんに、優しく声をかけた。

「バラールさんは、今日はたくさん走って疲れているし、恐ろしい魔物の山を越えたトラウマもあって、気持ちが不安定なのよ。温かい目で見守ってあげましょうね」

「……なるほど。この山や砂漠で酷い目に遭ったのだから、それは仕方がない」

心優しいセフィードさんは、納得した表情で作業を再開した。

バラールさんはというと、たくさんの薪を竈の近くに移動させて、野営地の端の方をちらっ、ちらっと見た。

「なによ、バラールさん。気になるなら素直にお聞きなさいな」

「……あれは、なんだ？」

「レモンの木よ。カニ……焼いたデザルクラーにレモンを搾ってお醤油をかけたら、絶対に美味しいと思って、さっき育てたの」

「それは……まあ、豊穣の聖女だしな」

「ええ、よくあることよね」

レモンに含まれるクエン酸は疲労を取る働きもあるから、野営地に一本、レモンの木が生えていてもいいと思うのよね。

「で、その隣にあるのがバナナの木。食べると疲れが吹っ飛ぶ、美味しい果物よ」

酸っぱいレモンと対照的に、甘い果物も食後のデザートに欲しいから、その隣にはバナナの木も育ててあるの。お砂糖なんかいらないくらいに甘い完熟バナナだから、そのまま食べても、皮がついたまま焼いて食べても、トロッとした甘味がお口を天国に連れていってくれるはずよ。

剝くだけですぐに食べられるし、ここを訪れる冒険者の栄養補給にも最適ね。神さまのお恵みですくすくと育ったから、わたしたちが立ち去ってもこのままここに生えていると思うの。

そうそう、さっき試しに、結界を張ってくれている大盾の隣にバナナを一房置いたら、ぴかっと光って消えてしまったの。今頃は闘神ゼキアグルさまもバナナをもぐもぐしていると思うわ。

「……ははははは、今夜も豪勢だな！」

少し顔を引き攣らせた虎が、天に向かって笑い「デザルクラーを焼くならば、もっと薪を集めてこよう！」と森の中に消えた。なかなか頼りになる虎である。巨大なカニを焼くには大量の薪が必要なのだ。

「デザルクラーの料理は俺に任せろ」

セフィードさんはそう言うと、できあがった物干し台のようなところにカニ……もう、カニでいいわよね、巨大なカニを二杯、蔓で縛ってぶら下げた。

「この下で火を熾して、デザルクラーを丸焼きにする。この蔓は魔物の一部だから、火に強くて焼け落ちない」

「まあ、さすがだわ。まさに男の料理ね」

ワイルドな野外料理をするセフィードさんが、男らしくてカッコいいわ！

彼はカニの下に薪を積み、ふたつの木切れを激しく擦り合わせて火を熾した。そして、それを薪の下に差し込んでふうっと息を送ると、あっという間に火が燃え上がった。

「俺はドラゴンだから、火の扱いは得意なんだ」

彼は、驚くわたしにふっと目を細めて笑った。

「砂漠に棲む魔物だから、かなりの強火で炙らないと中まで火が通らないと聞いている」

「そうなのね……それにしても、すごい火だわ」

それはもはや『業火』と呼んでもいいくらいにボーボーと燃えている。

「ポーリン、火傷するといけないから、離れたところで待っていろ」

彼はそう言うと、わたしを抱き上げて安全なところに運んでくれた。

「ふふっ、優しいのね。セフィードさん、ありがとう」

「優しいのはポーリンの方だ。こんなに可愛いのに、俺のような男と結婚してくれるなんて……」

「セフィードさん……」

「火も熱いが、あんたたちの方が熱い！」

突っ込まれたので振り返ると、いつの間にかバラールさんが戻ってきていた。

「お帰りなさい」

「これだけ薪があれば足りるだろう」

彼はまた大量の薪を運んできてくれていた。黒いカニは全体が火に包まれて、次第に色が赤く変わっていく。薪はたっぷりあるので安心だ。

わたしは持ってきた小麦粉に、近くの小川から汲んできた水と蜂蜜、そして塩を混ぜてこねた。簡単なパンを焼くのだ。竈の下でも火を熾して、細長く伸ばして木の枝にくるくると巻きつけたパン種《だね》を、火のそばの地面に刺す。カニを焼いてる火では、強すぎて丸焦げになりそうだからだ。魔物のカニだけあって、かなりの猛火で焼いているんだけど、焦げたりしていない。

いい匂いがあたりに立ち込めて、お腹が鳴るのがつらいわ。

「ポーリンさま、いろんなものが見つかりましたよ」

ニコニコ顔のジェシカさんが戻ってきたので、彼女の戦利品を見る。

潰すと美味しい油が出てくる胡桃《くるみ》に似た木の実に、味の良いキノコ。炒《いた》めて食べると美味しい野草も何種類かあるし、野生のニンニクもある。それに、小さなじゃがいもに似た芋も。これは、焚《た》き火の中で焼くとほっくりして美味しいので、すぐに火に入れた。これらはみんな、カニの良いつけ合わせになる。ジェシカさんが木の実を割って次々に取り出してくれたので、わたしはそれを石の上ですり潰し、出てきた油でキノコと野草とニンニク、そしてカランバードの肉を濃いめに味つけして取っておいたものを加えて炒めた。

「食欲をそそるいい香りがしますね」

「そうね、炒めたニンニクは風味が良いし、元気も出る素晴らしい食材よ」

見ると、真っ赤に焼けたカニをセフィードさんがドラゴン化した爪の先で突いている。

「音が変わった。焼けたようだ」

そして彼は、その怪力でカニの脚を一本ちぎり取り、わたしの方に持ってきた。

「セフィードさん、熱くないの？」

「俺はドラゴンだから、火山の火口に入っても平気なくらいに火には強い」

両手をドラゴン化させたセフィードさんはカニ（というか、ものすごく硬いことで有名なデザルクラー）の脚をバキバキッと折った。ふわっと湯気が上がり、中から白いカニの身が現れた。

ぷりぷりである。

美味しそうなカニの汁が滴り落ちている。

なあああああんて美味しそうなのーっ！

セフィードさんはカニの身をふうふうして冷ましてくれてから「ポーリン、あーん」とわたしに差し出した。

「あーん……んんんんんん、んまっ！」

美味しい！

カニ、美味しい！

美味しい、美味しい、美味しい、美味しい、美味しい、美味しいいいいいいいいーっ！

美味しいの那由他倍！

わたしの語彙《ごい》が飛んでいった！

「なにこの、甘味と旨み……ふわんとしてぷりんとしてジューシーな、汁気たっぷりのピチピチしたカニ肉！　美味しい！　美味しいとしか言えないわ……なにもかけなくても美味しい……まずは、岩塩を振っていただきましょう。それから、レモン醤油の登場よ！」

親切なセフィードさんは、ばっきばっきとカニの脚を割って、ジェシカさんとバラールさんに手渡してから、自分も食べ始めた。

「……これは美味いな」

目を見張るセフィードさんに「きっと焼き方が最高に上手だったからよ。ありがとう、セフィードさん」とお礼を言うと、彼は少し照れながら「ポーリンが喜ぶといいと思いながら焼いたからかもしれないな」と笑った。

うわあああああん、好き！

セフィードさんが大好きすぎてもう、もうっ！

隣ではジェシカさんもバラールさんも、カニ脚のあまりの美味しさに言葉もなく、ひたすらカニを味わっていた……はずなのに、わたしたちをちらっと見て「デザルクラーの身も甘いが、このふたりはもっと甘いな」「ですよねー。お砂糖マシマシで、口がジャリッとする感じですよね」「そら、この岩塩を振るといい」「このしょっぱさで生き返りました」なんて言いながら、仲良くカニに塩をかけていた。

わたしたちは、思う存分焼きガニを味わった。焼きたて熱々のデザルクラーは、美食家の間でも有名な美味なのだ。食事のマナーなどという面倒なものは、この宴《うたげ》に入り込むことができない。わたしたちは野生に帰り、カニの身に食らいつき、貪った。

焼いたカニ……デザルクラーはめちゃくちゃ殻が硬い魔物なので、わたしの力では本物のカニのように割ることができない（たぶん。やってみたら割れるような気はするけれど、魔物を素手で砕いてかじりつく姿はビジュアル的に怖すぎるし、女子としてなにかを失いそうなのでやめておく）。それを、セフィードさんがいい音を立てて割り、食べやすくしたものを次々と渡してくれるのだ。

わたしたちは熱々でじゅわっと汁が滴るカニ肉を引き出すと、はふっと食いつく。お口の中にカニの旨みが広がり、思わず目を閉じてしまう。セフィードさんはとても力が強いので、リズミカルにどんどん殻を割り、わたし、ジェシカさん、バラールさんにと手渡してくれる。

ジェシカさんもバラールさんも、やろうと思えば殻を割れるのだろうけど、面倒見の良い親切ドラゴンさんが手早くカニを渡してくれるので、今夜はあえて食べることに徹している。

わたしたちはふうふうはふはふ言いながら、ひたすらカニの身を味わう。

まさに、わんこガニ天国である。

食べても食べてもカニが来る。

レモンを搾ったり、醤油をかけたりして味に変化を出すと、いくらでも食べられてしまう。この美味しさは魔性である。魔性のカニ肉にわたしたちは夢中になった。

その合間にはセフィードさんもしっかりとカニを食べて「……これは美味いな」とそっと呟いている。SSランクの冒険者の手際の良さには目を見張らされる。わたしは今夜、カニの宴にはドラゴンが必須なのだということがよくわかった。

火で炙って焼き上げた簡易パンもこんがりと香ばしくできたし、キノコと野草とカランバードの炒め物も、ほっくり焼けた芋も、なにもかもがとても美味しかった。野性味溢れる夕食は味が良いだけでなく、食べると身体の奥底から元気が湧き上がってくる。自然のパワーがぎゅっと濃縮したようなご飯だからだろうか。


「ああ、とっても美味しかったわね」

わたしが言うと、ジェシカさんも満足そうに頷いた。

「はい。こんなに美味しいものが旅の途中で食べられるなんて思いませんでした」

「デザルクラーの丸焼きは高級な料理だからな。しかも、今夜のは最も美味しいとされる大きさで、王族や貴族の口に入るような食べ物だ……さすがだな」

バラールさんに尊敬の視線を向けられて、セフィードさんがクールに「ふっ」と笑った。

「これくらいのことができなければ、豊穣の聖女の夫は務まらない」

そう言いながら、セフィードさんが食べ終えた殻をレモンの木の脇にまとめてくれた。カニから出てきた一円玉くらいの魔石はポケットにしまっている。

「そうなのか。やはり聖女の伴侶は生半可な男では務まらないということか」

「ふふっ」

バラールさんに対して余裕の笑みを漏らすドラゴンさんは、ちょっと得意そうで可愛い。

「たいしたことではない。俺は、ポーリンのためなら世界中の美味い魔物を狩ってくるから」

「ありがとうございます、セフィードさん……優しい……」

好き！

もう、好き！

「うわあ、黒影さんったらやる気満々ですね。ポーリンさま、愛されてますねー」

ジェシカさんが、にやにやしながらわたしを突いた。

「いやん、照れちゃうわ」

わたしが恥じらいながら、神さまにお借りしている光るクワの先でつつつつつんとカニの殻を叩くと、それらは瞬間的に砕けて発酵し良い肥料となった。

愛情のこもった特製の肥料である。二本の木の根元によくすき込んだので、これでレモンの木もバナナの木もよく育つだろう。

後片づけが終わったら、今度は寝る支度だ。

「ここの地面は、寝るのに少し硬すぎるみたいね」

わたしが言うと、バラールさんは「そうだな。俺たちは慣れているから、その辺の木によりかかって順番に仮眠を取ればいいが……聖女さまには寝心地が悪そうだ」と答えた。

「毛布にくるまって目を瞑《つむ》っているだけでも疲労は取れるから、今夜は我慢して過ごしてくれ」

「ええっ、みんなでゆっくり寝ましょうよ」

「ダメだ、夜は見張りを立てておかないと危険だ」

「大丈夫よ。ゼキアグルさまの結界があれば、魔物は近寄れないもの」

わたしは、光を放つ大盾に触れながら言った。さっき、焼きたてのカニを隣に供えてみたら、あっという間に消えたのだ。そして、その時から妙に光り方が強くなっている。

焼きガニは闘神さまの胃袋も摑んだようである。

「それじゃあ、寝床を作りましょうね。豊穣の神さま、どうぞご加護をよろしくお願い致します」

わたしが祈ると天から光が降り注ぎ、手に持つクワがより一層光り輝いた。

「おいおい、聖女さま、クワでは寝床は作れないぞ」

「大丈夫よ。畑は作物の寝床なのですもの。神さま、わたしたちの身も心も休まり、疲れが癒やされるような土を耕させてください」

わたしの祈りを聞いたバラールさんは「はあ？　どんな土だって？」と口を開けた。せっかくのワイルド系イケメンが、ちょっとアホっぽい顔になっている。

わたしはいつものようにクワを構えて、リズミカルに地面を耕していく。少し深めに土を掘っていくと、野営地は黒くて柔らかい、滋養に満ちたふっかふかの良い土に覆われていった。

「おい、おいおいおいおい！　なんで耕す？」

混乱しているバラールさんのことは気にせずに、わたしはせっせとクワを振るう。やがて四人で並んで寝るのに充分なくらいの場所がふんわりした土になった。

手のひらを当てて柔らかさを確かめてみると、とびきりふわふわでまるで羽毛布団のような優しい弾力の良い土になっていた。

「できたわ。神さま、ポーリンのお願いを聞いてくださいまして、ありがとうございました」

わたしがお礼を言うと、役目を終えた光るクワは消えた。

「それでは皆さん、寝る支度をしましょう」

「はい、ポーリンさま。こちらの毛布をどうぞ」

「いや待て、ちょっと待て、状況が把握できんのだが！」

虎はまだ混乱している。

「ありがとう、お借りするわね」

わたしはジェシカさんからありがたく毛布を受け取った。三人は野営慣れしているので、黒く染められた薄い布のようなもの（敵に見つかりにくいらしい）を身体にかけて寝るとのことだ。

「寝る前に、皆さんの身体を浄化するわね」

わたしが神さまにお願いすると、四人の身体がふわっと光り、汚れがすべて消える。殺菌消毒作用もあり、もちろん臭いなどもなくなるので、特に女性には評判の良いご加護だ。

「おおっ、これはすごいな！　服の汚れも全部落ちたぞ」

バラールさんは浄化を受けるのは初めてらしく、自分の身体を見て驚いている。

「聖女ポーリンの力は、俺の想像を超える……」

バラールさんがまだ首を傾げているので、わたしは「試しにそこに横たわってみたらどうかしら？」と促した。

「ここに、か？　……おお、なんということだ！」

素直に耕された土の上に横になったバラールさんが、驚きの声を上げた。

「なんて寝心地の良い土なんだ！　身体を優しく受け止めてくれて……いかん、なんだか深く潜《もぐ》っていきたいような……妙な気分になってきたぞ」

「うふふ、夢の中に潜ってよろしいのよ。さあ、この場の守りはゼキアグルさまにお任せして、わたしたちも休みましょう」

「はい、ポーリンさま……うわあ、本当に気持ちの良い寝床だわ！　ふふっ、今夜は野営しているとは思えないほど心地よくて楽しい夜ですね」

「そうね。ぐっすり眠って、また明日もがんばりましょうね。おやすみなさい」

わたしたちはジェシカさん、わたし、セフィードさん、バラールさんの順に並んで横になった。

土はちょうどいい寝心地で身体を受け止めてくれる。

「なんだか……芽を出してしまいそうだ……」

それはやめて欲しい。

朝起きて、虎の木にバラールさんが鈴なりになっていたら、とても怖いから。

柔らかな結界の光がわたしたちを覆い、空には星々が光る。

やがて、深く優しい眠りがわたしたちを迎えに来た。


さて、翌日も同じように進んでいき、山を下りて森を出ると、そこはいきなり砂漠の始まりだった。

「まあ……これが砂漠というものなのね」

わたしは初めて見る光景に言葉をなくしていた。

日本で生まれ育ったわたしには、砂がたくさんある風景といえば即、鳥取砂丘、というイメージしかなかったので、地平線まで続く一面の砂に圧倒されていた。しかし、この砂漠は想像していたより暑くない。体感温度は日本の猛暑くらいだろう。むしろ、日本よりも湿度が低いために蒸し蒸しした感じがなくて、日差しが強いけれど身体は楽である。けれど、ここを徒歩で進むとなると話は別だ。山越えは、神さまのお力で道を作りながら来たので、獣人であるジェシカさんもバラールさんも楽々猛ダッシュすることができた。けれど、砂地となると今までのようにはいかない。ここで走るのはいくら身体能力が高い獣人でも難しい。

「ここからは、かなりペースが落ちるな」

一度この砂漠を越えてきたバラールさんは、うんざりしたように言った。

「まあ、二日で魔物の山を越えられたんだ。あと数日かかっても、楽な旅だと言えよう」

「いや、それは楽とは言えない。ポーリンを数日間もこんなに暑い場所にいさせたらかわいそうだ」

いやん、セフィードさんったら優しい！

ポーリンはぽっちゃりさんだから、暑さに弱いのよ。

もうすぐ花嫁になるのに、汗疹《あせも》ができたら嫌だわ。

「しかし、砂漠を渡る時に速度が落ちるのは仕方がないぞ？」

バラールさんに生温かい視線を向けられたわたしは（もしや、彼はぽっちゃりさんの事情に詳しいのかしら？）と目を細めた。

「……ちょっと待ってろ」

セフィードさんが背中からドラゴンの翼を出して言った。

「デザルクラーの甲羅はよく滑る。砂を弾くようにできている」

「だからなんだ？　って、おい！」

セフィードさんが空に飛び立ち、バラールさんの「最後まで説明してくれ、気になるだろうーっ！」という言葉に送られて砂漠の奥へと消えていった。

「仕方がないからお茶にしましょう。おやつを食べながら、セフィードさんの帰りを待つことにするわ」

「すかさずおやつとは、聖女さまはブレないな！　どんな場所でも食欲が失せないあたりがさすがだ……」

そう言って腹肉の付近を見るのはやめて欲しい。

聖女服の下には乙女の秘密が隠されているのだ。

ということで、砂漠を眺めながらわたしは椅子に腰かけ、ふたりは倒れた木に座り、おやつタイムです。


最初の堅焼きフルーツケーキを食べ終わった頃、遠くの方に砂煙が見えた。

「なんだあれは？　まさか、砂漠の魔物がここまで襲ってきたのか？」

「バラールさん、落ち着いて。ゼキアグルさまにご加護をお願いしてあるから、大盾の周りにいたら安全よ。どんな魔物も突破できない結界で守られていますからね」

セフィードさんは仕事が早いわね、と思いつつ水筒のレモン水を飲みながら言った。昨夜の野営地で育てたレモンで作ったレモン水は、爽やかな酸味が身体の疲れを癒やしてくれる。ケーキを食べながらごくごく飲むのにちょうどいいのだ。

「おそらくあれはセフィードさんだと思うわ。今日はなにを獲ってきたのかしら？」

ドラゴンさんの「とってこい」は、想像がつかない。夕飯のおかずには早すぎるし……。

「あれは、巨大なデザルクラーじゃないですか？　しかも、ひっくり返っていますね」

目のいいジェシカさんが言った。どうやら裏返ったカニを、セフィードさんが引きずってきているらしい。

そういえば、さっき「デザルクラーの甲羅はよく滑る」なんてことを言っていたっけ……。

砂煙が近づいてきて、わたしにもセフィードさんが見えた。甲羅の部分だけでも五、六メートルはありそうな立派なデザルクラーを爪に引っかけて、砂漠を引きずってきた彼は、徐々にスピードを落とすと、わたしたちの前で止まり、地面に降りた。

「ほら、よく滑る」

そして彼は「その椅子を」と言った。わたしがレモン水を片手に立ち上がると、旅のお供になっている愛用の椅子を持ち、カニを裏返しにして甲羅を下にし、爪でガッガッガッと穴を開け、椅子の脚を差し込んだ。器用なドラゴンさんのＤＩＹである。深く食い込んだ椅子は安定感があり、セフィードさんが軽く揺さぶってもガタつかない。

「ここはポーリンの席だ」

さらに、カニの上に毛布を広げた。

「ここはバラールとジェシカ」

彼は椅子に縛りつけてあったロープをほどくと、カニのふたつのハサミに結びつけて繋いだ。

「俺はここを引っ張る」

これでできあがり、らしい。

「こ、これは？」

「まさかと思いましたが……これで砂漠を越えると？」

バラールさんとジェシカさんが驚いている。

セフィードさんがすごい。

カニでソリを作ってしまった！

こんなすごいソリを引っ張れる者は、世界中を探してもセフィードさん以外にはいないだろう。

ドラゴンさんの腕力は無限大なのだろうか。

「ありがとう、セフィードさん。これはとても素敵な乗り物だと思います」

わたしがお礼を言うと、彼は嬉しそうに「ふふっ」と笑った。そして、真面目な顔でわたしに腕を差し伸べた。

「乗る時に滑るといけないから、俺が乗せる」

そう言うと、セフィードさんは大盾を持ったわたしをお姫さま抱っこしてくれた。

ドラゴンの腕力は無限大！

彼は「軽いな」と言ってから、カニのお腹（お腹、よね？）に飛び乗ると、わたしを椅子に座らせて、居心地良く整えてくれた。

「盾を持てるか？」

「ええ、大丈夫よ」

「よし。途中でおやつが食べたくなったら、椅子の背にカバンをかけておくから取り出せばいい」

「ありがとう、セフィードさん」

ちょっとちょっと、うちの旦那さまが無敵すぎるんですけど！

好き！　超好き！

獣人ふたりは自力でカニにのぼってきて、ピクニックシートのように敷かれた毛布の上に座った。

「これ、大丈夫なのか？」

「試しに引いてみる」

セフィードさんがそう言ってロープを握ったので、わたしは防御の光を放つ大盾を身体の前に構えて、カニゾリの出発に備えた。バラールさんとジェシカさんも、カニのお腹から出ているなにかを摑んで衝撃に備えた。

結論から言うと、カニゾリの乗り心地は最高であった。かなりのスピードを出しているのにもかかわらず、ソリは砂の上を滑るように走って、わたしたちは揺れを感じない。これはおそらく、ゼキアグルさまのご加護のおかげだろう。

砂の上を疾走する怪しい物体を狙い、砂漠に棲む魔物たちが襲いかかってくるのだが、オートシールドバッシュ状態のわたしたちはすべてぽーんぽーんと弾き飛ばして走った。目を瞑っていたら、いつ魔物がぶつかったのかわからないくらいに静かだ。それに、走り出したら結界が強化されたのか、日差しも気にならなくなった。神さま特製のクーラールームに入っているようである。

そして、セフィードさんはドラゴンなので、このくらいの暑さなどなんともないらしく、真っ黒な服装をしているのに汗ひとつかいていない。

「大丈夫なのか？　俺たちはこんなに楽をしていていいのか？」

意外に親切なバラールさんが、セフィードさんひとりを働かせていることを気にしている。

「セフィードさん、おやつを食べる？」

「もう少し進んだらもらう」

安定のスピードでソリは進んでいく。

どんどん進んでいく。

止まらずに進んでいく。

セフィードさん、疲れないのかしら？

「ポーリンさま……黒影さん、めっちゃ楽しそうですね」

なぜか激しく尻尾を振りながら、ジェシカさんが言った。

「こんなに大きなデザルクラーを引いて猛スピードで走ったら、どんな気持ちがするかしら……」

彼女の瞳はキラキラしていた。

え？

もしかして、羨ましいの？

遊び好きの狼の血が騒ぐのだろうか。犬科の生き物は、猛ダッシュしてものを取ってきたり、なにかを引っ張り回して遊ぶのが好きだったような気がするわ。

彼女が一緒に引っ張りたいなんて言い出したらどうしよう。

「ジェシカさん、落ち着きましょう。セフィードさんには彼のタイミングでおやつを食べてもらうことにして、わたしたちは休ませてもらいましょうね。聖霊の祠に到着したら、バラールさんとジェシカさんは忙しくなるかもしれませんし」

とりあえず、美味しいおやつで口を塞ぐのであった。

カニゾリは、おそらく新幹線くらいのスピードで引かれていたのだと思う。流れる風景の勢いから、そう推測できる。わたしたちがおやつを食べる以外にやることがなく座っていると、前方に町のようなものが見えてきた。

「え？　こんな砂漠の近くに、あんなに立派な町があるの？」

石造りの壁に囲まれた外壁を見て、わたしはバラールさんに尋ねた。すると、彼は暗い顔をして言った。

「砂漠地帯が広がり、小さな村をいくつか呑み込んでしまったのだろう」

「そんな……」

わたしとジェシカさんは、絶句した。

「ガルセル国を離れている間に、こんなことになっていたなんて……」

故郷の変貌を見て、ジェシカさんが声を詰まらせた。

「今までは、聖霊の力で砂漠化を食い止めていたのだ。謎の神殿ができてから聖霊の力が弱まり、人々の祈りが届かなくなってしまった」

「なんて恐ろしいことでしょう」

わたしは光る盾を見た。

大丈夫、闘神ゼキアグルのお力はまだ届いているわ。

聖女であるわたしは、信仰心以外の力を持っていないのだ。神さまがいなければ、ちょっと太めの単なる可愛い女の子なのである。

「なんか出てきた」

セフィードさんがそう言って、カニゾリのスピードを落とした。

目をこらすと兵士らしい人たちが武器を持ってこちらの様子を窺っている。

「……なんだあれは？　人が乗っているぞ！」

「魔物が襲ってきたんじゃないのか？」

「まさかと思うが、戦争なのか！」

「大変だわ、ガルセル国の人たちに敵襲だと思われちゃう！」

そりゃあそうよね。馬車しか乗り物がないこの世界で、巨大なデザルクラーをかっ飛ばしてきたんだもの。

わたしは椅子から立ち上がると、町の門を守るように集まってきた兵士たちに叫んだ。

「皆さーん、こんにちはあああああーっ！　わたしは豊穣の聖女おおおおおーっ！　ポーリンと申しまああああああーすっ！」

お腹の底から声を出すと、バラールさんとジェシカさんが「ひっ」と小さく叫んで耳を押さえた。

「なんて大きな声なんだ！」

「さ、さすがです、ポーリンさま。耳がぐあんぐあんいっちゃってますぅ……」

あらやだ、狼は耳が敏感なのよね。

ごめんなさいね、ジェシカさん。

聖霊のピンチ

「聖女？　豊穣の聖女？」

「なんだそれは……聖霊と関係があるのか？」

「聖女がどうしてデザルクラーに乗ってくるんだ？　どう見てもおかしいだろう」

警戒を緩めてもらうために、少し離れた場所で様子を見ていると、兵士たちが相談する声が聞こえてきたが……最後の意見に頷いてしまう。

うん、確かに、ビジュアル的にかなりおかしいわよね。

爆走するカニゾリは、聖女の乗り物らしくないと思うわ。

「ポーリンさま、わたしが話をつけてきますね」

ジェシカさんがそう言って、デザルクラーから飛び降りた。彼女は両手を上に上げて武器を持っていないことを示しながら、町の警備をする兵士たちに近づく。

「わたしの名はジェシカ・サイリク。王都にあるサイリク家の四女です。今は冒険者ギルドに所属して、Aランクの冒険者として働いています」

「サイリク家、だと？」

場がざわついたが、ジェシカさんが笑顔で会釈をすると兵士たちが敬礼した。

「失礼致しました！　サイリク家の方が辺境のこの町、ソーセルにいらっしゃるとは……」

「いいえ、お務めご苦労さまです。今回は一冒険者として、ガルセル国に賓客をお連れしました」

「そうでしたか」

ちゃんとコミュニケーションが取れているようなので安心する。どうやらジェシカさんを連れてきたのは正解だったようだ。

「サイリク家って、有名なの？　それがジェシカさんのご実家なのね」

わたしがバラールさんに何気なく言うと、彼は「サイリク家……かなりの名家じゃないか。どうして冒険者なんてやっているんだ？」と驚いている。どうやらジェシカさんは、いいところのお嬢さまだったらしい。

そのまま彼女は、兵士たちと話し合った。彼女はいかにもガルセル国民です、という狼の獣人だし、名前を知られた名家の令嬢ということもあり、若い女性（しかも美人）のジェシカさんに兵士たちの警戒が緩んだ様子だ。

ということで、わたしたちもカニから降りて向こうへ参加することにする。

「ポーリンさま、どうぞこちらへいらしてください」

「ええ、ありがとう」

ジェシカさんが呼んでくれたので、わたしたちは安心して近づく。

「あの方が、レスタイナ国の『豊穣の聖女』であり、今はガズス帝国内にできた『神に祝福されし村』の奥方さまでいらっしゃる、ポーリンさまです。お持ちになっている大盾は神さまの加護がある特別な盾で、おかげでわたしたちはガズス帝国から無事にこの地へやってくることができました」

「おお！」

「神具をお使いになられているのか！」

どよめきが起きる。

「『神に祝福されし村』というのは、砂漠近くの村が砂に呑まれたために行き場をなくし、命からがらガルセル国からガズス帝国に渡った獣人たちが住む村なのです。あちらのＳＳクラス冒険者の『黒影』こと、領主のセフィードさまが獣人たちを救い、飢えから助けてくださって、今では皆幸せに暮らしているんですよ」

「ＳＳランク冒険者の領主だと？」

「帝国にはすごい人物がいるのだな」

「待ってくれ、砂漠に呑まれた村の生き残りが……存命なのか？」

「そうですよ。あのおふたりがお骨折りくださって、飢えたわたしたちの仲間を助けて、住む場所を与えてくれたのです。聖霊のお告げを信じてガズス帝国に渡った人たちの話を知ってますか？」

「聞いたことがあるが、それを信じた者たちは根拠ない夢にすがり皆命を失ったのだと思っていた」

「ドラゴンのもとへ行けとか、荒唐無稽《こうとうむけい》なお告げだったそうじゃないか」

はい、荒唐無稽な強すぎるドラゴンさんが、ここに実在してますよ。

セフィードさんをちらっと見て、わたしは心の中で突っ込んだ。

「ああ、そうだ。魔石を回収しておこう」

ぼーっと話を聞いていたセフィードさんはそう言って、放置してあるデザルクラーのところに戻るとカニのお腹にガッと爪を差し込み、五百円玉くらいの大きさの真っ赤な魔石を取り出して戻ってきた。

「これは……ほら、大きい。後で『ポーリンちゃんのお部屋』に飾ろう」

わたしに見せながら少し嬉しそうに言い、ポケットにしまう。

待って、魔石の使い道が間違ってるわ！

それを家畜籠をデコるためのグッズだと思わないで！

そんなに力の強そうな魔石は、売るとめっちゃ高いと思うから！

セフィードさんとバラールさんも連れてジェシカさんのところに行き、まずは一歩前に出て挨拶をした。

「ガルセル国の皆さま、ごきげんよう。わたしはレスタイナ国の豊穣の聖女、ポーリンですわ。縁あってガズス帝国の『神に祝福されし村』に住んでおります」

「おお、あなたさまが豊穣の聖女さま……」

「身体中から強い力が溢れておられる。光り輝くようだ。さすがは聖女さまだ」

「なんてお美しい……白くて張りのある肌に、これほど艶やかな金髪を持つとは……神々しいくらいの美しさではないか」

「素晴らしい体格だ！　福々しいし、どっしりとした落ち着きがあるし、なによりも優しさに満ち溢れていらっしゃる！」

「なるほど、豊穣の聖女さまだけある、素晴らしいお姿だ。思わず膝をつきそうになってしまう……言葉を失うほどにお美しいお方だな」

獣人の兵士たちが、憧れの瞳をわたしに向けた。ぽっちゃりを超えたぽっちゃり聖女が、彼らにとっては豊穣の象徴に見えるのだろう。わたしを「シロブタ」扱いした、ガズス帝国の宮殿にいた礼儀知らずたちとは大違いである。

「俺のだから」

後ろから、ぼそっと声がした。

聖女服の背中を摘まれた。

ドラゴンさんは、安定の可愛さである。

わたしは聖女らしく、その場の人たちに笑顔でゆっくりと頷いてみせてから言った。

「突然の訪問で、お騒がせしてしまいごめんなさいね。急ぐ事情がございましたの。こちらの方はガズス帝国で活動する冒険者にして領主のセフィードさん……わたしの婚約者ですわ」

「ああ」

せっかく前に引っ張り出したのに、コミュ障のドラゴンさんはひとこと言うとわたしの後ろに下がってしまった。でもって「婚約してるから」とまた背中を摘んでいる。安定のコミュ障ぶりである。

その代わりにバラールさんが前に出る。

「俺はバラール。ガルセル国の王家に仕える剣士だ」

それを聞いた兵士たちは、皆目を見張った。

「け、剣士バラール、だと？」

「本物なのか？」

兵士たちの間に衝撃が走った。どうやら彼は、超有名人だったらしい。

まあ、しばらく国を離れていたジェシカさんが知っていたくらいなのだから、そこそこ名を知られた武人だとは思っていたけれど。

バラールさんは、にやりと笑った。

「もちろん本物だ。なんなら武技で証明するぞ」

彼はそう言うと、背中の大剣を引き抜いた。

「俺と手合わせしたい者は、誰だ？」

その迫力に、兵士たちは後ずさった。

「うわあっ、こんな大きな剣を扱えるなんて！」

「只者《ただもの》ではない……ということは、本物の剣士バラールなのか？」

「いや、なんでこんな辺境に剣士バラールが現れるんだ、話がおかしくないか？」

「……剣士バラールって、勇猛でケダモノじみた恐ろしい外見だと聞いたが……」

「遠くからだが俺は以前見かけたことがある！　もっとこう、歳をとって、髭が生えている男だったぞ」

「強い虎のおっさんって噂だよな」

「この男は若いし……というか、ずばり言って美丈夫、だよな？」

「そうだ、恐ろしくないし、普通にカッコいい男だぞ」

「ということは、やっぱり偽者なのか？　いやいや、だが、とても強そうだし、サイリク家の令嬢が身元を保証しているんだから」

「……本物の剣士バラール、なのか？　この人は良い身体つきをしているが、顔が全然もじゃもじゃしてないぞ？」

「おっさんでもないし」

「そうだ、若くておっさんじゃない」

ふむふむ、どうやら『もじゃもじゃっとした虎のおじさん』と見られていた『剣士バラール』さんが、さっぱりと髪を切り、髭を剃ったので、別人だと思われてしまっているようだわね。

わたしは笑顔で大剣を持った手をだらりと下げた虎男に言った。

「バラールさん、身だしなみの大切さが身に染みていますか？」

「ああ……」

虎がしょんぼりしている。今はイケメンになったと褒められているんだから、喜べばいいのに。

濡れた子猫のようにかわいそうなので、わたしは口添えすることにした。

「この方は確かに剣士バラールさんですわ。ええ、確かに初めてお会いした時には四十歳くらいに見えたし、とても臭いし、汚れているし、髪も髭も伸び放題でもじゃもじゃして怪しい虎男でした。

けれど、よく洗って村で髪と髭の手入れをしたらあら不思議、このように見違えるような素敵な青年になったのです……」

ただいまお嫁さんを募集中です、と付け加えそうになり、慌てて口をつぐむ。

「そうなのですか」

「聖女さまはさすがですね！」

「あの、もじゃも……老けて見られ……まあ、なんというか、強いと有名な剣士バラールからこれほど魅力を引き出すとは！　これは奇跡と言っていいくらいですよ」

「おほほほほ、出会った時のバラールさんのことを思うと、わたしもそう思いますわ。今は全然臭くないんですよ」

「はい、臭いませんね！」

「全然臭くないです！」

ふとバラールさんの顔を見ると、瞳から光が消えていた。

「……否定はしないが……事実だが……ポーリンさまの言葉が痛い……」

虎はがっくりと肩を落としたのだった。

褒めてあげたのに、どうしてかしらね？

「ということで、わたしたちをガルセル国に入国させていただけますかしら？」

「もちろんです。ようこそいらっしゃいました、聖女ポーリンと御一行さま」

「歓迎をありがとう。さっそくですが、この町の冒険者ギルド長をこちらにお呼びくださいませんこと？　このデザルクラーはとても美味しい魔物なので、ぜひぜひ引き取っていただきたいのです」

そう、この巨大なカニは、昨夜食べた最高級のサイズではないけれど、なかなか手に入らない、ものすごく美味しい高級な魔物なのだ。

昨日の夜の小さめサイズのカニ……アレは特別に美味しい、世界の珍味と言えるくらいのレベルなのよ。バラールさんが言った通り、並の冒険者では狩るのが難しい魔物なの。

この巨大サイズのデザルクラーも、手練れの冒険者が大勢でかからなければ倒すことができない魔物よ。だから、兵士たちが一斉に目を輝かせたのは当然ね。

「もちろんです！」

「おい、早くギルド長を呼んでこい！」

「あと、領主さまにも連絡を！」

兵士たちはバタバタと動き始めた。

「聖女さま、ありがとうございます。この魔物は殻が硬くて、良い加工材料になるのです」

「たくさんの防具が作れて、この町の経済が回ります！」

兵士たちも、騒ぎを聞いて門まで集まってきたらしい人たちも、巨大なデザルクラーを見て笑顔になっている。

「あ、そうなのですね。それはよかったですわ、ええ、良い加工材料ですものね、ほほほほ」

そうだったわ！

デザルクラーは食べるだけではなかったわね、すっかり失念していたわ。

でも、わたしは豊穣の聖女だから……食べること中心でも仕方がないわよね？

「ポーリンさまはレスタイナ国の聖女であり、さらにおふたりはガズス帝国にある獣人の村の領主ご夫妻でいらっしゃる？」

「ええと……はい、そうですわ」

まだ正式な夫婦ではないけれど、奥方さまとして認識されているからいいのかしら。

わたしは代表者として、町の入り口に駆けつけたガルセル国の町ソーセルの領主と冒険者ギルド長に頷いた。

この四人パーティーのリーダーはわたしなのだ。バラールさんに任せようかと思ったけれど、彼は自分にとって聖女という身分が高すぎるし、どう見てもこの旅で指示を出すのはわたしだろうと言ってリーダー役をお断りされてしまった。

ちなみにセフィードさんはドラゴンの王子なので、単純に身分を考えるとわたしといい勝負だし、いつもはリーダーを務めてくれるベテランの冒険者なのだけれど、狩り目的ではない今回の場合だと、コミュ障の彼にリーダーを任せたら話が進まない恐れがある。

というわけで、わたしが適任ということになったのだ。

「そして、こちらの麗しき狼のご婦人は、あのサイリク家のご令嬢でいらっしゃる？」

眼鏡の領主に貴族っぽい褒め言葉をつけられたジェシカさんは、面白そうに言った。

「そうよ。わたしはジェシカ・サイリク。でも、今は『冒険者のジェシカ』よ。もしも気になるならば、冒険者ギルドのデータを見れば、わたしがサイリク家の四女であることは確認できると思います。自立した職業として冒険者を選び、他国を見て回りたかったという理由で家を離れただけでサイリク家とは特に問題を起こしたわけではないから、その点は安心して頂戴」

「畏れ入ります。そしてさらに、……あなたは、有名な、剣士バラールでいらっしゃると？」

この町の領主にとっても、バラールさんの存在が一番の驚きらしい。

この虎さんがそんなにも有名だったたなんてね。

でも、考えてみたら、軟禁されていた幼い聖女の王女さまを救い出し、手練れの冒険者たちや軍人でも尻込みするような恐しい魔物の棲む砂漠や森を抜けて、ガズス帝国に亡命してくるほどの実力者なのだ。

「俺は本物だ。剃ってしまったから髭はないがな。ある高貴なお方の命で動いているため、詳しい事情を説明することはできないのだが、俺は今現在もガルセル国王家のために動いている」

「そうでございますか……はあ、もう、なんと申し上げればいいのか……」

犬の獣人らしく、垂れ耳がついている眼鏡のおじさん（ソーセルの領主、クライドさん）は、複雑な表情を浮かべて言った。

「いや、失礼を致しました。ようこそソーセルへ。皆さまのような素晴らしい方々にお会いできて、このクライド、嬉しゅうございます」

「突然来てしまってごめんなさいね。お騒がせして申し訳ないわ」

「いえいえ、皆さま方のような立派な客人をお迎えできて光栄です。どう歓待すればよいものか、このようなことに不慣れな田舎者のため不安もございますが、必要なことがございましたらできる限り対応致します。なにかありましたら、このサードリーに申しつけてください。彼はわたしの甥《おい》なのです」

「こんにちは！　僕はサードリーと申します。このたび、聖女さま御一行の担当を務めさせていただきますので、よろしくお願いします！」

柴犬っぽい耳がついた快活な青年が笑顔で言った。どうやら領主よりも肝が据わっているようだ。

「サードリーさん、こちらこそよろしくお願いしますね」

のどかな辺境の町を治めるクライドさんにとっては、わたしたちの来訪は盆と正月とクリスマスとハロウィンが同時に来たような騒ぎなのかもしれない。

優しそうなクライドさんは、甥っ子を見て目を細めた。きっと可愛がっているのだろう。

少し腰が引けている領主に対して、隣に立つゴリラのおじさん（ソーセルの冒険者ギルド長）は、喜びのあまりかさっきから笑いが止まらない。

「わっはっは、我々はポーリンさまのパーティーを心から歓迎するぞ！　うむ！　なんとも立派なデザルクラーだった！　今は見事にバラバラだが！　あれほどの魔物を倒して、それをまるごとこの町に寄付してくれるとは！　太っ腹にも程があるな、わっはっは！」

「おほほほ、お役に立ちましたら嬉しいですわ」

そうなのだ、砂漠化が進んで弱っているこの町の経済を活性化し、町の人たちに元気を取り戻してもらうために、今夜は町中でカニパーティーを開いてもらうことにしたのだ。

先ほどギルド長と一緒に荷車を引いた大勢の人がやってきて、この巨大なデザルクラーをどうやって処理しようかと悩んでいたのだが、その様子を見たセフィードさんが魔物の解体部門の獣人にぼそりと言った。

「どこを断って欲しいのか、言え」

「はい？」

「俺が斬る」

そして有言実行のドラゴンさんは、鋭い爪を出すと職人さんたちの希望する通りにデザルクラーの硬い殻をスパスパと分断し、ソーセルの町の人々の口をぽかんと開けさせてから、いつものように「んっ」とひとこと言うとわたしの隣に戻ってきたのだ。

「わっはっは、それにしても、帝国のSSランクの冒険者の技をこの目で見せてもらえるとは、俺たちも運が良かった！　うむ、強い男だ！　そして素晴らしい太刀筋！　解体する手間が非常に少なくなり、これで今夜の『カニパーティー』なるものはつつがなく開けるだろう！　しかも、美しく分断された殻は質の良い防具の材料となる！　なにからなにまで世話になるな、わっはっは！」

冒険者ギルド長は腰に両手を当てると、高らかに笑った。

わあ、テンションが高くて元気なおじさんね。

ゴリラさんだからかしら？

そのうち、ウッホウッホって笑い出しそうなご機嫌ぶりだわ。

「この町の冒険者ギルドは、もちろんガズス帝国の冒険者ギルドとも提携している。俺に相談などがあれば、いつでも声をかけてくれ！　クライド氏、サードリー氏、聖女さま方のことは任せた！

俺は報告を待つ！　ではまた！」

しゅたっ！　と手を挙げると、ゴリラのギルド長は去っていった。彼にはわたしたちの目的を詮索する気はなさそうだ。

「それでは、皆さまは領主の館にご移動ください。馬車を用意してありますので、こちらにどうぞ」

今夜は領主館に泊めてもらえるというので、わたしたちはサードリーさんの後に続いて馬車へと向かった。


クライドさんは、迎えの準備をするということで急いで領主館に戻り、わたしたちはサードリーさんにこの町の案内をしてもらいながら、少しゆっくりめに馬車を走らせた。

領主館を訪問するので、砂漠でついた汚れを落とすため、馬車の中で神さまのご加護をいただき全身を浄化してから、わたしたちは馬車を降りた。もちろん、同乗していたサードリーさんの身体も浄化の光に包まれ、あらかじめ説明していたのにもかかわらず、神さまのお力を目の当たりにした彼はとても驚いていた。

「うわあ、馬のたてがみまでサラサラになっている！　これは奇跡的な力ですね！　……聖女さまってすごいんですね……あれ？　僕みたいな者が、聖女さまと一緒の馬車に乗ったりしてよかったのかな？」

「ほほほ」

わたしは浄化に巻き込まれて毛並みもたてがみもサラサラの艶々になった馬を撫でながら、「神さまは馬たちもサードリーさんのことも、いつも見守っていらっしゃるのですよ」と言った。

「僕のことも？　ああっ、僕の耳の毛がふわふわになってる！」

彼は自分の犬耳を触って驚き「なんか僕、嬉しくなってきちゃいました！」と叫んだ。

「聖霊の祠が力を失って砂漠が広がってくるし、それを王都に訴えに行った人はなぜかなにもできずに戻ってきてしまうし……なにかがおかしいと感じながらもどうすることもできず、心の中に不安があったんです。でも、神さまが見守ってくれているんだって思うと、なんだか胸が温かくなってきます」

「そうですよね。とても大変だったとお聞きしていますわ」

「あ……もしかして聖女さまは、聖霊の祠のことでガルセル国にいらしたのですか？」

わたしは頷き「すべては神さまのお導きですわ」と言った。

「ありがとうございます、聖女さま。この町のはずれに、天の祠があります。そして、町を抜けて馬で一日くらいのところに広い草原が……今は緑が枯れてきているのですが草原がありまして、その真ん中に土の祠があります。……残念ながらどちらも、以前とは違う姿になってしまいました」

サードリーさんは真剣な瞳でわたしたちを見つめると「わかることはすべてお話し致します。どうか、僕たちの聖霊さまを助けてください」と言った。

「それではポーリンさまは、聖霊の祠をご心配くださって、ガズス帝国からはるばるいらしてくださったのですか?」

「ええ、そうですのよ」

わたしはナイフでお肉を切りながら、クライドさんに微笑んだ。

美味しいわ、という気持ちもこっそり込めて。

ソーセルの町の領主、クライドさんと、その甥っ子のサードリーさんと一緒に夕食をいただきながら、わたしはシャーリー王女のことは伏せて、聖霊の祠よりお呼びがかかったことを説明した。

ちなみに、手土産にしたデザルクラーはこの町の皆さんで召し上がって欲しいのですと言って、料理は辞退した。

昨夜は最高級のデザルクラーでカニ祭りをしてしまったものね。

「わたしたちの住む『神に祝福されし村』は、村人の全員が獣人です。皆さん命からがら国境を越えていらしたため、栄養が足りずに衰弱していました。そのため今までは、彼らの傷ついた心身を癒やすことを重視しておりましたが、最近は村の収穫が増えて余裕ができ、神さまのご加護のもとで新しい商売を始めたりしたのもあって生活が豊かになってきました。そして偶然にも、家族のように思っている皆の故郷の知り合いが、大変な苦境に立たされていることを知りましたの。どうやら聖霊さまが、ガルセル国を救うようにとわたしにお声がけされたようなのです。ですから、わたしにできる限りのお力をお貸ししたいと考えております」

「ガルセルの聖霊が、他国の聖女さまに……」

彼らはシャーリーちゃんが軟禁されていた事情を知らないため、「自国の聖女はなにをやっているのだ？」と不審に思っているのだろう。

そこへ、貴族の令嬢だったジェシカさんが口を添えた。

「こちらのポーリンさまは、本当にすごいのですよ！　ガズス帝国の町にスイーツのお店を展開したり、冒険者のための美味しい携帯食を考案してギルドへ卸したりして、村の生活がどんどん豊かになっていっているのです。ええ、オースタの町の人たちと獣人たちは、とても仲良くなっているんですよ。でも、なんと言っても、驚くべきは輝くクワでポーリンさまが耕された農地ですよ。あの素晴らしい畑をお見せしたいわ、丸かじりしてもとっても美味しい野菜が鈴なりなの。野菜の天国だわ。それから、豊穣の聖女さまがお作りになるお菓子の素晴らしさといったら！　まだまだありますわ、最近は干し肉も開発されていて……」

久しぶりの故郷の料理に舌鼓を打っていたジェシカさんから、激しくパッショナブルなわたしの推し話が始まった。その勢いに、クライドさんとサードリーさんは「ほう、なるほど」と相槌《あいづち》を打つことしかできない。わたしは安心して食事に専念する。

クライドさんとサードリーさんは、ジェシカさんの話を聞いて信じられないような顔をしているけれど、仕方がない。神さまのご加護の素晴らしさをその目で見ていなければ、彼女の話は大げさに聞こえるだろう。でも、聖霊の祠が寂れて、砂漠化に生活を脅かされている今、彼らに神さまへの信仰心を求めるのは酷というものだ。

「なるほど、聖女というのは大変な力のある存在なのですね。……ここ、ガルセル国にも聖女さまはいらっしゃるのですが、高貴な身分の方で、あまり関わりがなくて……」

「ええと、とてもお可愛らしい聖女さまだとお聞きしています！」

元気なサードリーがフォローする。

「僕たちのような田舎の貴族には、とてもお目にかかれないお方ですけど、王家の王女さまなんですよ。あ、剣士バラールはご存じですよね？」

「お、おお、そうだな。シャーリーさま、とおっしゃる方だ」

「お会いしたことがあるんですね！　それは羨ましいなあ」

「誠に羨ましいことでございます」

まさか王族が軟禁されているなどということを知らないクライドさんとサードリーさんは、「聖霊の祠がこんなことになって、聖女さまはお元気で過ごしていらっしゃるのでしょうか？」「そうだね、最近、前のように王家の人たちの噂が聞けなくなっていて、僕もちょっと心配なんだよね」などと人のいいことを言っている。

当のシャーリーちゃんは、今頃『神に祝福されし村』で、ころころ笑い転げながら、美味しいごはんを食べたり、お友達と遊んだり、農作業のお手伝いをしているのだが、まだそれを話すわけにはいかない。

「王都には、巨大な神殿が建設されたらしいのです。聖女さまはそこにいらっしゃるのでしょうね」

聖女さまはそこにはいらっしゃいませんよ。王家の方々は実は閉じ込められていて、ようやくおひとりが脱出したところですの。

わたしは咳払《せきばら》いをひとつすると、ソーセル代表のふたりに言った。

「それでは、わたしは聖女として、まずはソーセルの町から一番近い聖霊の祠に立ち入らせていただいてよろしいでしょうか？」

「もちろんです。我が国のためにありがとうございます。どうぞよろしくお願い致します」

わたしは頭を下げるふたりに「聖女の活動には国境はありませんわ。どのような場所でもわたしのお役目があるのならば、謹んでお務めさせていただきます。こちらこそ、よろしくお願い致します」と頭を下げ返した。


そして、その夜。

クライドさんが、わたしたちのために部屋を用意してくれた。

くれたのだが。

「セフィードさんと一緒の部屋……ああ、わたしたちはまだ婚約中だって言ってなかったわ！」

領主夫妻だと言ってしまったため、ふたりでひと部屋だし、ベッドは広々としたダブルサイズなのだ！

しかし、動揺するわたしと違って、セフィードさんは余裕の表情だ。

「よかった。同じ部屋ならば、ポーリンを守りやすい」

イケメンの婚約者に、口元に笑みを浮かべてそんなことを言われたら、わたしの乙女心がきゅんっとなってしまう。

「浴室がついているが、湯を浴びるか？」

「お、お風呂はいいわ。浄化の光で清めましょう」

「……船に乗っていた時は、身体を洗えと兵士たちに勧めていたのに」

「あれは、あの人たちに身体を清潔にする習慣をつけて欲しかったし、わたしが一緒にいない時にも身だしなみをきちんとしてもらった方が、病気にもなりにくいから……今日はいいのよ」

「そうか。じゃあ、俺もいいかな」

わたしはホッとする。

同じ部屋で、お風呂上がりの姿で向かい合うとか、考えただけで心臓が破裂してしまう。

「……さっき浄化してもらったから、まだ臭くないだろう？　どうだ？」

気がつくと、目の前にセフィードさんがいた。

しかも、自分の胸にわたしをぼふっと抱きこんだ。

強制的に匂いの確認をさせられた！

セフィードさんの匂いを！

「く、く、臭く、ない、わ」

「本当に？」

臭くないけど鼻血が出そうよ。

「本当、大丈夫だけど、ね、ね、念のために、もう一度浄化しましょうかっ？」

セフィードさんの胸板に鼻を押しつけられる、というとんでもない事態に、純な乙女のわたしは激しく狼狽《うろた》えながら彼に尋ねた。

「ん、頼む。虎みたいにポーリンに嫌われたくないから」

「虎……あ、バラールさんね。別に嫌っているわけでは」

「ポーリンは、虎よりドラゴンの匂いが好き、だろう？」

見上げると、目の前に美しい顔があり、真紅の瞳がわたしを見下ろしていた。

「す、好きです」

「そうか」

その美しい顔が、わたしの頭に近寄り、金髪に埋まってくんくんした。

「……ポーリンは、甘くていい匂いがする。俺の好きな匂いだ」

「ひょあああああーっ！　じ、浄化の、ご加護を、お願い致しますううううーっ！」

頭の匂いを婚約者に嗅がれてしまい、さらに動揺したわたしは、全力で神さまにお願いした。

その途端、部屋中が閃光《せんこう》と言っていいほどの強い光に包まれた。

というか、光が大爆発した。

「うわあっ、なんだこれは？」

「眩しい、目が、目がーっ！」

巻き添えをくらってしまったらしい人たちの叫びが、領主館の中に響き渡る。

「あら、どうしましょう」

勢い余って、この屋敷すべてを浄化してしまったようだ。でもまあ、身体に悪いわけではないし、むしろ軽い不調は解消されるありがたい浄化の光なのだから、聖女ポーリンからの大サービスということで勘弁してもらおうと思う。

「それじゃあ、もう寝よう。野営の疲れが残っているだろうからな」

「え、そ、そうね……きゃっ」

わたしはセフィードさんに抱き上げられた。彼はわたしをベッドに運ぶとそっと横たえて、わたしの頬を撫でて「ポーリン、すべすべで可愛い」と呟いた。

これってもしや？

乙女の純潔のピンチ的なアレなの？

でも……セフィードさんとは一生共に生きるお約束をしているし、彼の子どもをたくさん産もうと決意しているし、結婚式前ではあるけれどいいのかしら？

で、でも、どうしよう、緊張する！

「ポーリン、好きだ」

彼の顔が近づき、わたしの頬に唇が触れた。

「セフィードさん……」

「おやすみ」

わたしが目をパチクリさせていると、彼はわたしに布団をかけてくれた。

「おやすみなさい……って、セフィードさんはどこで寝るの？」

「ん……このソファに座って」

怪力のドラゴンさんは、長椅子をひょいと抱えてベッドの脇に持ってきた。

「ポーリンの顔を見ながら、護衛をする」

「あら、セフィードさんだって疲れているでしょ？　休まないとダメよ」

「……この国には、妙な気配がする」

「気づいていたのね」

そう、ガルセル国に入ってから、わたしは圧迫感のような嫌な気を感じていた。さっき、浄化の光を爆発させてしまったのも、その圧を払おうとして力が入りすぎてしまったということが原因のひとつだ。

「俺たちの屋敷や村なら、いつも強い力で守られているから安心できるが、ここではなにが起こるかわからない。そして、ポーリンになにかあったら、俺は……」

セフィードさんは「自分でも、なにをするかわからなくて怖い」と、迷子の子どものように呟いた。

「だから、ポーリンがちゃんとここにいるか確認していないと、眠ることはできない」

「うーん、困ったわね……」

わたしは起き上がってベッドから降りると、収納庫に置いた大盾を持ってきて、枕元に立てかけた。

「近くにこの盾を置いておくわ。さすがに結界を張っておくのははばかられるけれど、ゼキアグルさまのご加護があるこの大盾が近くにあるならば、滅多なことは起きないと思うの。さあ、一緒に休みましょう」

敵意を感じる場所では男女交際的に妙なことにはならないと思うので、わたしはシーツをぽんと叩いてセフィードさんを呼んだ。

「……」

セフィードさんが、わたしの左側に横になった。

「ポーリン、手を繋いで寝よう」

わたしは思わずふふっと笑ってしまってから、「いいですよ」と言ってセフィードさんの右手を握った。

「おやすみなさい」

「おやすみ」

少ししてから、セフィードさんが言った。

「今、俺は幸せだ。ずっとポーリンの隣にいたい」

わたしもよ、と言いたかったけれど、心地よい疲れと安心感の中で、わたしはそのまま夢の国に吸い込まれていった。

セフィードさんと仲良く手を繋いだまま熟睡していたわたしだったが、頭の中に響く声で、徐々に眠りの淵《ふち》から引き上げられた。

『ポ……リン……』

「……」

『……ポー……たすけ……リン……ポーリン……』

わたしに助けを求める声がする。

『お願い……聖女ポーリン……』

「はい」

目を覚ましたわたしは、ベッドに仰向けになったまま不思議な声に集中した。窓の外はまだ暗いが、わたしの体内時計はもうすぐ夜が明けると告げている。

『……光が満ちて……力をもらえたから、こうして伝えられます……』

「光というと、浄化の光かしら?」

『そう……聖なる光……ありがとう……』

浄化の光に感謝してくれるということは、神さまのお力が心地良い存在だ。ということは、もしかするとガルセル国の聖霊なのだろうか?

『急がせますが……助けを……お願い……』

部屋がほんのり明るくなり、見ると空中に小さな金色の光が浮いている。

「ポーリン」

繋がれた手が握られる。セフィードさんも目を覚ましたようだ。

「セフィードさん、この国の聖霊さまがわたしに助けを求めているようなの。かなりお力が弱っているから、なるべく早く行かないと」

「そうか」

わたしたちの会話を聞いていたようで、弱々しい光は窓の方へと動いた。

「追いかけましょう」

ベッドから降りて靴を履き窓を開けると、光は外に出て少し戸惑うように揺れてから下へと降りた。そう、この部屋は二階にあるのだ。でも大丈夫、心配ない。

「行くぞ」

ドラゴンさんはそう言うと背中から黒い翼を出した。

彼は全身が白いドラゴンなんだけど、この翼だけは黒いのよね。不思議だわ。

そんなことを考えるわたしを慣れた手つきで抱き上げると、セフィードさんは窓から飛び立ち、空中で光を待った。

「こーいこいこい、こっちこい」

ドラゴンさんが呼ぶと小さな光が浮き上がり、わたしたちを案内するように進み出す。

「ちょっと、聖霊のお使いに対してそれはまずいでしょう」

わたしが『こいこい』発言を注意しても、セフィードさんは怪訝《けげん》な顔で「なんで？」と首を傾げるばかりだ。

うーん、無敵すぎる。

そのまま光を追いかけてしばらく行くと、荒れ果てて草も生えていない土地に着き、空中のセフィードさんが止まった。

「どうしたの？」

「ここから先は進めないようだ」

彼が地面に降りたので、わたしは自分で立った。もうすぐ夜明けなのか、あたりがほんのりと明るくなり始めている。

「遠くに祠のようなものが見えるわ。ほら、光が吸い込まれた。あれがきっと天の祠ね」

わたしが手を伸ばすと、そこには嫌な空気がぎゅっと押し込められたような圧を感じた。けれど、通ることができそうだ。おそらくわたしが聖女だからだろう。

「天の祠に空の実を、だったわね。祠に納めて天に祈りを捧げればいいのかしら？　でも、空の実ってなにを意味しているのかわからないわね」

『わたしの大事なお客さま　砂を越え　森を越え　わたしの大事なお客さま　天の祠に空の実を　土の祠に炎実を　風の祠に光る実を　納めて天に祈りませ』

シャーリーちゃんが受けた神託だ。

「とにかく、行ってみるわ」

「ポーリン！　ひとりで行っては危険だ」

これ以上祠に近づくことができないセフィードさんに聖女服を摑まれたけれど、わたしは「大丈夫よ。神さまがいつもわたしと共にいらしてくださるから」と優しく言って、彼の手を外した。そして、深呼吸すると、重苦しい空気の中を進んだ。そこは、まるで悪夢の中を進むような奇妙な空間だった。空気がゼリーのようだ。身体に纏わりつき、前に進むのが難しい。幸い呼吸は苦しくないけれど、体力をかなり消耗しているのがわかる。後ろで見守るセフィードさんを振り返って、心配させないように笑いかけたいのだが、そんな余裕はない。

「重い……」

そして、わたしの身体がとっても重い。重力がのしかかっている感じだ。

これはもしや……神さまのご加護が届きにくくなっているの？

そう、わたしの今の体型は、ぽっちゃりを超えたぽっちゃり……いや、それも超えて、ぽっちゃりぽっちゃりぽっちゃりぽっちゃりぽっちゃりの5ぽっちゃりくらいである。

聖女服のウエストのゴムは、ぱっつんぱっつんなのだ。

かなり余裕を見て作ってある服なのに……。

そんな身体なのに身軽に動き、健康で、冒険者活動をしていられたのは、神さまのご加護があったからなのだ。そして、それが弱まった今は……。

「ヤバいわ、動けないデ◯になっちゃった……洒落にならない話だわ」

豊穣の聖女のわたしは、たくさん食べてぽっちゃりするのも大切なお仕事……本当よ！

けれど、こうして神さまのご加護を失ってしまうと自分の体重が扱いきれないのだ。

「帰ったら、本気でダイエットしなくちゃね。ウェディングドレスを着ることだし……がんばらなく……ちゃ……」

どうしよう、本気で苦しいわ！

でも、こればかりは、わたしがやらなければならないお務めなのだ。

「ポーリン、しっかりしろ！　ああーっ！」

セフィードさんの悲痛な声がした。わたしがとうとう、膝から崩れ落ちてしまったのだ。硬く栄養のなくなった土はわたしに冷たい。身体を打ちつけてしまったから、おそらく痣になったと思う。それでもわたしは進まなければならない。

「負ける、ものですかっ」

四つん這いになり、地面を握りしめるようにして、わたしは祠に向かって進む。祠の中ではわたしを導く光が弱々しく光っている。もうメッセージを送ることもできないくらいに弱っているのだろう。

「ふんっ、ふんっ、ふんっ」

乙女らしからぬかけ声と鼻息で、わたしは地面を這った。長い金髪が乱れて、傍《はた》から見たら妖怪だろう。

「ふんっ、ふんっ、ふんんんんんんんーっ！」

着いた！

着いたけど……。

「そうよ、空の実、どうすればいいのかしら」

わたしは祠を観察した。小さな石造りの祠は階段を三段上がったところにあり、日本のものと違って切妻屋根はついていない。大きさは縦横それぞれ一メートルくらいで、雪で作るかまくらに似ている形だ。

「この中に空の実をお供えするわけだけど……あら？」

わたしが階段に手をかけて中を覗き込むと、そこには光に守られた小さな種があった。

「聖霊さま、もしかしてこれが空の実の種かしら？」

光が返事をするようにぽうっと光った。

「なるほど、わかったわ。それではわたしが……」

立ち上がろうとしたが、ふらついて倒れてしまった。

『ポー……』

遠くの方から声がするけれど、なにを言っているのかわからない。わたしは立つのを諦め、這いながら祠に頭を入れると種を持った。そして、右手を天に差し伸べて祈る。

「豊穣の神さま、どうぞポーリンにお力をお貸しくださいませ……」

力が出ない。

いつものようなお腹からの声が出ない。

そして、身体中から変な汗がだらだらと流れ出る。

「神さま……」

わたしの右手に、小さなスコップが現れた。金色に輝くクワを期待していたので「あら？」と思ったけれど、立てない今はクワを振るうことができない。

地面にぺたんと座ったわたしは、祠の前の土をスコップで掘った。小さくてもさすがは神さまのスコップだけあって、痩せてカチカチな土があっという間に黒くて栄養に満ちた肥沃《ひよく》な土に変わっていく。

その真ん中に小さな穴を開けて、わたしは種を植えた。土をかけてから、天に祈りを捧げる。

「神さま、どうぞ空の実をお育てくださいませ……うっ」

祈りを捧げると、身体からなにかがごっそりと引き抜かれるのを感じた。神さまのお力が届きにくいので、足りない分をわたしの中のなにかで補完しているのだろう。

わたしは両手の指を組み合わせると、真剣に祈った。

「ガルセル国の聖霊のお力を元のように戻して、獣人の皆さんが健やかに暮らせる大地となりますように……」

なんか、めっちゃ抜けていくわ！

でも、ポーリンがんばる！

倦怠感《けんたい》に負けずに祈っていたら、土が盛り上がり、先ほど植えた空の種が芽吹き、伸びていくのが見えた。そのまま三十センチくらいに育つと青い花をひとつ咲かせて、それは空色の実になった。

「これが、空の実……」

わたしが片手を伸ばすと、空の実がぽとりと落ちた。それを、祠の中に入れる。

すると、驚いたことに石の祠の中で実が膨らんで弾け、床を貫くように根が伸び、祠を包みながら枝が伸び、葉が茂り、花が咲いて実がなった。

地面の下を走った根は辺り一面に行き渡ったらしく、そこからどんどん芽が出てくる。

そしてすくすく育ち、花が咲き、実がなり、また根が伸びていき……。

「ポーリン！　ポーリン！　しっかりしろ！」

「……セフィードさん？」

気がつくと、わたしは空の実がたわわになる木々に囲まれていた。いつの間にか朝日が昇り、大樹の向こうには青空が広がっている。

『ありがとう、聖女ポーリン。天の祠が悪《あ》しき力より解放されました』

わたしの頭の中で、はっきりとした美しい声が響いた。

『その身を犠牲にしての献身……本当に、本当にありがとう！』

へ？

犠牲に？

「ポーリン、死ぬな！　俺を置いて逝くなーッ！」

え？

セフィードさん、どうして泣いているの？

わたしはどこにも行かないわよ、あなたみたいな物騒なドラゴンさんを野放しにしたら、この世界が終了してしまいそうですもの。

「セフィードさん、泣かないで」

「ポーリン！　ポーリン、こんなに、こんなに身を削って痩せ細ってしまうなんて……」

セフィードさんが、わたしの手を握る。

あら？

「ちょっと見せて頂戴」

わたしの手が、縮んでいるわ。

いいえ、手だけじゃない、脚も、腰も？　聖女服がぶっかぶかに見えるわ。

これは、なにが起きたのかしら……一瞬でわたしが5ぽっちゃりから3ぽっちゃりになるなんて。

「神さま……もしかして、お力が足りない分をポーリンの体脂肪で……補われたのですか？」

『ポーリン……聖女ポーリン……』

わたしの名を呼ぶか細い声が、頭の中に響く。

『ありがとう、聖女ポーリン』

「どなたですか？」

なんとなく、天の祠の聖霊とは違うような気がして、わたしは尋ねた。

『土の……聖霊です。天の祠が解放されて……こちらにも少し、力を分けてくださって……でも、あまり時間が……危険な状況なのです……』

聖霊は、ここから馬で一日走ったところにあるという土の祠からわたしを呼びかけていると言った。距離があるためか声がかなりかすれている。そして、こちらの祠も危機的状況らしい。

『聖女ポーリン……あなただけが頼りなのです……』

「わかりました。それでは今すぐに参りますわ」

「ダメだ、ポーリン！」

「きゃっ」

土の祠の聖霊に返事をし、立ち上がろうとするわたしを、セフィードさんがむぎゅっと抱きしめて止めた。そして彼は、切羽詰まった口調でわたしに言った。

「こんな身体では無理だ！　こんなにも弱々しくなってしまったポーリンを、次の祠に行かせるわけにはいかない」

「え？　弱々しい？」

わたしはまだ全然ぽっちゃり度が高い自分の手を見て「これのどこが弱々しいのかしら？」と首をひねった。間違いない、まだ3ぽっちゃりのぷくぷくした手である。

しゅっとした長いセフィードさんの指と比べると、むちむちして白くて、パン種をこねたらものすごく美味しくできそうなふくよかさだ。ちなみに、実際にパン作りは得意で、ふんわり膨らんだ美味しいパンはディラさんにも「こんな美味しいパンは、奥方さまじゃなくっちゃ焼けないよ、あたしもがんばってるんだけど、悔しいけど、かんっぺきに負けだよ、ヒューヒュー、パンごねクイーン！」と絶賛されている。

せっかくの美形さんなのに、苦しげに眉間に皺を寄せているセフィードさんに、わたしは言った。

「ねえ、よく見て頂戴。この手はわたしの目には全然弱々しく見えないんだけど。今すぐパン種をこねまくって、焼きたてのロールパンを町で売り出せるくらいに元気よ。朝のロールパンって美味しいわよね、フレッシュなバターと甘酸っぱいジャムをつけるとより一層……いいえ、朝食について考えている場合ではないわ。心配をかけて申し訳ないけれど、それでもわたしは行かなくてはならないの」

しかしセフィードさんは、目に涙を溜めてわたしを睨んだ。

「そんなことは俺が許さないからな！　なぜポーリンばかりこんな目に遭わなければならないんだ！　ポーリンを行かせるくらいなら、俺が代わりに行く。ポーリンは町で待ってて。いいか？」

……なんなの、この駄々っ子ドラゴンさん。

うるうるした瞳が可愛すぎてつらいんですけど。

「うーん、困ったわね。確かにセフィードさんはとてもタフだけど、聖霊さまが最後の力を振り絞っていて、時間に余裕はないようなの。変な気と戦っている祠の近くの空間は、神さまにご加護いただいているわたししか入れないと思うし……あなたでは次の炎の実を育てることもできないでしょう？」

するとセフィードさんは、涙をこぼしながら「ならば……聖女を、辞めてくれ」とわたしに懇願した。

「ポーリンのようなか弱い女の子には、こんなにつらい仕事は似合わない。もう……これだけみんなのために働いたら充分だろう。たくさん人助けをしたんだから、聖女を引退して欲しい。そして、これからは『神に祝福されし村』の奥方として、穏やかに暮らしてくれ」

「セフィードさんったら。それはできませんよ」

わたしは笑って、心配症のドラゴンさんの鼻を摘んだ。

「ありがとう。親身になってもらえて嬉しいわ。でもね、聖女としてのお仕事はわたしの大切な使命なの。セフィードさんに心配をかけて申し訳ないけれど、聖女を辞めるつもりはないわ。これからもみんなを救うために力を貸して頂戴。ね？」

「ポーリン……」

その時、わたしのお腹が盛大に鳴った。

「あら困ったわ、朝ごはんがまだだから、お腹に催促されちゃったみたい」

シリアスなムードが台無しである。

わたしがうふふと笑うと。

『あの、聖女ポーリン……お取り込み中……ですが……土の祠よりお伝え致します』

わたしたちの会話を聞いてちょっとハラハラしていたらしい聖霊さまが、小さく声をかけてきた。

『土の祠のある場所の近くでは、とても美味しいピグルールという魔物が狩れるのですよ。そして……祠に来る途中に、美味しいニンニクと黒胡椒が生えている場所と……味の良い岩塩が採れる場所も……あったりするのですが……』

「なんですって？」

耳寄りの美味しいもの情報が土の祠の聖霊からもたらされ、わたしは途端に真剣な表情になる。

「聖霊さま、ピグルールは豚に似た魔物で、その滋養に満ちたお肉は黒豚よりもジューシーで美味しく、脂肪はさらりとした口溶けと最高の風味を誇るという、豚の中の豚ではなくって？」

『豊穣の聖女ポーリンよ、その通りです……さらに、食後のデザートにピッタリな、甘くて美味しいスモモのなる木もございます。……ちょっと離れた森には木がたくさん倒れて乾燥しているので、ピグルールを焼くための薪になさるのにぴったりですよ……』

「大変だわ、セフィードさん、ピグルールがわたしを呼んでいるの！　すぐに向かいましょう！」

「うわあっ」

わたしが腹筋の力で起き上がると、その勢いでセフィードさんが倒れてしまった。

「セフィードさん、土の祠の近くにピグルールがいるんですって！」

「え？　ポーリンはこんなにやつれて見えるのに、この俺を一撃で倒したのか？　ＳＳランク冒険者で無敵と言われるこの俺を？」

わたしは遠い目をするセフィードさんの肩を掴み、揺すりながら言った。

「だから、やつれてないのよ。この通り、わたしがまだまだ元気なのがわかったでしょ？　ねえセフィードさん、土の祠に向かいがてらピグルールを一頭狩って、朝ごはんがわりに食べることにしますからね」

「お、おう、わかった」

まつ毛に涙の水滴をつけたセフィードさんは、ぱちぱちと瞬きをした。

「ピグルールか。確かにその魔物はかなり美味しいと評判らしい……え？　ポーリンは今、聖霊のお告げでそれを聞いたのか？　美味しい魔物の情報を？」

「ええ。さらに、美味しい調味料や食後のデザートの情報もくださったわ。ほら、時間がもったいないから早く行きましょうよ。豚のガーリック焼きを早く食べたいわ！」

「聖霊め……ポーリンのことを知り尽くしているな」

そう言って、セフィードさんはため息をつき、立ち上がるとわたしを抱き上げた。馬で一日の距離も、セフィードさんが飛んだらあっという間なのだ。

と、そこへ、天の祠の変化を知ったのか、バラールさんとジェシカさん、それに領主のクライドさんと甥っ子のサードリーさんもやってきた。

「ポーリンさま、やはりあなたさまのお力でしたか！　町の周りを囲むように空の木が勢いよく繁って広がり、砂漠はたちまち草原と化しました」

「そうなのですね、よかったですわ」

「はい、本当にありがとうございま……す？」

深くお辞儀をしたクライドさんの語尾がおかしくなる。彼はぱっと頭を上げると、わたしを見て目を見開いた。

「聖女ポーリンさま、ですよね？」

「はい」

「……なんだか、横方向に小さくなられたように見えるのですが、わたしの勘違いでしょうか」

「勘違いではない」

わたしを抱き上げたままのセフィードさんが、重々しく言った。

「ポーリンは我が身を犠牲にして祈りを捧げ、祠の力を取り戻したんだ」

我が体脂肪を犠牲にしたので、全然惜しくございませんが。

「な、なんと！」

「さすがは聖女さま、そんなことができるなんてすごいです！」

クライドさんとサードリーさんが、感動の面持ちで言った。

「……なるほど、これは聖女ポーリンじゃないとできないことだな。我が国の聖女さまでは……消え去ってしまいそうだ」

細いシャーリーちゃんの体型を思い出したのか、バラールさんが深く頷いた。

「腹の肉は伊達《だて》ではなかったということか」

ふんふん、どうせわたしはぽっちゃり聖女よ！

と、それどころじゃないわ。

朝ごはんを食べに……こほん、土の祠の聖霊さまをお助けに馳せ参じなくては！

「それでは皆さま、わたしたちはこのまま土の祠に行って参ります。また後ほど！」

わたしが宣言すると、セフィードさんは翼をはためかせて飛び上がった。

「いざ、ピグルールの……土の祠へ！」

「……ポーリンは絶対、聖霊にいいように使われていると思う……」

ぶつぶつ言いながらも、頼りになるドラゴンさんは速度を上げて土の祠へと向かってくれるのであった。


「速すぎないか？」

「大丈夫よ、ありがとう」

セフィードさんはわたしをしっかりと抱えて飛んでくれて、わたしも彼にしがみつく。

見た目は『ラブラブ密着フライング』である。でも、これはわたしが聖女としての使命を果たすための行動だから、ふたりとも照れることはない。下心のない、あくまでも『業務上の接触』だからだ。むしろ、散歩中などのなんでもない時に手を繋ぐ時の方が、ずっとドキドキするのである。

わたしが耐えられる限界の、かなりのスピードで飛行して土の祠の近くまで来ると、聖霊に『あのあたりに岩塩が』『こちらにスモモの木があります』などと教えてもらって、ごはんの材料をゲットした。

そしてもちろん、最高に美味しいというピグルールもちゃんと倒した。

そう、痩せ細ってしまった（でもまだ3ぽっちゃりである）わたしに朝食を早く食べさせるために、セフィードさんががんばって飛んで食糧も確保してくれたのである。

愛よね、愛。

そして聖霊さま、お待たせしてしまってごめんなさい。

ポーリンは豊穣の聖女なので、腹が減っては戦ができないのでございます。

というわけで、翼の生えた美形男性にお姫様抱っこをされて空を飛んでいる、というロマンチックな絵面《えづら》は、その下にぶら下がる下処理されたピグルールの巨大な肉と薪の束とその他諸々《もろもろ》のせいで台無しになっている。仕事のできるSSランク冒険者のセフィードさんが、皮剥《は》ぎも内臓処理もしっかりとしてくれたため、ピグルール肉はあとは焼くばかりという状態なのだ。彼は本当に頼りになる男性で、ピグルールを捌く姿を見てわたしの胸はきゅんきゅんしてしまった。

ちなみにお腹はぐーぐーだった。

『あちらに見えるのが、土の祠です』

「とうとう着いたわね！　まあ……やはり、威圧感のある嫌な気に囲まれていますね」

空中から神眼（神さまのご加護が宿った眼よ）を使って祠を見ると、広範囲を黒く濁った空気に包まれている。そして、祠の周りは天の祠と同じように荒れ果てて、草も生えないような枯れた大地になっていた。

セフィードさんは「ごはんを美味しく食べられるように、祠から少し離れた場所に降りよう」と言った。彼は祠から離れると、ロープでまとめられた朝ごはんの材料を降ろしてから着地し、わたしを立たせてくれた。

「なにはともあれ、お肉を焼きましょうね」

「ああ」

ベテラン冒険者の彼は手早く薪を積むと、爪を打ち合わせて火花を飛ばして火を熾した。そして、身が乾かないように、香りのよい大きな葉に包まれたピグルール……豚肉を持ちやすい大きさに分けていき、わたしはそれぞれに岩塩と潰したニンニクと香辛料をすり込んでいく。ドラゴンの爪の無駄遣いという意見があるかもしれないが、食というのは生物にとってとても大切なので、能力の正しい使い方だと思う。

骨がついたままの肉を、焚き火の周りの硬い土にセフィードさんが刺していき、美味しそうな炙り肉が火の周りをぐるっと囲むという、とても素晴らしい眺めになった。

強火の遠火の遠赤外線（たぶん）なのである。

最高の野性味溢れた料理である。

炙られた肉の脂が焼けて、じゅくじゅくいいながら表面を揚げ焼き状態にしていく。かじるとカリッとなる、アレだ。こんがりと焼けたニンニクの風味がたまらない。

「美味しそう……」

前のめりになるわたしの肩を、セフィードさんが押さえた。

「落ち着けポーリン。人間は、ピグルールを生で食べてはダメだ」

「ドラゴンは大丈夫なの？」

「ドラゴンならば、生きたままで丸呑《の》みも可、だな」

「丸呑み！　でも、それでは料理とは言えないわね」

「ああ。食事というより……餌か？　ドラゴンは魔素を吸収すれば食事がなくても生きていける生き物だからな。だが俺は、人間の姿で食べるごはんの方がずっといい。特に、ポーリンの作るものは皆とても美味しいと思う」

「嬉しいわ、セフィードさん」

「ポーリンに会って、俺は食べる喜びを知ったんだ。それから……女性を……その……好きになる、喜びも……だな」

彼はわたしから目を逸らすと、肉の焼け加減を確かめた。頬が少し赤くなっている。

「セフィードさん……」

「ポーリンに出会えて、本当によかった」

「わたしも……よかったです。これからもずっと、セフィードさんと一緒に美味しいものを……食べていきたいです」

「ポーリン……好きだ……」

わたしの頬も熱い。これは焚き火のせいではないと思う。

「嬉しい……わたしも、好き……」

「ポーリン……」

ニンニクの焼ける良い香りが漂う中で、セフィードさんともじもじしていると、土の祠の聖霊に『そろそろお肉を回さないと……焦げますよ？』と注意されてしまった。


食べ頃になった最高級の豚肉の骨（セフィードさんは、一番美味しい大きさのピグルールを狩ってくれたのだ。彼は元々頭が良いのだが、最近はその知識に『美味しい魔物と食べ頃の大きさ』が加わったらしい）を両手に持ち、わたしは脂の滴る焼きたての豚肉にかぶりついた。口の周りに脂がついても気にしないで、むしっ、と肉を食いちぎる。

柔らかい！

なんて柔らかくて、美味しいお肉なの！

「ひゅごい、おいひい……」

わたしはもっきもっきとお肉を噛んだ。口いっぱいに肉汁が溢れて、豚の旨みが広がる。それを引き立てるのはミネラルたっぷりで丸みのあるうまさの岩塩と、香辛料だ。特にニンニクの働きが素晴らしい！

「んま……豚肉、うま！」

ほっぺたが落ちそうだわ！

なんて素晴らしいお肉でしょう！

身体中にエネルギーが満ちるのを感じるわ。わたしの全身が、この美味しいお肉を迎え入れて栄養にしようとしているのがわかる。

「ん……美味い……」

ドラゴンさんも、口いっぱいに頬ばり、もきもきとお肉を噛んでいる。

柔らかくてジューシーな豚肉だから、食べても食べてもまだ食べられる感じがして、手が止まらない。さすがは一番美味しいサイズのピグルールだ。これもきっと、王族や貴族が食べるような最高級の食材なのだろう。それを、まるまる一頭焚き火で炙り焼きして、贅沢《ぜいたく》にもふたりで食べている。

美味しいだけではなく、豚肉はビタミンB群が豊富でスタミナがつく食材なのだ。そこに、香辛料のスタミナ部門の代表みたいなニンニクも加わっているのだ。

朝ごはんに最高よね？

さすがにふたりで食べきるには多かったので、わたしたちは半分ほど炙り焼きを平らげてから食後のフルーツをいただくことにした。よく熟れたスモモは、皮の下が酸っぱく、実はとても甘かった。爽やかな香りがするスモモをかじると、口がさっぱりする。

「スモモもとても美味しいわね。やっぱり食後にはデザートが欠かせないわ」

「そうだな」

ドラゴンさんは、果物も好きなのだ。喜んでもきもきと食べている。

「……ポーリン？」

「どうしたの？」

「なんだか……痩せ細っていたのが……元に戻ってきた？」

スモモを片手に首を傾げるセフィードさんの言葉を聞き、わたしは空いている手で自分の脇肉を
摑んだ。

「あっ、皮下脂肪が戻ってきているわ！」

むにゅっとしたこの手触りは……そう、4ぽっちゃりくらいだわ。

さすがは最高級のピグルール、栄養になるのが早いわね！

『あの……お腹がいっぱいになりましたら……そろそろ……』

頭の中に、遠慮がちな聖霊の声がした。

「そうね、ええと、土の祠に炎実を、だったかしら。炎の実というのをお供えして祈りを捧げれば
いいのよね」

わたしは炎の実も祠の中にあるのかしら？　と遠くに見える土の祠を見た。

「ポーリン、ここに変な種がある」

火の始末をしていたセフィードさんが言った。

「光ってる」

「え？」

燃えさしの中から、セフィードさんが爪の先でクルミくらいの大きさの種を引っ張り出した。

「これは……食べられるのか？」

「待って、セフィードさん。食べてはダメな気がするわ。光を放つということは、不思議な力が働いているということですもの」

指先でそっと突くと、熱くない。

「もしかすると、これが炎の実の種かもしれないわ」

セフィードさんが持つ実が、一際強く光った。

「それじゃあ、わたしはこの実を……祠の前に植えてくるわね」

一瞬でぽっちゃりが戻っちゃったので、遠慮なく体脂肪を消費致しますわ！

お腹がいっぱい元気もいっぱいになったわたしは、セフィードさんに「残りのお肉を守っていて頂戴」と頼むと、光る種を握りしめて土の祠へと近づいた。

イベリコ豚よりも三元豚《さんげんとん》よりも美味しいピグルールの炙り肉は、まだ軽く半頭分あるから、一仕事の後のお楽しみにとっておきたい。あのとびきり美味しいお肉がご褒美で食べられると思えば（しかも、空腹になった状態なので、さらに美味しい）やる気も満ちてくるのだ。

天の祠と同じように、土の祠も周りの土の色が白く変わり、明らかに栄養がなさそうになっている。そんな場所に足を踏み入れると、圧迫感のある嫌な気がわたしを包んだ。徐々に重くなっていく身体を引きずるようにして、土の祠に向かう。

「やっぱり空気がゼリーみたい……そうだわ」

わたしは種を聖女服のポケットにしまうと、両手を合わせてしゅっと前に出した。そして、手のひらでねっとりと重い空気をかき分けると、進むのが楽になる。

「これはいい感じね。この調子で進みましょう」

平泳ぎの要領だ。ゼリーのプールのような空中をかきかきしながら進む姿は、傍から見たら間抜けっぽいかもしれないけれど、今のギャラリーは涙目になってわたしを見守るセフィードさんだけなので大丈夫だ。反対しても無駄だとわかった彼は、唇を噛み締めたつらそうな表情で進むわたしを見守っている。

この『平泳ぎ前進法』は、思った以上に身体の負担を軽減してくれて、わたしは膝をつくこともなくさっきよりもずいぶん早く祠に到達した。祠の前で天に手を差し伸べて、豊穣の神さまに「どうかこの種を育てるためのお力をお授けください」と祈った。

いつもよりは弱いけれど、金の光が手に集まってきて、右手に光のスコップが再び現れたので、わたしは祠の前にしゃがんでさっそく土を掘り返し、種を植えた。

「炎の実よ、育って頂戴」

種にふわふわで養分に満ちた土をかけたわたしは両手で拳を作り、「育って、育って、育つのよ！」とぐぐっと力を込めながら祈った。すると、空の実を育てた時のように全身から汗が噴き出して、身体の中からなにかがごそっと引き抜かれるのを感じる。

「神さま、ポーリンの体脂肪をどうぞ遠慮なくお使いくださいませ……あら、もういいのかしら」

もう止まっちゃったわ。

もっと使ってくれていいのに！

「神さま、体脂肪のおかわりはいかがですか？」

……返事がない。

できることならもうひと山、ピグルールで蓄えた体脂肪を持っていってもらおうと思ったけれど、間に合ったらしい。ちょっとだけ残念である。今度は、風の祠が復活したせいもあるのか、わたしの1ぽっちゃりしか消費しないで炎の実の種が芽を出し、すくすくと育っていく。三十センチほどに育つと赤い花が咲き、六枚ある花びらが散ると艶のある赤い実がなったので、そっと収穫して祠の中に置く。

『聖女ポーリンよ、ありがとう』

「どう致しまして。炎の実が健やかに育つことをお祈り申し上げますわ」

聖霊の声に返事をしたわたしはその場に腰を下ろしてひと休みしながら、祠の中の炎の実が芽吹き、根を生やし、辺り一面を早送りのように緑の絨毯《じゅうたん》にしていく様子を楽しく見守った。

「次々に実がなっていくのね。すごいわ。たくさんの炎の実が風に揺れると、大地が燃えているかのように輝くのね。とっても綺麗……そういえば、天の祠で育てた空の実は地面に青空が降りてきたみたいに見えたし……光の実はどんな美しさなのかしら？　育てるのが楽しみね」

「ポーリン！　ポーリ————ン！」

わたしが見惚れていると、遠くの方でセフィードさんが肉のついた骨をぶんぶん振り回しているのが見えた。祠を囲んでいた気が正常になったので、彼も支障なくここへ来れるはずだけれど、ピグルールの肉を守るという大切な使命があるので動かないのだろう。

1ぽっちゃりを消耗してもまだまだ3ぽっちゃりの余裕があるわたしは、立ち上がると肉の方へ……ええと、違ったわ、愛する婚約者の方へ駆け寄った。

「セフィードさん、おかげさまで祠は無事に解放されました。ありがとうございました」

「ポーリン、よかった！　ああ、今回は元気なままだな。……ん？　少しだけ痩せたか？」

「ええ、少しだけね。でも大丈夫よ。食べたばかりの朝ごはんをすっかり消費してしまったみたいだから、第二回の朝ごはんにしようと思うの」

「そうか。それなら肉を軽く炙り直そう」

空腹を訴えるわたしを見て、セフィードさんが安心したように微笑んだ。そして、再び火を熾して、ピグルールの炙り焼きの残りを温めてくれた。

「セフィードさんも、いかが？」

「いや、さっき食べたばかりだから、さすがにお腹はすかない。ポーリンの豊穣の聖女としての働きは素晴らしかった。たっぷり肉を食ってくれ」

「なんだか悪いわね……あら、美味しい！　ちょっと寝かせたら肉と脂が馴染んだみたいで、また違った風味で美味しくなったわ」

「そうか。ということは、ピグルールの肉は冷めても美味しい、保存食にも向いた肉質だということかな」

「そうね。ピグルールでハムやベーコンを作ると、長く保存できてとても美味しいものができると思うわ。後でクライドさんに話してみようかしら。香りの良い木でスモークチップを作りたいわね。豚肉だから……桜、ブナ、胡桃あたりから試してみるといいかしら。乾かした枝を砕くのは、セフィードさんにお任せすれば簡単にできそうだし」

「美味しいものを作るなら、喜んで手伝う」

頼もしいドラゴンさんは、料理やおやつの下ごしらえに大活躍しているドラゴンの爪を出してみせた。これがあれば、あっという間に乾燥させた木をスモークチップに加工してもらえるだろう。なにからなにまで役に立つ、素晴らしいわたしの婚約者なのだ。

「ありがとう。この騒ぎが落ち着いたら、試しに作ってみましょうね。ピグルールの燻製肉《くんせい》はきっととても美味しいわよ。楽しみねえ……」

「ああ、村で作っている干し肉も美味しいが、ポーリンが作った燻製肉もとても美味しそうだ。うちの村の新たな特産品にできるかもしれないな」

「そうね。落ち着いたら、ガルセル国からピグルールの肉を輸入する手筈《てはず》を整えましょう。安定した供給がないと製品化は難しいから。あと、作り方を教えてこの国でも作れるようにするといいわね。国が復興するための資金源になるし、レシピのロイヤリティがうちの村に入ってくるし……それにしても、燻製肉を早く食べたいわね」

両手に骨つき肉を持ち、わっしわっしと肉を食いちぎりながら、わたしは最高に美味しい豚肉で作った燻製品を思い描いたので、余計に食欲が湧いてしまった。

そんな風に食欲全開になっていたため、わたしはすっかり忘れていた。

聖霊の祠の災難には、黒幕がいるということを。

そして、ふたつの祠を復活させたことを気づかれている恐れがあるということを。


「ふう、満足だわ……え？」

満腹になったわたしは背後に異様な気を感じた。

「セフィードさん！」

「ポーリン！」

助けを求めるように伸ばした手は、セフィードさんに届かない。

突然現れた、黒くてゼリーでできたような巨大な手がわたしの身体を掴み、そのまま後ろに引いた。倒れて頭を打ったら大変なので、わたしはしゃがみ込むようにして衝撃を逃した。

「ポーリ――――ンッ！」

しかし。

転んで地面にぶつかることを覚悟して身構えるわたしは、そのまま突如現れた深い穴に落ちて落下していったのであった。

神殿と最後の祠

「嫌だわ、このままどこまで落ちていくの？　わたしは不思議な国のポーリン？」

白い聖女服を翻しながら、ふわふわ、ふわりと、不思議な穴に落ちていくわたし。

まるで童話のヒロインだわ。

やがて、わたしはふわんと床に降り立った。

奇妙な落とし穴の終着点は石造りの床で、壁も白い石でできている……って、もしかするとここは神殿なのかしら。どこの国でも、神殿って似てるのよね。

そんなわたしを取り囲むのは、剣を持った警備兵っぽい男たちだ。なにやらわたしを見ながらひそひそと話している。

「……グラスムタンさまに敵対する、悪しき力の手先が転移してきた……え、そうなのか？　この娘が？」

「グラスムタンさまが引き寄せたのだから、間違いないはずだが……」

「いや、これは人違いだろう。こんなぽっちゃりした、変な娘だぞ？」

ちょっと、ぽっちゃりは認めるけど、変な娘ってどういうことよ？

失礼だわ。

わたしがむうっとした顔で彼らを見ると、「おい、機嫌が悪そうだな」「飯を食ってるところを人違いで拉致されたら、不機嫌にもなるだろうさ」なんて話している。

え？　飯を食ってるところって……あ。

わたし。

両手にひとつずつ、巨大な骨つき肉を握ってきちゃったんだわ！

セフィードさんの手に届かないから、とっさに炙り肉の塊にすがってしまったみたい、さすがは豊穣の聖女よね。土の祠からこの建物へと不思議な力でワープさせられちゃったようだけど、まさかのお弁当つきとは笑っちゃうわ。

肉をぶら下げたわたしがくすっと笑うと、男たちは「おい、この子は少々頭も弱いみたいだぞ。自分が攫われたことが理解できていないらしい」「ああ、まったく動じない上に、肉を見て嬉しそうに笑っているな……どうする、この娘？」「これ、絶対に神殿の敵じゃないぞ、なにかの巻き添えをくらった女の子だぞ」「この状況でニコニコ笑っている娘が悪しき者とは思えないんだが。グラスムタンさまの手元が狂ったのか」と再びひそひそと相談を始めた。わたしは両手の肉を取られないように隠しながら、彼らの話し合いを見守った。

そして、相談の結果。

「娘さん、手荒なことはしたくないからこっちに来い。いや、その肉も取らないから怖い顔をしなくていいぞ。とりあえず、しばらくこの神殿にいてもらうから、待機場所に案内する」

「なに、間違いだとわかれば元の場所に帰してもらえるから大丈夫だ。グラスムタンさまは聖職者だからな、信用していい」

神殿ということは、ここは王都なのだろうか？　そしてどうやら、この神殿を建てた親玉がグラスムタンという人物らしい。

わたしは兵士に連れられて階段を下り、建物の地下にある一室に連れてこられた。「この中にいろ。勝手に出るなよ」と入れられた広い部屋の中にはきちんとした身なりの人々が数人閉じ込められていて、彼らは新参者のわたしを見て驚いた顔をした。

「……どこのお嬢さんを攫ってきたのだ？　グラスムタンは、国民には手を出さないと約束したはずだろう」

「手違いで捕まえてしまった、頭の弱い娘だ。警備の都合でここに置いておくから、面倒を見ていろ」

兵士は抗議した男性に顎をしゃくると、扉を閉めて外から鍵を開けた。

「まあ……かわいそうに。驚いたでしょう」

年配の優しそうな女性がそう言って、こちらにおかけなさいとソファを勧めてくれた。

「ええと……肉売りの娘なのか？　なにかの間違いで連れてこられたようだから、きっとすぐに帰してもらえるはずだ」

肉売りの娘？

……まあ、巨大な骨つき肉を持っていたら、これを市場で売っているのだと思われても仕方がないわね。

と、わたしはひとりの少女に目を留めた。

「美味しそうなお肉を売ってらっしゃるのね」

優しく声をかけて笑っているその顔は、シャーリーちゃんにそっくりだった。

そういえば、さっきの優しそうな女性も、この部屋にいる他の若いお嬢さんたちも、そして青年たちも、なんとなく顔がシャーリーちゃんに似ている気がする。

ということは、もしかして……。

わたしはどうやら、ニンニクの匂いがぷんぷんする骨つき肉を両手にぶら下げながら、ガルセル国の王族たちとご対面しているみたいだわ！


わたしは、まず最初に挨拶をと思い「皆さまごきげんよう。わたしは……」と言いかけて、口をつぐんだ。聖女らしく上品に振る舞うには、骨つき肉が邪魔だったのだ。

「すみませんが、このとても美味しいピグルールの炙り肉を置く場所がありますか？」

「そうね、ずっとそんな大きな肉を持っていたら、お嬢さんの腕が疲れてしまうわね」

頭にネズミの耳がついた、おそらくシャーリーちゃんのお母さんでこの国の王妃らしい女性が、テーブルの上を片づけて、大きなトレーを用意してくれた。

ちなみに、ネズミの耳がついているのはこの女性だけで、他のメンバー（国王らしい男性と、王子さまが三人に王女さまが四人）の耳の形はバラバラである。おそらく獣人同士の混血が進んでいるのだろう。どの種族の獣人が生まれてくるのかわからないから、妊娠した時の楽しみになるのだろうとわたしは思った。

「さあ、こちらに置くとよろしくてよ」

「畏れ入ります」

わたしは微笑んでお礼を言い、トレーの上にふたつの肉を置いた。そして、王女さまのひとりが親切に用意してくれたお手拭きで、肉汁のついた手を拭った。

「ありがとうございました」

「耳が目立たないところを見ると、トカゲ族のお嬢さんなのかしら？　あなたはきちんとした礼儀作法を身につけていらっしゃるのね。最近のお肉屋さんは、マナーのお勉強もされているみたいだわ」

「どうでしょうか？　確かに、礼儀作法を学ぶことは、どのような職業に就く時にも役に立つと思いますが……あ、わたしは肉屋ではありませんのよ」

その言葉を聞いて、ロイヤルファミリーの皆さんが一斉にトレーの巨大肉とわたしを見比べたので噴き出しそうになってしまった。わたしは腹筋にぐっと力を入れると、聖女服のスカート部分を美しい仕草で摘んで、正式な礼をした。

「申し遅れましたが、わたしはレスタイナ国の豊穣の聖女にして、ガズス帝国にある『神に祝福されし村』の領主と婚約しております、ポーリンと申します」

「聖女さまですって？」

「レスタイナ国の聖女？　大変な力があると有名なレスタイナ国の聖女さまが、なぜガズス帝国に……いや、このガルセル国の王都に？」

わたしは部屋にいる人たちをぐるりと見回した。

「皆さまは、ガルセル国の王家の方々でいらっしゃいますわよね？」

「ああ、そうだが……わたしが国王だ」

見た感じ「絶対この人が国王陛下ね」と思った男性が言ったので、わたしはお辞儀をしながら続けて話をした。

「大まかな事情は存じておりますわ、国王陛下。わたしがここに来たのは、こちらの国の聖女でいらっしゃる第五王女のシャーリーさまより、聖霊さまのお告げについてのお話をお聞きしたからですの」

「シャーリー！　シャーリーは無事なのですか？」

「はい、王妃陛下。シャーリーさまは、わたしが住む『神に祝福されし村』で保護されて、大変元気に過ごしていらっしゃいますわ」

「よかったわ、シャーリーが無事で、本当によかった……」

王妃と王女たちは抱き合って泣き出し、王子たちも目をこすっている。

「聖女ポーリン、ありがとう。ポーリン殿と聖霊さまに、心よりの礼を申し上げる」

目を潤ませた国王は、威厳のある姿でわたしに感謝を伝えた。

「畏れ入ります、陛下。シャーリーさまとは仲良くさせていただきましたが、まだお小さいのに本当に立派な王女殿下ですわね。ガルセル国内がこのような事態になっていることをシャーリーさまが身をもってお伝えくださらなかったら、他国の者は誰も知らないままでしたわ」

「……そうか。うむ、娘を褒めてもらって大変嬉しい……あれは、聖女としての重圧も背負って、いつもがんばる、がんばりすぎる王女なのだ」

国王は、父親としての素顔を見せて言った。

「今は安全な場所にいるのだな。安心した」

「ありがとうございます、聖女ポーリン」

涙を上品にハンカチで押さえながら、王妃も頭を下げた。

「どうしましょう、今のわたくしたちはポーリンさまをここから逃がす力も方法もないのです。シャーリーを助けてくださった恩人なのに……」

「王妃陛下、どうぞご心配なく。実はわたしはガズス帝国の冒険者としての仕事もしていて、多少の荒事にも慣れておりますのよ。今回、シャーリーさまとガズス帝国に亡命していらした『剣士バラール』と、この国の貴族で手練れの冒険者であるジェシカ・サイリクさん、そしてガズス帝国のSSランク冒険者にして、『神に祝福されし村』の領主であるセフィードさんとパーティーを組み、聖霊の祠を解放するためにこちらに参りましたの」

わたしは驚く王族たちに、聖霊の導きでこの国にやってきて、すでにふたつの祠を解放していることを説明した。

「なんという……」

シャーリーちゃんとバラールさんがどんなに大変な思いをして砂漠と魔物の山を越えてきたのかということ、そして王族が軟禁されている間に祠が寂れ、国の砂漠化が進み、たくさんの村が砂に呑み込まれたことを話すと、彼らは衝撃を受けた。しかし、これは国を治める者として知っておかなければならないことなのだ。

聖女もそうだけれど、皆に敬ってもらう立場に立つということは、重い責任と重圧も背負わなければならないということなのである。時には、家族や自分の命よりも、国民を優先させることもある。シャーリーちゃんは、まだ幼いけれど、このことをしっかりとわかって務めを果たす、賢くて立派な女の子なのである。

「突然衝撃的なお話をして、申し訳ございません。しかし、ことは一刻を争う状態なのです。ここは風の祠の上に造られた建物なのですか?」

「そうだ。シャーリーが秘密の抜け穴を通ってこの神殿から出たということで、我々は建物の地下に移され、監禁されているのだ」

「グラスムタン、という人物が、神官長を名乗っているわけですか?」

「うむ」

「先ほどわたしをここに連れてきた兵士たちは、獣人でしたわ。なぜグラスムタンの手先となってしまったのですか?」

「それはおそらく、洗脳だと思われます」

王子のひとりが答えた。

「グラスムタンは悪しき技で、聖霊が我が国に禍をもたらしていると皆を言いくるめているらしいのです。そして、荒唐無稽な話なのですが、祠の力を封じ、王都を邪悪な気で覆い、疑いを持った者には、幻を見せたりこの件に関する物事を考えられなくしたりすることで、民に真実を隠しています。グラスムタンは最初に我々も洗脳しようとしたらしいのですが、聖霊の護りのおかげでそれは避けられました。その代わりに、この通り監禁されているわけです」

「そうですか」

この、重くてゼリーみたいな気持ちの悪い気が、兵士たちの心を操っているらしい。わたしが聖女だとグラスムタンに気づかれないうちに、風の祠の解放を行う必要がありそうだ。

「ちなみに、風の祠はどちらに？」

「元々地下に造られた祠なので、この壁の向こう側にあるはずです」

王子が石でできた壁を叩いた。

「しかし、入り口はこの通り、塞がれた状態です」

「……光る実、光の実、というものに心当たりのある方はいらっしゃいますか？」

「光の実は、以前は日の光が射《さ》さない地下の祠を囲むように生えていました。不思議な光で祠を照らす植物の実でしたが……」

「今はすべて、枯れ果ててしまったと思います」

「そうですか」

祠の上にこんな建物を建てられて、邪悪な気で包まれたら、光の実も育たなくなってしまうだろう。けれど、聖霊のお告げがあったということは、どこかに光の実が残っているはずだ。

「うーん……」

わたしは唸りながら、風の祠があるはずの壁に手を当てて「風の聖霊さま、聖女ポーリンがここまで参りましたわ。光の実がどこかに残されているならば、どうぞお教えくださいませ」と呼びかけた。

すると、壁をすり抜けるようにして、小さな光が部屋に入ってきた。

「わあ、なんだ？」

「この光は……もしや、聖霊のお使いなのか？」

光は部屋の中を飛び回り、王妃の胸の前で止まった。

「王妃陛下、畏れながら、そこになにかお持ちでございますか？」

「ここには、シャーリーにもらったペンダントが……」

「それですわ！　それをお貸しくださいな」

わたしは王妃からペンダントを受け取る。よく見ると、裏蓋が開くような作りになっていたので、爪を引っかけて持ち上げた。

「あった、これだわ！」

そこには、ほんのりと光を放つ、小さな種が一粒入っていた。

これで、光の実の種は手に入った。あとは、これを土に埋めて育てて、実がなったら祠にお供えして……って、地下の部屋に監禁されてる今、かなりの無理がある。

「聖女ポーリン、祠への道はこの通り、閉ざされているのだが……」

国王の顔にも「これは詰んだ」と書かれていたけれど。

「大丈夫ですわ。神さまのお力をお借りして、道を作ればよいのです」

そう、わたしはレスタイナ国の聖女。

神さまのお力を借りれば、軍艦をぐしゃっと潰してお魚の遊び場にしたり、次元の隙間にいらないモノを放り込んでなかったことにしたりできる物騒なお姉さま方と一緒に育った、豊穣の聖女。

得意なことは、神さまへの無茶振りである！

「この壁を耕したいと思いますので、豊穣の神さま、聖女ポーリンのお願いをどうかお聞き届けくださいませ！」

「た、耕すのですか？　石の壁を？」

「はい、耕しますわ」

わたしは右手を天に向けて伸ばす。

「どうぞ、神さま……って、あら、これでは愛用のクワがいただけないかしら」

いつものように、眩しい光が天から降り注ぐ……はずが、悪しき気で遮られた地下には、ちょろちょろとしかご加護が届かないようである。

でも、これも想定済みなのだ。

「ならば神さま、ポーリンの持つ力もお使いくださいませ！　遠慮なく、ごっそりと！」

すると、わたしの身体から再びエネルギーが引き抜かれ、手には金色に光るクワ……ではなく、カレースプーンが握られていた。

わたしは1ぽっちゃりを消費して、スプーンを手に入れたのだ。

え、スプーン？

嘘でしょ？

「スプーン？」

「スプーンですわ」

「スプーンだな」

わたしの手に現れた、神々しい光を放つスプーンを見て、ガルセル国の王族たちは驚きで目を見張っているが、わたしは別の意味で驚いた。

神さまがわたしにお優しいのはわかる。元気なぽっちゃりさんの体脂肪を減らすのは、豊穣の神さまとして断腸の思いなのだろう。

けれど、スプーンひとつで、どうしろと？

スプーンは耕す道具じゃないから、壁を崩すことはできない。

そうね、スプーンとは……食べ物をすくう食器よね。

しばらく考えてから、わたしは祠のある方の壁に向かった。

「……神さまのご加護がある聖なるスプーンならば、なんとかなるはずよ。そうね、例えばこの壁は、きっと、チーズ……そうよ、よく熟成して柔らかくなった、とろとろのチーズなんだわ。だから、スプーンですくえるはずよ」

そう呟いて、わたしはスプーンを壁に刺した。

見事に刺さった。

柔らかなナチュラルチーズに刺さるように、くにゃんという気持ちの良い手応えで壁にスプーンが刺さった。

「なんと、スプーンが壁に刺さっている！」

スプーンの力で、石すらチーズ状にしてしまったのだ。さすがは神さまのスプーンである。

「チーズ、チーズ、これは柔らかなチーズ」

わたしは歌うように呟きながら壁をすくい取って、掘り進んでいく。そして、ガルセル国の王族と一緒に異変に気づいた。

「壁をまるでチーズをえぐるように易々《やすやす》と……うん？　この匂いは？　聖女ポーリン、ちょっとそれを見せてくれないか？」

キラキラ光るスプーンですくったチーズを、王子が摘んだ。

「これは……本物のチーズだ！　聖女ポーリンが削った壁が、よく熟成した最上のチーズになっているぞ」

「まあ、なんということでしょう。ということは……」

いい匂いに耐えられなくなったわたしは、スプーン上の壁だったものをひと口食べてみる。

「ああ、なんという美味しさ！　これは、まさに白カビチーズ！　しかも、中までしっかりと熟成して、トロトロの食べ頃になっているわ。まったりとして香り高く、充分な熟成で旨みの塊となっているから、ワインを飲みながら食べたら口の中にパラダイスが広がるし、茹《ゆ》でたブロッコリーや人参、グリーンアスパラなどの新鮮野菜や、ぷりぷりの茹でソーセージにたっぷりと絡めて食べるチーズフォンデュにも最適だわね」

白カビチーズとは、ブリーやカマンベールなどの名前で日本でもよく見かける、初心者にも食べやすいチーズである。あまり熟してしまうときつい匂いが出てしまうが、このチーズは中心がやっと柔らかくなるくらいのほどよい熟し加減になっている。

さすがは豊穣の神さま、やることが完璧すぎるわ！

ポーリンはどこまでもついていきます！

神さまのスプーンは、とんでもない力を持っていた。

まさか、石を本物のチーズに変えてくださるなんて思わなかったわ。

錬金術では石を金に変えることができるらしいけれど、チーズに変えることなんて、神さま以外にはできない素晴らしい御業《みわざ》ね！

「うふふふ、柔らかくて、とろけるような、風味豊かな、チーズ、チーズ、チーズ、美味しいチーズ」

笑顔で呟きながら、わたしがスプーンで壁の穴を掘り、大きくしていく。柔らかなチーズがどんどんすくい取られて良い香りを放つ。こんなにも上質なチーズを落としたらもったいないということで、王子が大きな皿を差し出した。そこにチーズを載せて、炙り肉の横に積んでいく。

「こっちは確かに石の壁なのに……なんという神の奇跡だ！」

国王が壁に触って、石であることを確認している。

「さすがは豊穣の聖女、我らの想像が及ばないほどの力を持っているな……それにしても、たまらなく良い香りだ」

「父上、こちらに差し入れのワインがあります」

「うむ、そんな場合ではないとわかってはいるが……」

「なんと、チーズを載せるのによいバゲットもあったりします」

「おおおっ、これはもしや、神のお導きなのだろうか？」

男性たちは、チーズとワインを前にそわそわしている。

王女たちも、壁をこんこんと叩いて感心している。

「本当ね、すくう前はちゃんと石よ。すごいわね、レスタイナ国の聖女さまって」

「壁をチーズにしてしまうなんて、まるで楽しいお伽噺みたいじゃなくて？」

「うふふ、そうね。シャーリーはチーズが大好きだから、食べさせてあげたかったわ」

「こんな夢のような出来事を見たら、喜んだでしょうね」

ちゃんとネズミちゃんのことも気にかける、優しいお姉さんたちである。


そんなこんなでせっせと壁をくり抜き、とうとうちょっぴり太めの女の子も（わたしよ！『ちょっとだけ』太めなの！）楽に通れるくらいの大きさの穴ができた。

「ふう……それでは、風の祠に……あら？」

聖霊のお使いである光が現れて、わたしの行手を塞ぐように高速で飛び回ってから、炙り肉とチーズが置かれたテーブルの上に停止した。

「もしかして、それを食べてから行けとおっしゃるの？」

光は、その通りだと言わんばかりに点滅する。

「なるほど。この先には、なるべく力を蓄えておかなければならないような、大変なことが待ち受けているということなのですね」

その言葉を聞いて、チーズに浮かれていた室内に緊張が走ったので、わたしは笑顔で言った。

「それでは、少々休憩して、お昼ごはんをいただきましょうか？」


というわけで。

最高に美味しいピグルールの炙り肉を金のスプーンで切り分け（武器になるからという理由でこの部屋にナイフがなかったためだ）スライスしたパンにとろけるチーズを載せて、ワインを飲みながらの楽しいランチタイムが始まった。

「んまあああ、なんて美味しいお肉でしょう！」

王妃さまが「これほどの美味は、わたくしたちでもなかなかいただけませんわ。はしたないけれど、お腹いっぱいに食べてしまいそうよ」と言って、頬を赤く染めた。

ちなみに王女さまたちは若さもあって、はしたないとかまったく考えずに「美味しいわ！」「ほっぺたが落ちそう！」ときゃっきゃしながら食べまくっている。ほっぺたがぷくっと膨らんでいるのが可愛らしい。

「なんという美味！」

「美味しいだろうと思っていましたが、やっぱり美味しい！　最高のチーズですね」

「そして、このニンニク風味の炙り肉の美味さときたら……手が止まりません」

「ワインがあって本当によかった……」

男子は飲み会をしているようだ。

「おほほほ、お肉をお待ちしてよかったですわ」

わたしはみるみるなくなっていく骨つき肉を見て、セフィードさんに摑まらずお肉を摑んで正解だったみたいね、と思った。酷い目には遭わされていないとはいえ、監禁されているので、彼らは充分な食事を取っていなかったのだろう。

「これは……」

食べるのを止めた国王は、不思議そうな表情で自分の手を開いたり閉じたりした。

「力が湧いてくるぞ。なにが起きたのだ？」

「わたしもです、父上。身体中に力が漲《みなぎ》っています！」

「……わたしもです」

そして女性たちは、なぜか頬を押さえて「どうしたのかしら、お肌がぷりぷりするわ！」「ええ、すべすべの艶々になっていますわ。手触りがいつもと違うのよ！」「あらまあ、お母さま、気になさっていた目元の小じわが消えてます！」「なんですって？　鏡、鏡！」と叫んでいる。

「これはもしや……」

「はい。神さまのご加護のある食べ物をいただいたため、身体が活性化されたのだと思いますわ」

「なんという……」

王族たちは、神さまのお力を身をもって感じて、その偉大さに絶句した。

美味しいチーズパンを山ほど、そして骨つき炙り肉を丸々ひとつ食べたわたしは（だってね、ポーリンにはこれから大仕事が待っているんだもん、エネルギーが必要なのよ！　決して食いしん坊だからじゃないわ！）ナイフの代わりをしてくれた金のスプーンを持つと「さて、続きに取りかかりましょう」と言った。

そして、お腹がぽんぽんだけど、さっき開けた穴、通れるかしら？　とちょっと不安になるのであった。


やっと最後の祠の前にたどり着いた。この風の祠に光の実を納めて祈りを捧げれば、聖霊の力がガルセル国に満ちるはずである。

穴の向こうは真っ暗だ。金のスプーンを握りしめたわたしは注意しながら穴を通り抜けた。壁の穴からの光しかないために暗い祠の前で跪《ひざまず》き、硬い土をカレースプーンで掘り返す。小さくても神さまが貸してくださった特別な道具なので、掘り返された土は栄養いっぱいのふわふわした良い土に変わっていく。

「まあ、土の色が変わりましたわ」

好奇心いっぱいの王族たちも壁に開けた穴をくぐり抜けてやってきた。わたしを囲むように祠の前に集まってきている。気の利く王子さまが燭台《しょくだい》をひとつ持ってきてくれたので、手元が見えやすくなった。

シャーリーちゃんのすぐ上のお姉ちゃんらしき王女が、興味深そうに掘り返されて柔らかくなった土を見ている。

「ポーリンさまはなにをしていらっしゃるのですか？」

「硬い土のままでは植物は育たないので耕しているのですよ。そして、土の中に落ち葉を腐らせて発酵させたものを混ぜ込み、栄養のある良い土にすること、充分な水をかけること、さらにお日さまの光を浴びることで、すくすくと育つことができるのです」

「……ここでは光と水が、足りませんわね」

「その通りですわ」

「ちょっとお待ちくださいな」

丸い耳をした、たぶんリスの獣人である王女さまはとととととっと可愛らしい足音を立てて部屋に戻り、手に水差しを持って戻ってきた。

「聖女ポーリン、どうぞこれをお使いになって」

「ありがとうございます、殿下。助かりますわ」

神さまのご加護があるけれど、すでに解放したふたつの祠と違ってここには太陽の光が届かない。土もカラカラだ。なので、水があるととても助かる。わたしは光を放つ小さな種を植えると、水差しの水をかけて祈った。

「どうか芽が出て育ちますように」

風の祠はとても濃い悪しき気で覆われていたことに加え、上に建物を建てられてしまっている。そのため、神さまのお恵みがかなり届きにくい状態だ。

「あっ、芽が出ましたわ」

子リスちゃんが可愛らしく手を叩いて発芽を喜んでくれたけれど、双葉が開いたところで成長が止まってしまう。なんとかひとつでも光の実がなってくれないと、わたしの使命は達成できない。

「神さま、どうぞわたしの力をお使いくださいませ。そして、このガルセル国を以前のように国民の皆さまが健やかに楽しく暮らせる国に戻るように、お導きください」

ぎゅっと目をつぶって祈ると、わたしの身体が光に包まれた。

「まあっ、聖女さま！」

「聖なる光をお纏いになられている……」

「なんて神々しいお姿なのでしょう」

ガルセル国の王家の皆さんは、光り輝くわたしの姿に感銘を受けているけれど。

（も……燃えているわ！　わたしの脂肪が燃えている！　ああ、身体が熱いわ……）

体脂肪がめっちゃ燃焼中であった。

「見て、芽が、光っているわ」

わたしの身体から光の実に向けて体脂肪エネルギーが発射された。すると、それまで慎《つつ》ましやかだった芽がぶるんと震えると、そのまま三十センチくらいまで急激に伸びて花を咲かせ、ぽんと小さな実をつけた。

「よかったわ、なんとか実がなりました」

わたしは光の実に手を差し伸べて、ぽとりと落ちるそれを受け止めた。

「これを祠に……」

「お前たち、いったいなにをしでかしたのだ！」

地の底を這いずるようなざりっとした声がした。振り返ると、開けた穴からひとりの男が出てくるところだった。

「こんな穴を開けおって……むっ、それはまさか、光の実？　すべて枯れ果て腐るように仕向けた光の実が、なぜ残っているのだ？」

その後ろから「どうやって開けたんだ？」「あっ、肉屋の女の子だ。わかった、骨で削ったんだよ」などと言いながら、兵士たちもわらわらと穴をくぐって続いた。

「……ねえ、あの黒いローブを着ている人は、もしかして、悪い人？　神殿の親玉？」

「はい、あの男は神官長を名乗るグラスムタンという人物です」

国王が答えてくれた。

「ええっ、あれが？　黒幕のグラスムタンなの？」

わたしは驚きの声を上げた。

「どんな迫力のある男かと思っていたら、パッとしないおじさんじゃないの！」

それは、中肉中背でちょっとお腹が出た、くたびれた中年のおじさんだったのだ。しかも、頭のてっぺんが……あれは宗教的なヘアスタイルなのだろうか？　教科書に載っていたフランシスコ・ザビエルのイラストにそっくりな感じで、頭に皿を載せたような感じのハ……毛髪が一部休憩中の様子なのである。

「うおおおい！　パッとしなくて悪かったな！」

グラスムタンは、聖職者らしくない唸り声を上げた。

「兵士は人違いで拉致してしまったと言っていたが、やはりお前が天の祠と土の祠に余計なことをした愚か者だったかっておい！　娘！　話を聞け！」

わたしは怒鳴るおじさんを無視して、風の祠に光の実を納めた。

「おい娘、よせ！」

「聖女ポーリンに近寄るな！」

国王がこちらに来ようとするグラスムタンを制して言った。

「グラスムタンよ、そなたの悪事もこれまでだ！」

「聖女さまがいらしたからには、もうこれ以上お前の好きにはさせないぞ」

「そうですわ、観念なさい」

王子や王女、そして王妃もわたしを守るように立ちはだかる。

わたしは祠に祈りを捧げた。

「聖霊さま、光の実でございます。どうぞお力を取り戻しくださいませ」

しかし、あたりに満ちている邪悪な気が風の祠に襲いかかる。風の祠からはそれに抗《あらが》うように光が放たれたが、光の実を育てる余裕がない。

「ふはははは、無駄無駄、無駄だあああーっ！　聖女とやら、小賢《こざか》しい真似《まね》をしても、もうこの国には我の力を撥《は》ね退《の》ける能力は残っていない！　残念だったな、丸々と太った醜い豚のような娘よ。おとなしく肉を食っていればよいものを、余計な真似を……」

「丸々と太った醜い豚ですって？　お黙り、冴《さ》えないおっさん！」

わたしがダンッと足を踏み鳴らすと、地面が割れて、グラスムタンを呑み込もうとした。

「うわあっ！」

腰まで地面に埋まった男が叫んだ。

「わたしは豊穣の聖女ポーリンよ！　この身についた体脂肪は豊かさの印。それを誹《そし》るような真似は、神さまが許しませんわよ、ええ！」

わたしは地割れから這い出すグラスムタンをきっと睨みつけると、風の祠にしがみついた。

「どうぞわたしの、聖女ポーリンの力を遠慮なくお使いください！　そして、光の実を育てて悪しきものを浄化してしまってくださいませ！」

すると、わたしの身体からものすごい勢いでなにかが抜き取られ、それと同時に祠が振動し始めた。

「ぐぬぬぬうっ、小癪《こしゃく》な小娘め……な、なに!?」

四つん這いになった冴えないおっさんことグラスムタンが、口を大きく開けた。

「光の実が、そだ、そだ、育っているのかそれはいったいなにが起きているのだうわああああーっ！」

そう、わたしがこの身に溜めていたぽっちゃりを神さまが遠慮なくすべて使ったため、光の実がすごいことになっていた。芽が出て根が生え、茎が育ち、太く太く育って、あっという間に一メートルを超えた。そして、この地下の空間は繁る葉と蔓とでいっぱいになり、わたしたちは蔓に絡まれていった。

「大丈夫よ皆さん、この蔓はわたしたちを守ってくれていますわ」

わたしと王族はしなやかな蔓で編まれた籠のような空間に心地よく収まっていた。それに対して、グラスムタンと洗脳されていた兵士たちは脚を縛られて逆さまに吊られているのだ。

光の木はわたしたちを抱えたまま神殿の天井を突き破り地上に出ると、石でできた建物をバラバラに壊していく。籠に収まったわたしたちは、エレベーターに乗ったように天高く上り、グラスムタンたちは逆バンジージャンプ状態になって悲鳴を上げている。

「まあ、高くて眺めのよいこと！　おほほほ、力を取り戻した聖霊さまのお力は、素晴らしいものですわね……どうかなさいましたか？」

わたしは、同じ籠に入っている王族たちが、驚愕《きょうがく》の表情でこちらを見ていることに気づいた。

「聖女、ポーリン、で、いらっしゃる……のですよね？」

子リスの王女が言った。

「ええ、そうですわよ」

「なんだか急にちっちゃくなられましたが……お身体の方は大丈夫ですか？」

「ちっちゃく……あら、本当ね！」

わたしは自分の腕を見て驚いた。

ほっそ！　手首、ほっそ！

こんなに細い手首を見るのは、孤児院にいた時以来だわ。

うわあ、聖女服がブカブカじゃない。伸びきっていたウエストのゴムが垂れて、でろんってなっちゃってるわ。

どうやら今回は、4ぽっちゃりから0ぽっちゃりになったようである。

わたしは咳払いをひとつしてから言った。

「大丈夫、わたしは健康ですわ。わたしの身体には、このような緊急事態に対処するために、神さまのお力が蓄えられていたのです。おかげで悪しき気に満ちた地下でも、ほらこの通り、光の木がすくすくと育つことができました」

「そうだったのか！　ありがとう聖女ポーリン。今までお溜めになった聖なる力を、我々ガルセル国のために放出してくれたことを、深く深く感謝する」

「ありがとうございます！」

「聖女さま、本当にありがとうございます！」

国王に続いて王家のメンバーがわたしに向かって頭を下げてしまったので、わたしは「いいえ、どうぞ頭をお上げくださいませ」と慌てた。

美味しいものを散々食べて身体についてしまった体脂肪なのよ。

本当は、そんなにすごいものじゃないの。

それに……またすぐに蓄えられると思うのよね、うふふ。

ガルセル国には美味しいものがたくさんありそうなんだもの。


通気性の良い（ビジュアル的には檻《おり》に近い）籠の中で、気持ちよく風に吹かれているわたしたちの耳に、禍々《まがまが》しい声が聞こえた。

「このままで済むと思うなよ……この国を起点に、世界全体を手に入れようという我の計画の邪魔をしたことを、後悔するがいい……まずはガルセル国を、滅ぼしてやろう」

「グラスムタン、なにを物騒なことを言っているの？　いい加減に観念なさい……グラスムタン？」

わたしが蔓の隙間から下を覗くと、逆さになったグラスムタンが服の中からなにかを取り出すのが見えた。

「すべてを道連れにしてやる！　わはははははははは」

彼は血走った目をして、取り出したなにかを握りつぶした。

「ぐわあああああああ！」

黒い炎に包まれたグラスムタンは、蔓を引きちぎり、下に落ちていった。

「まあ、自死してしまったの？　……あれは……グラスムタン？」

地面に激突するはずのグラスムタンの身体から、どす黒い根が生えて、地面に突き刺さる。毛髪が不足していた頭頂部からは緑の葉がもこもこと芽吹いていきどんどん増えていく。

そして、その葉の下には牙が生えた大きな口ができていた。

「頭に口が？　あの姿は……見覚えがあるわ」

口がニヤリと笑い、凄《すさ》まじい絶叫を放った。

『GYEEEEEEEEEEEE！！！』

「きゃあっ」

「耳が！」

わたしたちは耳を押さえてうずくまった。

「あれはおそらく伝説の悪しき植物、マンドラゴラだわ！　グラスムタンは恨みのあまり、危険なマンドラゴラに姿を変えてしまったのかしら？」

わたしは叫んだが、言葉は絶叫にかき消された。

マンドラゴラと化した、いや、その邪悪な正体を現したのかもしれないグラスムタンの叫び声は、長く尾を引いてあたりに響き、耳を塞いでいないと頭痛が起きそうなくらいに耳障りなものであった。

その残響がようやく消えたので、わたしたちは恐る恐る耳から手を離す。

「ものすごい声でしたわね」

王妃がゆっくりと頭を振りながら言った。わたしは「大丈夫ですか？　身体の虚弱な者だと命を落としかねないほどの、邪悪な叫びでしたものね」と気遣う言葉をかけて、そっと神さまのご加護の光を王妃に送った。

「ありがとうございます、聖女ポーリン。おかげで楽になりましたわ」

「よかったですわ、王妃陛下。神さまの癒やしのお力ですの。それにしても、最後の最後まで、迷惑な男でしたわね。世界を征服しようだなんて本気で考えていたのかしら？　でも、今の叫びで力を使い果たしたみたいですわね」

魔物には知性がほとんどないはずだ。

あのマンドラゴラ男は突然変異だったのだろうか？

「グラスムタンは、最初は聖霊を崇める誠実な人物に思えました」

王妃が言った。

「見た目が平凡な男だったので、わたくしたちも油断してしまいましたが……まさか、あのような大それたことを計画していたとは。邪悪な人物かどうかを外見で判断してはならないということを、身をもって学びましたわ」

「ええ、その通りです。外見が恐ろしくても、その魂は輝くほどに美しい人物もいますもの」

そう、昔のセフィードさんみたいにね！

わたしの旦那さまは今は世界一の美形青年だけど、ドラゴンの力が暴走しないように封じられていた時には、痛々しい外見だったもの。

「……ポーリンさま、変な変身をしたグラスムタンですが、萎《しお》れて枯れてしまったみたいですわ」

子リスの王女さまが、わたしの服をつんつんと引っ張って「ほら」と下を指さした。

可愛い。

子リスと子ネズミ姉妹でユニットを組ませたい。

わたしも下を見て「ええ、マンドラゴラは枯れてしまったみたいね」と優しく言った。

そこには、グラスムタンだった奇妙な植物の姿はなく、白い灰のようなものが積み上がっているだけだ。やがてそれも、風に吹かれて消えてしまった。

彼は同じ植物として、聖霊の祠で大切にされる空の実、炎の実、光の実が面白くなかったのだろうか？　でも、他の植物を踏みにじり、聖なる力を奪い取って利用しようとするのはいただけない。こんな非道なことを考えつくあたりは、神さまを恐れない魔物らしいと言えよう。

「それにしても、光の木は見事に育ちましたわね。聖霊さまのお力は、すっかり戻ったようですわ」

神殿だった建物は崩れて、そこから植物が育って広がり、あたり一面に光の実がなって揺れている。少し離れたところに建っている王宮らしき建物も植物に絡みつかれて、緑色の建物になっているけれど……大丈夫よね？

その時、わたしを呼ぶ声がした。

「……ポ……リン！」

遠くの方から聞こえる呼び声は段々と大きくなる。

「ポーリーン！」

「ポーリーーーン！」

「ポーリーーーーーーーーーン！」

「きゃあっ」

すごいスピードで飛んできた物体がわたしたちの入っている蔓でできた籠に張りつき、女性陣から悲鳴が上がった。

「ポーリン！　ポーリン！　ポーリン！　ポ……」

「はいセフィードさん、落ち着きましょう。ついでにこの籠を地面に降ろしてくださるかしら？」

「ポーリン、よかった！　生きててよかった！」

めちゃくちゃ泣いている背中に翼を持つ超イケメンの登場で、籠の中に微妙な空気が漂う。

わたしはガルセル国の王族たちに「大丈夫ですわ、彼はわたしの婚約者ですの」とちょっとだけ照れながら説明した。

「ああ、ポーリン！　今助けるから！」

ぶちっ、と音がした。籠の上の蔓が、セフィードさんに引きちぎられた音である。ドラゴンさんは、今日も怪力だ。

それより、今のちぎり方はちょっと痛そうな気がする。植物に痛覚はないとは思うけれど……。

彼は籠を持つと、遥《はる》か下にある地面にエレベーター並みのスピードで降りた。

「いやあああああーっ！」

「うわあああおあーっ！」

エレベーター慣れしていない皆さんから、命の危険を訴える叫びが上がる。

「大丈夫です、墜落しませんから！　セフィードさん、もっとゆっくりお願いします」

落下のスピードが落ちて、籠はふんわりと地面に着陸した。その途端、蔓がほぐれて籠が分解した。セフィードさんに引き裂かれる前にと蔓が思ったのだろうか。

光の木さん、申し訳ございません。

「セフィー……」

「ポーリン！　ああ、ポーリン！」

セフィードさんはわたしを抱きしめて「こんなにやつれてしまって！　もう骨と皮しか残っていないじゃないか！」と嘆いた。

「いいえ、筋肉がございます」

「痩せ細りすぎて、ぽっきりと折れてしまいそうだ！」

「いいえ、標準体型でございます」

「まるで初めて会った時のように幼くなってしまった！」

「え？　痩せて、若く見えるようになったのかしら？」

わたしは、唖然《あぜん》としながらこちらを見ている王族に「わたし、いくつくらいに見えますか？」と尋ねると「……二十歳前くらいでしょうか？」という答えが返ってきた。

「あ、年相応じゃないの……待って、セフィードさん」

わたしは、目に涙を浮かべながらわたしを抱きしめるセフィードさんの肩を掴み、ぐいっと離した。

「つまりそれは、ぽっちゃりしていると……わたしはおばさんっぽく見えるってことなの？」

「え」

彼は言葉に詰まり、そしてしばらく考えて言った。

「包容力があるように見える……かな？　母性的、というか……なんでも受け止めてもらえそうな雰囲気があるが……」

そしてなぜか、彼はわたしの頭を撫でながら「俺はどっちのポーリンも可愛いから、よくわからない」と言った。

「見た目よりも、身体の具合はどうなんだ？　ひとりで立っていてつらくはないか？」

「今すぐ開墾作業についていても大丈夫なくらいに元気よ」

「……そうか、それならばいい……」

するとドラゴンさんはその場にしゃがみ込んで頭を抱えながら叫んだ。

「あああああもう、ポーリンが突然消えてしまうから、俺は怖くなって全部燃やしてしまおうかと思った！　ポーリンが生きててよかった！　俺はポーリンがいない世界なんていらないから！」

ひいいいいっ、なんてことを！

わたしが恐怖に震えていると、立ち上がったセフィードさんに再び抱きしめられた。

「ポーリンをこんな目に遭わせたのはどこのどいつだ⁉」

「ええと、マンドラゴラが変化した冴えない神官長のおっさんでした」

「どこにいる？」

「あの辺で、灰になって、風に飛ばされてなくなりました」

「……」

セフィードさんは、グラスムタンが消えたあたりを、その場が発火しそうなほど剣呑《けんのん》な目つきで睨みつけた。

「さっきの嫌な叫び声は？」

「マンドラゴラの最期の叫びです」

「マンドラゴラの？」

それまで泣きベソ顔で、少し子どもっぽかったセフィードさんの表情が、ＳＳランク冒険者のものに一瞬で変化した。

「まずいな。あれはかなりの大きな叫び声だった。そして、ここから少し離れたところには、魔物が棲む森がある」

わたしを探して飛び回っていた途中に、この国の地理に詳しくなったようである。

セフィードさんの言葉を聞いて、王子のひとりが頷いた。

「確かに、大きくて深い森があります。その深部には、強くて凶暴な魔物が棲んでいると言われています」

「まあ。でも、森の浅いところには弱い魔物がいるのかしら？」

「魔物肉を手に入れるための、よい狩場となっています」

どんな美味しい魔物がいるのかしら？

これは、冒険者パーティー『グロリアス・ウィング』の出番かしらね？

わたしがそんな呑気なことを考えていると、光の実が一斉に揺れてざわめきだした。

『ポーリン、聖女ポーリン』

ぶつかり合う光の実の音が、わたしの名を呼ぶ声になった。

『大変です、先ほどの叫びで魔物が覚醒しました。マンドラゴラの呼び声に誘われて、魔物の大群がこの国に迫ってきます』

「なんですって？」

その場に衝撃が走る。

『このままだと、この国は魔物たちに蹂躙され、国民たちの命が危険にさらされてしまいます』

……やられたわ。

グラスムタンが言っていた道連れとはこのことだったのね！

魔物の暴走は、この世界では最も恐れられている災害のひとつで、どの国でもこれが起きないようにコントロールに努めている。

魔物からは良いエネルギー源となる魔石を始めとして、武器や防具から日用品まで様々な利用ができる皮や甲羅や骨など、捨てるところがないくらいに有用なものが取れる。それに、なんといっても肉が美味しいのだ。身体を巡る魔力をエネルギーにしているため血液がなく、血抜きが必要ないし、代謝に無駄がないのでその肉には臭みがまったくない。そして、消化もしやすい。だから、迷惑な反面、利用価値が高く、人々の生活を豊かにする存在でもある。

そんな魔物は、魔力の強い場所から離れたがらないため、魔物の森や砂漠の一部、迷宮に棲んでいてそこから離れることはない。

だが、今回は魔物を呼び寄せるマンドラゴラの叫び声で、暴走が始まってしまったらしい。

「セフィードさん、マンドラゴラの呼び声によって魔物の暴走が起きるものなの？」

「いや、普通のマンドラゴラにはそれほどの力はないはずだ。だが、さっき聞いたアレは明らかに異常だった。俺はかなり離れたところにいたが、それでも強い魔力を感じたからな。魔物には魅力的な呼び声に聞こえただろう」

非常にまずい。

ひとりならば空を高速で飛ぶことのできる、セフィードさんにとっての『かなり』離れた場所なのだから、数キロどころではない。

そういえばグラスムタンは、自決する前に胸からなにかを取り出して握り潰し、黒い炎に包まれていた。あれのせいで、マンドラゴラの叫び声が増幅されていたのかもしれない。

「国王陛下、この国の軍部や騎士団、冒険者たちの力で、魔物の暴走は止められますか？」

「……このようなことが起きないようにと、対策がされていたのだが……これは想定外の出来事で、正直言って……予想がつかない」

国王や、年嵩《としかさ》の王子たちは顔色を悪くした。つまり、事態を正確に把握している者にとっては、今の状況は絶望感でいっぱいということなのだろう。

「陛下？」

「……逃げて、くれ」

「聖女ポーリンよ、祠を解放してくれて本当に感謝している。しかし、そなたにこれ以上甘えることはできない。だから、その空を駆けることのできる御仁と共に、魔物の手の届かぬところまで逃げてくれ！」

「そんな、国王陛下！」

「いいのですよ、聖女ポーリン」

気丈にも笑みを浮かべながら、王妃がわたしに向かって言った。

「わたくしたちを、日の光のもとに出してくれてありがとう。おかげでガルセル国の王族としての誇りを失わずに、最後まで戦うことができますわ」

その瞳には、闘志と、大きな絶望感が見える。

「ポーリンさま、最後にあなたにお会いすることができてよかったです。わたしたちは家族で力を合わせて、この国のために命を燃やすことができます。大丈夫、獣人はとても身軽で強いんですよ」

「王女殿下まで、なにを言い出すの！　あなたのような小さな女の子は、安全な場所にいなくてはダメなのよ！　まだまだ幼い子リスじゃないの！」

「わたし、嚙みつきます！　大丈夫ですわ、ポーリンさま。だから、逃げてね……」

大きな瞳に涙を溜めた王女は「そして、シャーリーのことをお願いしますね。みんなシャーリーを愛しているから、遠くから見守ってますからって、どうぞ、どうぞ伝えてくださいませ」とわたしに懇願した。

「王女殿下、こんなに震えながら……なにを言い出すのかしら、この子は……」

わたしは子リスの王女を抱きしめた。そして、言った。

「セフィードさん、あなたは凶悪なドラゴンではなく、その強大な力を神さまのお力のもとで使う、良いドラゴンですよね」

「……ポーリンが言うのなら、そうだ」

「その力は、世界を焼き尽くすためではなく、世界を救うために使うものよ。そのように制御、できるわよね？」

「できる。ポーリンが共にいてくれるなら大丈夫だ」

「では、行きましょう」

「わかった」

わたしは子リス王女の額にちゅっと口づけを落とすと「このお兄さんと悪い魔物を片づけてきますからね、いい子で待ってて頂戴な」と笑いかけた。

「え？　ポーリンさま、なにをなさるの？」

「この聖女ポーリンに任せなさい。豊穣の聖女にして闘神の加護もいただくポーリンに！」

わたしはセフィードさんと共に、少し離れた場所に移動した。

「それでは、セフィードさん」

「ん」

「……？　セフィードさん？」

彼が目をつぶって前屈みになったので、わたしは首をひねる。

「……早く」

彼は長い指で自分の唇を示して「ここ」と言った。

「えっ、ちょっ、待って、セフィードさんはもう自力でドラゴンになれるわよね？」

「ならない」

「どうして？」

「怖いからやだ」

駄々っ子か？

「ん」

ううっ、セフィードさんからの圧がすごいわ！

あと、ガルセル国の王族からの視線もすごいわ！

「う、わ、わかったわ。ええと、神さまのご加護をドラゴンさんにお願い致します」

わたしはなるべく王家の皆さんに見えないようにして、セフィードさんにちゅっと口づけた。

「きゃ、恥ずかしい……」

わたしが顔を覆って照れている横で、セフィードさんの身体から眩《まばゆ》い光が発されて、そこに巨大な白いドラゴンが現れた。

「まあ、真珠のように輝く素敵なドラゴンね。セフィードさん、今日もとってもカッコいいわ」

一族で一番美しいドラゴンの王子さまだけあって、艶といい無駄のないフォルムといいドラゴンの中のドラゴンと言っていい素敵な姿なのである。背中に巨大な白薔薇《しろばら》を背負っているようなオーラを感じる。

『むふん』

ちょっと照れた、嬉しそうな念話が来た。

『俺はポーリンだけのドラゴンだからな。俺のこの姿も力も、すべてポーリンのものだ。ポーリンのために生き、ポーリンを一生愛している』

「いやん、そんな、みんなの前で……照れちゃう」

『俺は全世界の前で宣言することもやぶさかではない。ポーリン、世界一可愛い俺の番、愛してる』

「んもう、んもう、セフィードさんったら。カッコいい。大好き♡」

『ポーリン、大好きだ。ずっと、永遠に俺の背に乗せていたい』

と、安定のバカップルをしていると。

「えええええーっ⁉」

「こ、これは、どういうことなのだ？」

「ド、ドラ、ドラ、ドラゴンだと？」

ロイヤルファミリーにめっちゃ驚かれている。

けれど、説明している余裕はないのだ。

「それでは、行って参りますわね」

飴玉《あめだま》をひとつずつ投げ入れたくなるほど、見事に揃って大口を開けている王家の皆さんに声をかけて、わたしがひらりとドラゴンさんに飛び乗ると、セフィードさんが「軽すぎる……」と悲しそうな念話を発した。

『これでは……ポーリンが足りない』

「そう思うのなら、美味しそうな魔物を仕留めてわたしに食べさせて頂戴ね。期待しているわよ」

『……なるほど、そうか！　よし、それならば俺がとびきり美味しいやつを狩ってやる』

やる気満々になったドラゴンさんが鼻息も荒く言って、大きな翼を広げた。

『行くぞ、ポーリン』

最後の戦い

わたしたちは王都の上空を強い魔物が棲むという森の方向に飛んだ。

王宮の方角から突然現れたドラゴンに、ガルセル国の人たちは驚いていたが、三つの聖霊の祠から立ち昇った光がわたしたちを取り巻いてくれたので、どうやら味方だと認識してもらえたようだ。空に向かって祈っている人もちらほらと見えた。

「セフィードさん、あそこに魔物の群れが来てるみたい。ブレスを使うから、戦いに来た人たちを巻き込まないように先に後ろに下げたいの。まずはあっちに向かって頂戴ね」

『わかった』

前方にある魔物が立てる土埃のようなものを見ながら、わたしはセフィードさんに指示を出す。このドラゴンさんは力が強すぎるので、精神的にも物理的にも制御する人物が必要なのだ。うっかり味方までブレスで丸焼きにしてしまったら、デリケートなセフィードさんは心に酷い傷を負って、号泣しながら火山の噴火口に飛び込んでしまいかねない。それだけならまだしも、錯乱状態になってドラゴンブレスを吐きまくり、あたり一面を火の海に……などなど、恐ろしい事態を引き起こすこともあり得るのだ。

大きすぎる力を持つというのも考えものである。

さて、マンドラゴラの叫び声に刺激された魔物の群れが森から出て、広い草原を踏み荒らしながら王都に向かって突進している。

ガルセル国の王都は騒然としている。

まあ、突然神殿が崩れて巨大な光の木が生えて、王宮やその周りが光の実で埋め尽くされたかと思ったら、魔物の大暴走が始まったのだから、当然である。さらにその上空には、白いドラゴンまで現れてしまったのだ。それはもう大騒ぎになるだろう。

わたしは武装した獣人の皆さんに向かって、声を張り上げた。

「こんにちはああああああーっ！　わたしは豊穣の聖女ポーリンと申しますううううううーっ！　国王陛下の許可をもらってええええええーっ、助太刀に参りましたああああああーっ！」

身体のぽっちゃりは消えたけれど、わたしの声は大きくてよく通るのだ。

ドラゴンの背に座って笑顔で手を振るわたしを見て、ガルセル国の人たちは驚いていたが、その中にいた女性がわたしに向かって手を振り返した。

「ポーリンさまああああああーっ！　ご無事でしたかああああああーっ！」

「聖女ポーリンさまああああああーっ！　あんたはなにをやってんだああああああーっ！」

ジェシカさんと、剣士バラールだ。

ふたりとも、早いわね。

あと、バラールはさまをつけたり「あんた」って言ったり、わたしに対する敬意があるんだかないんだかわからないわ。

「三つの祠は全部解放したからああああああーっ！　あとは魔物を倒すだけよおおおおおーっ！」

「ありがとうポーリンさまああああああーっ」

ジェシカさんが可愛い笑顔を見せてくれた。

「俺とジェシカはああああああーっ、祠の聖霊にいいいいいいーっ、せかされてこっちに来たんだあああああああーっ！」

「なんか空間を飛んじゃったみたいなんですうううううーっ」

あら、ソーセルから王都まで聖霊に強制ワープさせられちゃったみたいね。そんなことができるほど力が蘇ってよかったわ。

わたしはもう一度大きく手を振ると「わたしたちに任せてええええええーっ、皆さんはここで待機していてくださいねえええええええーっ！」と冒険者同士で使う「待て」の合図（ハンドサイン）をした。すると、ジェシカさんや剣士バラールを始め、下にいたほとんどの人が「了解」の合図を返してくれたので、わたしたちは安心して魔物の群れに向かった。

魔物には知性がない。そして、その本能はひたすら殺戮することにある。魔物同士で戦うこともあるが、その敵意のほとんどは人間に向けられる。そして、消化器官が機能していないため、人を食べることはしない。

だから、グラスムタンの存在はとても異質だ。彼の本体はマンドラゴラだったのか、それとも人間だったのか……突然変異した、別のなにかだったのか。後でガルセル国の人たちと充分に検証を行う必要がある。

だが、今は目の前の魔物をなんとかしなければ。

群れといっても統率されているわけではないので、まずは走るのが速い身体の小さな魔物たちが前面に出ている。ハイエナっぽい魔物や、鳥や虫などの空を飛ぶ魔物だ。

わたしたちは空中でホバリングしながら、抑えめにしたドラゴンブレスが届く範囲に先発の魔物たちが到達するのを待つ。全力で出すと、それこそ一面が焼け野原となり、土地がガラス化してしまうのだ。

わたしは、その中にたいして美味しい魔物は入っていないことを確認してから、セフィードさんに合図を出した。

「今よ、焼いちゃって！」

ドラゴンの口が開き、そこから閃光が放たれた。世界一凶悪な攻撃と呼ばれるドラゴンブレスだ。非常に高温で遠くまで到達するこのレーザー状の光はすべてを貫いて焼き払ってしまう。

というわけで、陸も空も魔物のほとんどが一瞬で灰となり、地面には魔石だけが転がっている。後でみんなに拾ってもらい、王宮の修理や食糧不足の対策など、ガルセル国の復興に使ってもらおうと思う。

さて、その次に現れるのは、突進するのが得意な比較的大きな魔物たちである。わたしはどんな魔物が現れたのかと目をこらして、思わず叫び声を上げた。

「大変だわ！　セフィードさん、あれは絶対に焼き払ってはダメな魔物よ！　ああ、どうしましょう、こんなことって……」

『どうしたんだ？』

「あれは、あれは……とても美味しくてわたしがずっと探していた、スリーテールビルの群れなのよ！」

そう、もっのすごく美味しい、日本の有名な国産牛以上に美味しい肉を持つスリーテールビルが、頭の三つの房と三本の尻尾をなびかせながら、群れをなしてこちらに向かって駆けてくるのだ！

わたしは心の中で（ヘイ、美味しいお肉、カモン！　カモンマイミート！）と喜びの声を上げた。

「でも困ったわ。ドラゴンのブレスで焼いたら灰になってしまうし、かといってガルセル国の人たちをあんなにたくさんのスリーテールビルと戦わせるわけにはいかないわ。一匹でも倒すのが難しい、強い魔物だもの」

ああ、どうしたらいいの？

神さま、ポーリンを助けて！

わたしの願いは聞き届けられた。背後から強い気が感じられ、振り向くと神さまの光がわたしを呼んでいた。人々が待機している場所だ。

「セフィードさん、あそこへ行って頂戴」

『ああ』

身体を翻すと、ドラゴンは後方で待機している武装した戦士たちの群れの方へと飛んだ。さっと人が後ずさったそこには、強く輝く大盾を持ったバラールさんが、困り顔でわたしを待っていた。

「この盾を、聖女ポーリンが使うかと思って持ってきておいたんだ。なんか、闘神の加護のある俺しか持てなかったんだが……それよりも、急に光り出して眩しいから、なんとかしてくれ」

「あ、そういえば、バラールさんの大剣もゼキアグルさまの加護つきだったわね。ありがとう」

わたしはドラゴンから飛び降りると、バラールさんから大盾を受け取った。

「あんな女の子が、巨大な盾を軽々と持っているぞ！」

周りから驚きの声が上がる。

「頼もしいな、闘神の聖女だったのか」

「あれ、さっきは豊穣の聖女って言ってなかったか？」

「そういえば、そんな気もする」

おほほほ、わたしは自給自足の聖女なのです。

「皆さん、美味しい美味しい、最高に美味しいお肉のスリーテールビルの群れが現れましたのよ！」

「な、なんだと？」

「一頭でも倒すのが大変なスリーテールビルが、群れとなって現れたのか？　ああ、王都はおしまいだ……」

「そうですわ、素晴らしいことにスリーテールビルが群れとなって現れたのです！　皆さん、速やかに牛肉パーティーの準備を行ってお待ちくださいね！」

「ははは、我々は牛に蹂躙されてしまうのか……」

「おい待て、みんな落ち着け！　勘違いするな！　ポーリン、じゃなくて聖女さま」

剣士バラールが口を挟み「聖女ポーリンよ、彼らとあんたの考えが真逆になって、恐ろしくかけ離れているのがわかるか？　なんとかしてくれないか？」と言い、再び声を張った。

「みんな、よく聞け！　お前たちは、スリーテールビルに襲われて全滅すると『勘違い』しているだろう！」

「……それは勘違いではない！」

「あれほどの大群に襲われたら、俺たちの力ではどうにもできないだろう！」

「聖女さまだって、慌ててこちらに逃げてきたではないか！」

わあわあと声が上がる。

「あらやだ、本当だわ。皆さん勘違いなさっているわね」

わたしはひとつため息をついてから、闘神ゼキアグルさまの大盾を天にかざしながら言った。

「バラールさんの言う通りですわ！　皆さんは勘違いしています。いいですか、わたしたちがスリーテールビルを美味しく食べるのですよ！　わたしたちグロリアス・ウィングはあの程度の魔物なんて簡単に倒せますからね。ですからそのための準備をお願いします！」

わたしの言葉を聞いた冒険者たちは「食べる準備、だと？」「確かにあいつの肉はとても美味しくて滋養がつくが……」「そうか、聖女にとってはあれくらいの魔物は敵ではないということなのか」と表情をやわらげ始めた。

「おそらく、ほとんどの魔物はわたしたちが始末してしまうけれど、数頭ならば皆さんでも仕留められるはずよ。心配ならば、闘神の加護を持った大剣使いのバラールさんに丸投げしてもいいんじゃないかしら」

「丸投げ言うな。だが、俺にはあれくらいの魔物なら余裕で狩れるからな」

バラールさんが嬉しそうに光り輝く大剣を振ると、その風圧で冒険者たちがよろめいた。

「ちょうど試し斬りをしたいと思っていたところだ」

その頼もしい姿を見て、冒険者たちはやる気になったらしい。

「そうだな、これは俺たちにとってチャンスだな」

「あの魔物は干し肉にしても長持ちして美味いから、いくら狩っても無駄にはならないし」

「いい魔石も取れるぞ！」

わたしは笑顔で言った。

「さあ皆さん、ひとっ走り牛を狩りに行ってきましょう、急いで準備なさい！」

わたしはドラゴンさんに駆け寄るとひらりと飛び乗り「さあ、楽しい牛狩りに出発よ！」と大盾を天に掲げた。


わたしは地面に降り立ち、近づいてくる魔物の群れを見据えた。隣には人化したセフィードさんがいる。

「ポーリンは本当に肝が据わっているな。並の冒険者なら、あんな大量の魔物が襲ってくる光景を見たら腰を抜かして戦意を喪失していると思うが」

「わたしがスリーテールビルのお肉をずっと追い求めていたことを知っているでしょ？　美味しい

お肉が群れをなして駆けてくる様子を見て腰を抜かしそうになるほど嬉しいし、お腹の底から食欲が満ち溢れてくるわ！」

「……うん、知ってた」

さすがは豊穣の聖女の旦那さまになる男性である。若干、視線が遠くをさまよっているのが気になるけれど。

「それでは、牛狩りに参りましょう」

わたしが大盾を構えると、セフィードさんが後ろからわたしの腰を抱いた。かなりラブラブ度が高い密着ぶりなのだが、今のわたしの心には美味しいお肉のことしかない。魔物はもう前方百メートルくらいのところに迫ってきている。

「闘神ゼキアグルさまのお力をお借りして、豊穣の聖女ポーリンがとびきり美味しいお肉をゲット致しますわ。ウルトラスーパーエクセレントシールドバアアアアアアアアーッシュッ！」

大盾から闘魂の表れのような赤い光が放たれわたしたちを包んだ。そして、宙に飛び上がったセフィードさんと抱えられたわたしはスリーテールビルの群れに突っ込んだ。

巨大な牛の魔物は、まるでぬいぐるみのモーモーちゃんのように抵抗なく盾に弾かれて、ぽーんぽーんと飛んでいく。わたしたちは一頭たりとも逃さないように、端から牛を飛ばしていく。強烈な力に満ちた盾に頭を殴られた魔物は、一撃で倒されてしまう。

人々を蹂躙しようと殺戮する気満々だったスリーテールビルは、仲間たちがあっけなく倒されていく様子に危機感を感じたのか「ぶも？」「ぶもおーっ！」「ぶもおおおおおーっ！！！」と喚《わめ》きながら進路を変えて逃げ出そうとしたが、セフィードさんが「そうはさせるか」と回り込んで、やる気満々の冒険者たちが待ち構える方に追い立てた。わたしにとっては、なにも考えずに盾を構えているだけの簡単なお仕事である。

「よし、これで最後の一頭だな」

「ぶもおおーっ！」

牛が綺麗に空を飛ぶ。

「ふうっ、やったわね。さすがはセフィードさんだわ、牛を効率的に追い詰めてくれてありがとう」

「ポーリンこそ、闘神の大盾を使いこなした素晴らしいシールドバッシュだった。スリーテールビルは手も足も出なかったな」

良い仕事をやり終えた達成感で、わたしたちは笑顔で互いを讃《たた》え合った。王都の方を見ると、楽しそうに大剣を振り回して牛を仕留めるバラールさんを始めとする戦士たちが、すべての戦いを終えるところであった。

「向こうも片づいたみたい。さあ、ガルセル国の人たちにこの牛たちを運んでもらいましょう。尻尾が三本もあるから、美味しいテールシチューがたっぷり食べられるわ。とても楽しみ……え？」

牛はすべて倒したはずなのに、遠くの方から「ぶむおおおおおーっ！」という恐ろしい鳴き声が聞こえる。

「あの声は……」

「偵察に行くぞ」

「ええ」

セフィードさんがドラゴンの姿に戻ったので、わたしは大盾を手にその上に飛び乗った。

空高く舞い上がったわたしたちの目に、とんでもないものが映った。

「そ、そんな！」

わたしは驚愕で言葉を失い、そして悲鳴のような叫び声を上げた。

「きゃあああああああああああああああああ！　信じられない！　信じられないわ、セフィードさん！　ああ、神さま！」

わたしは天に祈った。

「まさか、あれは、フォーテールビルなのですか、そうなのですか、神さま？　伝説の猛牛が現れるなんて、あのマンドラゴラ男、グラスムタンったら、なんて、なんて良い仕事をしてくれたのでしょう！」

セフィードさんが『ポーリン、もしかして怯えているのではなく喜んでいるのか？』と尋ねたので、わたしは「もちろんよ！」と元気に答えた。

三階建ての家くらいの大きさのフォーテールビルは、尻尾が四本に頭の房が四本という、お茶目な姿をしているが凶悪で強い魔物なのだ。体内には巨大な魔石を持っているし、そのお肉はこの上なく美味しいという。

わたしの好物のテールシチューだって、長くて立派で、しかも滋味溢れる肉質の尻尾が四本も生えているため、たあーっくさん作れちゃうんだから！

「決めたわ、セフィードさん。あのフォーテールビルを倒して、今回の報酬としてうちの村にいただきましょう」

『ポーリンがそう言うなら、そうしよう』

「うふ、うふふふ、わたしの可愛いシチューちゃん♡　そんなに怖いお顔をしてもダメですよー、このポーリンちゃんの新たな力（体脂肪）の源は、あなたに決定♡」

わたしの呟きを聞いたドラゴンさんが『ポーリン、なんか、俺、ちょっと怖い』と怯えた念話を送ってきたけれど、わたしは「大丈夫よ、こんなモーモーちゃん、わたしたちの敵ではないわ……ほら、こんなにも美味しそうな……」と口元の涎《よだれ》をそっと拭いた。

セフィードさんが『いや、俺が怖いのは魔物ではなくて……』と言い、フォーテールビルは「ぶ、ぶもっ？」とスピードを落としてこっちを見てから後ずさった。

「それではセフィードさん！　あの牛の頭に体当たりをして、一撃で沈めましょう」

『いや待て、ここは俺がやるから。今のポーリンの気合いで体当たりなんてしたら、フォーテールビルの頭が骨もろとも細かく砕け飛び散り、身体はぐちゃぐちゃのミンチになると、俺のドラゴンの勘が伝えてくるんだ』

「まあ、いやね。こんなに可愛い聖女の攻撃が、そんなスプラッターな結果を引き起こすはずがないじゃない……ね？」

ないわよね？

ないと言って！

だが、ドラゴン化したセフィードさんは『万一ということもあるから、ここは俺がやる。せっかくのご馳走が台無しになったらポーリンが泣いてしまうだろう。そら、あの首を折ればいいんだな』と言いながら上空へと高く上った。

そして『行くぞ』と急降下して、その強い前脚でフォーテールビルの頭を思いきり殴りつけた。

「ぶもおおお……お……」

巨大な牛は白眼を剝くと、その場にひっくり返って動かなくなった。

「すごい……すごいわ、セフィードさん！　一撃であんな魔物をやっつけるなんて！」

『聖女のポーリンに惨殺させるわけにはいかないからな』

セフィードさんがカッコよく『ふっ』と笑った。

え？

惨殺？

ドラゴンさんは前脚の爪にうまくフォーテールビルの身体を引っかけてくれたので、わたしたちは牛をぶらんぶらんさせながら戦いのために集まった人たちのもとへ行った。

「聖女ポーリン……なんてことを……規格外すぎる……」

驚きのあまり間抜けな顔になってしまっている人々に、わたしは「このフォーテールビルは、今回の報酬にいただいていきます」と厳かに宣言した。

「あちらのスリーテールビルはガルセル国にお譲り致しますので、手分けして処理して牛祭りを開いてくださいい。良い魔石も取れますので、国の財源にお使いくださいな。王都の冒険者ギルド長はどちらかしら？」

「ここにいるぞ、聖女ポーリンよ！」

わたしはライオンの獣人で風格のある男性に告げた。

「聖霊の祠はそのお力を取り戻していますから、これ以上砂漠化は進みません。むしろ緑化が広がるはずですわ。ガルセル国は今後復興し、急速に発展していくでしょう。皆さんで力を合わせて良い国をお作りくださいませ。ギルド長には、魔物の後始末をお願いしてもよろしくて？」

「ありがとう、聖女ポーリンよ！　俺が責任を持ってその仕事を引き受ける！」

「頼もしいですわ。それから、剣士バラール」

「おう！」

手に入れたばかりの大剣を、少年のようにキラキラした瞳で振り回して満足した虎耳のバラールさんが、元気よく手を上げた。

「わたしはドラゴンのセフィードさんと共に、これからいったん『神に祝福されし村』に戻って……そうね、明後日のお昼頃にシャーリー王女殿下をお連れするわ。王家の皆さんにそのことを伝えてもらえるかしら」

「了解した！　シャーリーさまのことをお頼み申し上げる！」

「ええ、任せて頂戴。あと、大剣を使う姿がなかなかカッコよかったわよ」

「お、おう！　ははは、ありがとう聖女ポーリン！　武器屋の夫妻によく礼を言っておいてくれ」

彼は照れながら、嬉しそうに笑った。

ジェシカさんはわたしに手を振って「ポーリンさま、依頼の途中で申し訳ないのですが、わたしもガルセル国の復興を手伝ってもよろしいでしょうか？」とちょっと困ったように眉をへの字にさせて頼んだ。

「後始末でやることが山積みなんですよ。しばらくここの冒険者ギルドで働きたいと思います」

「もちろんよ、ジェシカさん。その件はむしろわたしからお願いしたいくらいだから、思いきり力を尽くしてくださいな。なにかわたしにできることがあったら、遠慮なく声をかけて頂戴」

「ありがとうございます！」

ジェシカさんは有力な貴族の娘でありながら頼りになる冒険者だし、バラールさんと力を合わせて立派に仕事をこなしてくれるだろう。

「それでは、わたしはこれで失礼致しますわね。また後ほど！」

聖女らしく威厳のある振る舞いをしつつ、実はわたしの心は美味しいお肉でいっぱいなのだ。

早く食べたい！

もう待ちきれない！

牛だけに、もう！

「聖女ポーリン、ありがとう！」

「ポーリンさま、バンザーイ！」

というわけで、ガルセル国の人々に笑顔で手を振ると、ドラゴンさんにはフォーテールビルを持って村へと全力で飛んでもらったのであった。

「あっ、領主さまと奥方さまだ！」

「おかえりなさーい」

巨大な牛をぶら下げて飛んで帰ったわたしたちを最初に見つけたのは、村の子どもたちだ。真っ白いドラゴンのままだったセフィードさんが、村の広場にフォーテールビルを降ろし、人化する。

「お疲れさまでした、セフィードさん」

「……ポーリンを乗せて飛べて、俺は嬉しい」

「んもう、優しいんだから……好き♡」

「俺も、好き」

セフィードさんにぎゅううううっと抱きしめられて、幸せを感じる。

安定のいちゃいちゃをしていたが、子どもたちも集まってきた大人たちも、その意識はフォーテールビルの方に向いている。

「すっごく大きな牛だね。こんなに大きいのを見るのは初めて！」

「奥方さまのお土産だから、きっとすごく美味しいのよ」

「うわあ、楽しみだなあ」

「お肉がたくさんね！　今夜はお祭りね！　わーいわーい」

ぴょんぴょんと跳ねながら喜ぶちびっ子たちの姿が可愛らしいわね。

「奥方さま、領主さま、お帰りなさ……い、ませ？　奥方さま？」

出迎えてくれたルアン母さんの声が裏返った。牛からわたしたちに注目が移った。

「奥方さま、そのお姿は……」

わたしは腹筋に力を入れて、顔をこわばらせている村の人たちに大きな声で言った。

「ただいま、皆さん！　まずはわたしの言葉をよく聞いて頂戴ね。わたしはこの通り、ちょっとばかり痩せたけれど、いつものように元気いっぱいだから心配は無用よ。聖女の使命を果たすためにこうなりました。神さまのご加護のもとでのことですから、身体は健康で、お肌もこの通りピチピチです！　繰り返します、わたしは健康で元気いっぱい、食欲に満ちて美味しい牛肉が食べたくてわくわくしています！　特にミアン、わかったわね？」

「……痩せてるけど、奥方さまはご病気ではないのね？」

可愛い犬耳っ子が心配そうに首を傾げながら言った。母親のルアンが病で痩せ細って床についていたことで、痩せることにトラウマがあるのだ。

「ええ、健康優良聖女よ、病気ではありません。ほら、この通りよ！」

わたしは犬耳の少女を抱き上げてくるっと回し、きゃっきゃと言わせてから、鼻息荒く宣言した。

「さあ、この村総出でフォーテールビルを捌くわよ！　そしてもちろん、今夜は牛祭りを行います！」

「うわあい、牛祭りだ！」

わたしのせいで祭りに慣れている人々は、素早く準備に取りかかったのだった。

そして、ひとりの女性が悲鳴を上げた。

「どうしましょう、ウェディングドレスのサイズが！」

「あ……キャロリンさん、ごめんなさいね」

わたしはドレスの担当者であるタヌキのキャロリンさんに謝った。

「まさか、こんなに痩せるなんて思わなくて……」

「い、いいえ、大丈夫ですわ！　サイズダウンはアップよりも容易ですし、いろいろなことを想定して、ウエストはゴムで作ってありますから！」

「まあ、さすがね！」

というわけで、再びメジャーを手にしたキャロリンさんにサイズの計測をされたわたしは、たっぷり牛を食べても、増やすのは2ぽっちゃりまでに抑えることを誓ったのであった。


こうして、聖霊の祠を巡るわたしたちの冒険は終わった。

シャーリーちゃんは村での暮らしがとても楽しかったらしく、お友達との別れで泣いてしまったが、また遊びに来られるようにガルセル国の王妃さまに頼んであげると約束をして、わたしと共に『ポーリンちゃんのお部屋』に乗り込んだ。ちなみに、出発の日のおやつにディラさんのチョコレートババロアを食べるのも忘れなかった。「絶対に、すぐに、遊びに来ますね！」と鼻息が荒かったのは、美味しいおやつのせいもあったかもしれない。

後でガズス帝国のキラシュト皇帝に事情を説明に行く予定だが、その時にガルセル国との同盟を結ぶことを提案しようと考えている。そうしたら、両国の交流が盛んになり、よい状況となるだろう。

ついでにレスタイナ国にも連絡をして、こちらも同盟が結べたら良いと思う。豊穣の聖女ポーリンのお勧めならば、スムーズに話が進むに違いない。

「大丈夫、サイズはバッチリですよ」

キャロリンさんに言われて、牛祭りで再び体脂肪を増やしてしまったわたしは安堵のため息をついた。

「とてもお美しいです、奥方さま」

「ありがとう、皆さん」

白いウェディングドレスを着て、朝からセフィードさんが編んでくれたシロツメクサの花冠をかぶったわたしは、その場でくるっと回って見せてから笑った。

今日は、わたしたちの結婚式なのだ。

ガルセル国から戻ってきたら、セフィードさんがすぐに式を挙げて欲しいと懇願したので、まだ後始末（キラシュト皇帝への報告とかね。セフィードさんが言うには「そんなどうでもいいことは後回しでいいから、とにかく式を挙げるぞ」なのだ。今回、身体が急激に痩せてしまったり、わたしの姿が急に消えたりしたので、彼は心配で心配で仕方がないらしい）は完全に終わっていないけれど、結婚式を優先することにした。

村でのお披露目をしたら、屋敷に戻って、そこから離れることのできないグラジールさんとディラさんにもお披露目をするのだ。

「それでは、あちらで領主さまがお待ちですので参りましょう」

ふんわりしたスカートを片手で持ち、わたしは神官候補のルアンにエスコートされながら、結婚式用の祭壇が作られた村の広場に向かった。そこには真っ白な礼服を着たセフィードさんがいて、そのあまりのカッコよさにわたしは鼻血を出しそうになる。

尊い！

ドラゴンさん、素敵！

白いドラゴンさんは「ポーリンが夢のように綺麗だ」とあどけなく笑いながら、ルアンからわたしの手を受け取った。

「誓いに行こう、俺の美しい奥さん」

「はい」

「こんなにも綺麗で優しくて美味しいごはんを作ってくれて可愛くて頼りになる、世界一素敵な女性が俺の番だなんて、天に向かって大きな声でありがとうと叫びながらブレスを吐きたくなるな」

「まあ、セフィードさんたら。神さまが黒焦げになったら困るので、ブレスはやめておいてね」

「ん、わかった。やめておく」

カッコよくて素直で可愛いドラゴンさんは、そう言ってわたしの手を握る。

「ポーリン……愛してる」

「わたしもです、セフィードさん。一緒に温かい家庭を作りましょうね」

「ああ……夢のようだ……俺の家族……やっぱりその、子どもとか……」

そう言いながら、セフィードさんが頬を染めて目を逸らす。

「産んで、くれると、期待、して……いいんだな？」

「も、もちろんよ」

以前とは違うこの反応……どうやら彼は、誰かに子どもの作り方を教えてもらったみたい……きゃあああ、恥ずかしいわ！

「セフィードさまぁ、奥方さまといちゃいちゃするのは後よ！」

なかなか進まないわたしたちに、じれたようなミアンが声をかけた。

「わたしたち、綺麗なお花をたくさん摘んだの」

「幸せのフラワーシャワーなんだからね！」

「早く早く、こっちに来てー」

花がたくさん入った籠を抱えた子どもたちが、口々にわたしたちを呼んでいる。

「ほほほ、ごめんなさいね。素敵なお花をありがとう」

わたしたちは顔を見合わせてふふっと笑い、たくさんの笑顔に向かって足を踏み出す。

そして、村の人たちが祝福の花を投げる中を、手を取り合って進んでいったのだった。

FIN.

ちなみに結婚式のご馳走は、セフィードさんがわざわざ砂漠まで行って狩ってきてくれた、最高

級のデザルクラーでした。
ドレスのウエストがゴムで本当によかったわ。

番外編　ドラゴンさんのイクメン宣言

ささてさて、村での楽しい結婚式も終わり、わたしとセフィードさんは正式な夫婦となった。

ガルセル国の様子を確認するために、一度セフィードさんとふたりで向こうに行ってみたけれど、思考能力が正常に戻ったガルセル国民は大変行動力があり、自由の身になった王族や貴族たちと協力して順調に国の状態を立て直している。その上、わたしが信仰心をこれでもかと注いだせいで聖霊の力がとても強まったらしく、三つの祠の周りになった空の実、炎の実、光の実を食べた人々は気力も体力も驚くほどに高まっているとのことなので、どうやら心配はなさそうだ。

もちろん、わたしも味見をさせてもらったわ。

そのあまりの美味しさに言葉を失っていると、ガルセル国の皆さんがとても喜んでくれて、たっぷりお土産に持たせてくれたので、村に持ち帰って皆で一緒にみずみずしい果物を堪能したのよ。

というわけで、獣人たちの国はもう大丈夫だと判断したわたしたちは、ガルセル国との同盟を勧めがてら、キラシュト陛下とロージア妃に結婚の報告に行くことになった。

というか、わたしがセフィードさんを、帝都に行こうと説得したのよね。

セフィードさんはキラシュト皇帝のことを「手合わせをせがむうっとうしい男」くらいにしか考

えていないので「なんでわざわざキラシュトに言いに行く必要がある？　手紙で充分だろう」と、村の調理研究室（なんてカッコよく言ってみたけれど、料理を作ってみんなでわいわい言いながら食べるスペースである）にあるテーブルに頬杖《ほおづえ》をつきながら言った。

わたしが研究していた粉末ゼラチンが完成して、安定して生産できる体制が整ったので、手始めにオースタの町でデザートを販売してゼラチンの使い方を広めていこうということになったのだ。果物のゼリー寄せはもう試作を終えて、今日はチョコレートババロアを作った。

「でも、わたしは仮にもガズス帝国の第五王妃になるためにこの国にやってきたのだから。皇帝陛下もロージアさまも、わたしたちのことを気にかけてくれているわ」

「ポーリンをいいように扱おうとしたキラシュトのことは気に入らない。あいつがまた、やっぱりポーリンを嫁にくれとか言い出したら、俺は帝都を焼け野原に……」

「むやみやたらに焼け野原にするのはやめましょう。セフィードさんは頼りになるカッコいい良いドラゴンなので、ブレスを吐いて焼け野原にして物事を解決しようとしてはいけません。『焼け野原禁止』のお約束をしましょうね？」

「ん」

「頼りになるカッコいい良いドラゴン」と褒められて気をよくしたセフィードさんは、素直に頷いて満足そうな顔をした。

「それに、わたしはもうセフィードさんの奥さんですからね。嫁にくれなんていう舐めたことを言う人がいたら、その場で体当たりして弾き飛ばしますよ」

「ん！」

力強く返事をする彼は、結構やきもち焼きさんなのだ。

「そうだな、ポーリンはもう俺のつ、妻だから！」

ちょっと力みすぎて噛んでしまうドラゴンさんが可愛すぎます。

「俺は夫だから！　他の男には指一本触れさせるつもりはないから！」

「ふふふ、ありがとうございます。キラシュト皇帝にはロージアさまというラブラブな、しかも妊娠中のお嫁さんがいるのだもの。わたしなんてお呼びじゃないから安心して頂戴な。皇帝はともかく、ロージアさまとはお友達だから、正式に結婚したことについてきちんとお話ししたいわ。で、ロージアさまのところに遊びに行くと必ずキラシュト陛下もくっついてくるから……」

あら、わたしも本音では、皇帝をおまけ扱いしているわね。

「そろそろロージアさまの出産も近いし、ガルセル国から仕入れたスリーテールビルのお肉で作った、最高級の燻製肉を届けたいと思うの。美味しくて精がつくお肉だから、こんがりと炙ってロージアさまに食べさせたいわ」

スリーテールビルの赤身肉は味が良いだけではなくて、栄養価の高い良質なタンパク質なので、妊娠中の栄養補給に適しているのだ。

「ああ、そういえば、そろそろふたりの赤ちゃんが産まれるのか」

キラシュト夫妻には興味がないセフィードさんが、珍しく反応した。

「それならば、ポーリンもいろいろ聞いておきたいことがあるだろう。王妃に先に子どもを産んでもらっておけば、後で子育てのコツが聞けるからちょうどよかったな」

「子育ての、コツ？」

「そうだ。ポーリンは俺の子どもを産んでくれるんだろう？　俺も子育てについて学んでおかなければならないから、ちょっとキラシュトに聞いてみよう」

爽やかな笑顔で言ってくれたドラゴンさんだけど、わたしは動揺してチョコレートババロアを落としそうになった。

「ポーリンさま、気をつけてね」

「あ、ごめんねミアン」

素早い動きで、犬のミアンが赤面したわたしの手からチョコレートババロアを救ってくれた。

「そうですね、セフィードさま」

おませなリアンがお皿を出しながら言った。領主であるセフィードさんは味見担当者として重要な責任があるので、ババロアの入った型を真剣な瞳で追いかけている……って、単に食べたいだけかしら。

「聖女であるポーリンさまには神さまのご加護があるけれど、ものすごーく体力のあるわたしたち獣人と、そうでないポーリンさまのお子さまとでは、もしかして育て方に違いがあるかもしれませんからね。セフィードさまのおっしゃる通り、王妃さまの子育てはよいお手本になるんじゃないかなって思います」

「そ、そうなのね、リアン。確かに獣人は体力があるわ」

熱いお湯に型をつけてからお皿にパカッとババロアを出し、リアンはもっともらしく頷いた。

ぷるんと揺れるババロアを、セフィードさんが穴が開くほど見つめた。

「普通の人間であるキラシュト皇帝陛下と王妃さまの子育てには、わたしたちも関心があります」

「ふふふ、リアンはポーリンさまの赤ちゃんを子守りしたいのよね」

スプーンを出しながらルアンが言うと、リアンは満面の笑みを浮かべて「もちろんよ、お母さん！だって、ポーリンさまの赤ちゃんなら絶対に絶対に、すごく可愛いと思うもの！　たくさんお世話して差し上げたいのよ」と両手で頬を押さえた。

さすがは犬の獣人だけあって、成人前の女の子のうちから大変母性が強いらしい。

「まあ、リアンったら。心強いわね、ほほほ」

ババロアの出来栄えに満足しながら、わたしは笑った。

「頼りにしているわ」

「ですから、安心して赤ちゃんを作ってください」

「ひょっ！」

清純な美少女にしか見えないリアンに子作りを勧められてしまい、新婚さんであるわたしは変な声を出してしまう。

「食べていい？」

少年のようなキラキラした瞳で味見担当者が言ったので、わたしは彼に「どうぞ召し上がれ」と言った。どうやら今は子どもよりもチョコレートババロアのことが気になっているようだ。

テーブルに両手をかけて、まだ小さなミアンが首を傾げた。

「ねえねえ、奥方さまとセフィードさまは、うんとうんと仲良しだから、うんとうんと赤ちゃんが生まれるって大人の人たちが言ってるのよ。そうなの？」

「そ、そ、そうなると、楽しいわね」

「うん！　とっても楽しいと思うの！」

ミアンの穢《けが》れを知らない純な瞳がつらいわ。

「どうやったら生まれるのか、まだミアンはわからないの。でもね、赤ちゃんは楽しみ！」

チョコレートババロアをもきもきと食べていたセフィードさんは「おかわり」と言ってお皿を出しながら言った。

「これはとても美味しいから、きっと評判になると思う。あと、赤ちゃんは俺も楽しみだ。……ちなみに俺は、勉強したからどうやって生まれるか知っている」

「わあ、さすがはセフィードさまだね！」

「ん」

ミアンに尊敬の目で見られたセフィードさんは得意そうに「ふふっ」と笑ったけれど、わたしは恥ずかしくてちょっといたたまれない。

だって、新婚さんですもの。

「さあ、チョコレートババロアをたっぷりといただきましょうよ！　ぷるぷるで美味しくて、お肌にもいいおやつなのよ。これを『ハッピーアップル』で出す時にはオレンジの櫛《くし》切《ぎ》りを添えるといいと思うんだけど。どうかしら？」

「いいですね。オレンジの爽やかさが加わると、より一層チョコレートの風味が引き立つと思います」

「うん、村のオレンジはとっても美味しいから、ミアンもいいアイデアだと思うよ。待ってて、今ミアンが実をもいでくるからね！」

「さすがはポーリンさまですね」

ふふふ、話題を逸らすことに成功したわ。

わたしたちはできあがったババロアを次々とお皿にあけて、村の人たちを食堂に呼び入れた。チョコレートババロアの試食会をするのだ。

そして、このぷるぷるとろりんとしたチョコレートババロアはとても評判がよくて、満場一致で『ハッピーアップル』の新メニューに加わることになったのだった。


「まあ、ポーリンさま！　ご無沙汰しておりますわ」

「ロージアさま、とてもお元気そうですわね。お目にかかれて嬉しいわ」

「ご結婚されて、より一層魅力的になられたみたいですわね」

「そういうロージアさまこそ、薔薇色の頬に張り艶のあるお肌になられて、女っぷりが上がってらっしゃるじゃないですか！」

「うふふふ」

「うふふふ」

わたしたちが手を取り合って再会を喜んでいる横で、キラシュト皇帝陛下が交ざりたそうにしている。ちなみにセフィードさんは、素早く部屋のすみっこに定位置を確保して陰に潜み、護衛の近衛兵をぎょっとさせていた。

「今日はロージアさまに新しいおやつをお味見していただこうと思って、材料の一部を持って参りましたのよ。あらかじめ厨房に連絡してありますから、後ほどわたしが作って参りますわね」

チョコレートババロアは生ものだから、宮殿で作ってできたてを食べてもらうことにしたのだ。

「コラーゲンという、動物性たんぱく質がたっぷり入っている材料を使って、とびきり美味しくてとろけるようなデザートを作るのですよ」

「身体に良い上に、美味しいデザートなのですか？」

「ええ、そうよ。妊婦さんにも最適なの。女性にとって嬉しいことに、お肌もプルプルになるのよ」

「ポーリンのほっぺたみたいになるぞ」

部屋の隅からセフィードさんが、そっと口を挟んだ。

「そして、ものすごく美味い。俺はおかわりをした。今日もする」

食いしん坊ドラゴンさんは本日も食べる気満々である。わたしたち夫婦（きゃっ♡）は顔を見合わせて、にっこりした。

「ポーリンさまのように……それは素敵なおやつですわ！　わたしもポーリンさまのようなもちもちプルプルのお肌になりたいです！　ああ、いただくのが楽しみですわ」

珍しく自発的にセフィードさんが喋ったのを聞いたロージア妃は目を丸くしたが、すぐに新作のデザートの方に興味がいったようだ。彼女は大きくなったお腹をそっと撫でた。

「この子のお肌も、もちもちプルプルになるかしら？」

「間違いなく、玉のように輝く愛らしい赤ちゃんになりますわよ」

美男美女のカップルから生まれる赤ちゃんなのだ。可愛いこと間違いなしである。

そこにもちもちプルプルが加わったら、赤ちゃんのあまりの愛らしさに、キラシュト皇帝は鼻血を出してしまうかもしれないわね。

「改めまして、ご結婚おめでとうございます」

「結婚おめでとう」

皇帝夫妻が祝福してくれたので、わたしは「ありがとうございます」と頭を下げた。

ちなみに、セフィードさんは「ん」と頷いただけである。

一国の皇帝夫妻に対してその態度はいかがなものかと思うが、セフィードさんは世が世なら（というか、彼が国を滅亡させていなければ）ドラゴンの国の王子なのだし、ゆくゆくは国王という身分だったので、気にしないことにする。そして、キラシュト皇帝もセフィードさんの正体を知っているし、その強さをひそかにリスペクトしているのでうるさいことは言わない。

「それでは黒影、結婚の記念に俺と手合わせをしないか？」

違った意味でうるさいわね！

「いや、俺はポーリンと一緒に出産子育てについて勉強したいから、お前には付き合わない」

キリッとした顔でドラゴンさんに却下されて、皇帝が膨れている。

「キラシュト、剣を振り回すよりも先にやらねばならないことがあるだろう。お前はお父さんになるんだぞ？」

「……は？」

「出産というのは、お母さんにとって大変な仕事なんだから、お父さんは全力でサポートしなければならないんだ」

「……お、おう、そうだな」

ふふふ、わたしたちの赤ちゃんを待ち望む村の人たちに教育されて、セフィードさんは立派なイクメン予備軍になっているのよ。

「命を生み出すということの重要さを、命を奪うことも多々あったお前はもっとしっかりと認識しなければならない」

「……そうだな。黒影の言う通りだ、俺は生まれてくる我が子に、浮かれるばかりでなくしっかりと向き合わねばならんのだな」

「その通りだ。お父さんになるんだからな」

「そうか、俺はお父さんか」

キラシュト皇帝は真剣な表情で頷いた。

どうやらまたひとり、イクメン予備軍が誕生したようである。

「黒影も、早くお父さんになれるといいな」

「ん」

未来のイクメンたちがそんな話をしているので、ロージアさまに「あの、ポーリンさま、よくわからないけれどありがとうございます……？」と首を傾げながらお礼を言われてしまった。

わたしたちは美味しいお茶とケーキをいただきながら、気の置けないお喋りを楽しんだ。

「ところで聖女ポーリンよ」

セフィードさんにお父さんの心得（村での教育の成果）を伝授されたキラシュト皇帝が、元の皇帝モードに戻って言った。

「急で申し訳ないが、明日の午後、ふたりの結婚祝賀パレードを執り行いたいのだ」

「まあ、それはずいぶんと急な話ね！」

「申し訳ございません、ポーリンさま。そろそろわたしのお産が近いのですが、ぜひこの目で大切なお友達であるポーリンさまの晴れ姿を見ておきたいのです」

可愛らしいロージアさまに上目遣いでおねだりされたら、わたしにはお断りできないわ。

「おふたりの衣装も、すでに用意してありますのよ」

「まあ、準備がよろしいこと！　さすがはロージアさまね！　んもう、かなわないわ」

この王妃さまは、虫も殺さぬような見た目に反して、なかなかのやり手なのよね。

「そなたたちはいつも忙しそうだからな。ガズス帝国では聖女ポーリンとドラゴンの黒影は大人気で、結婚したとなると祝わずにはいられないという国民が多いのだ。もしも参加が難しかったら、ふたりの絵姿を馬車に乗せてパレードする予定であった」

わたしはお茶を噴き出しそうになった。

「それはなんというか……セフィードさんがよければ、参加させていただきたいと思いますわ」

参加というか、主役ですけれどね！

「俺は構わない」

「黒影、これは『聖女ポーリンがドラゴンの妻である』ということを他の男たちに知らしめるための催しだ」

「よし、喜んで参加する」

ドラゴンさんは、鼻息を荒くして言った。

「俺のポーリンに手出しをした男は丸焼きにすることを、帝国内に知らせるんだな」

「セフィードさん、ちょっと落ち着きましょうね。キラシュト陛下、ドラゴンは独占欲が強いのですから、あんまりつつかないで頂戴。うっかりすると、あなたも丸焼きにされてよ」

「手を出したらキラシュトも遠慮なく焼く」

ドラゴンさんが言い切った。

「すまん」

海の魔物を一網打尽にした様子を思い出したのか、妙に素直な皇帝であった。

そして翌日、ロイヤルブルーの礼服に身を包んだセフィードさんと共に、わたしはパレード用の馬車に乗って、お祝いのために集まってくれた人たちに手を振っている。ロージア妃が用意してくれたドレスはとても淡いピンク色のふんわりと軽やかなドレスで、まるで桜の花びらを纏っているようだ。

「聖女さまーっ、おめでとうございます！」

「ドラゴンさまと末永くお幸せに！」

帝都に集まった人たちは、以前わたしたちが大ダコと戦って国を守ったことを知っているし、セフィードさんが巨大な白いドラゴンであることも知っている。

「黒影ーっ、黒くない服も着るのか！」

「ポーリンの姉さん、別嬪さんに見えますぜーっ」

あれは海軍の兵士たちだわ。

「きちんと耳の後ろまで洗ってますかー？」

笑顔で声をかけたら「うわあ、海に放り込まれたら大変だ！」って逃げていっちゃったわ。

「ポーリンは大人気だな。今日のドレスもとてもよく似合っていて綺麗だ」

胸のあたりで小さく手を振りながら、照れているのか、セフィードさんが目を合わせないようにして言った。とはいうものの、大勢の人たちに祝ってもらえることが嬉しいみたいで、普段よりほんの少し口元が緩んでいる。今日は髪をきちんとセットしてイケメン度が大きく増しているというのに、雰囲気に柔らかさが加わってさらにカッコいいので、隣に座ったわたしもドキドキしている。

ああ、うちの夫が素敵すぎてつらい。

「薔薇の蕾《つぼみ》から生まれた妖精のように美しいから、みんなポーリンに見惚れているな。こんなに綺麗な奥さんを娶《めと》れて、俺は世界一の幸せ者だ」

うわあああん、好き！　絶対にセフィードさんの方が美形なのに！　優しい！

「天からフレデリカも祝福してくれているだろうか」

「きっとしてくれていますよ。『お兄さま、いいお父さんになってね』って応援してくれると思います」

「そうだな。俺もそう思う」

セフィードさんは、今は亡き妹のフレデリカさんを思い出して、優しい表情になった。

「子どもも妻も全力で守って幸せにすると、ドラゴンとして誓う。今日ここに集まった人たちも、みんな幸せに暮らしているといいな」

「そうですね」

わたしは優しいドラゴンさんに微笑んだ。

「世界中の人たちが幸せに暮らせるように、これからもずっと神さまのもとで励んでいきたいですね」

「ああ」

ちらっとわたしを見たセフィードさんが、頬を染めてほんの少し口元を緩めた。

「優しく気高く美しい、麗しき聖女ポーリンの夫として、俺も努力していきたい。俺の家族になってくれてありがとう」

「こちらこそ、ありがとうございます。わたしも家族ができて嬉しいです。そして、これからもっともっと大きな家族にしていきましょうね」

「ありがとうポーリン、嬉しすぎて気が遠くなりそうだ！」

興奮したドラゴンさんが素早くわたしにキスしたので、沿道から一際大きな歓声が上がった。

風が吹いて、花吹雪が舞い踊る。

「この世界の皆さんに、神さまのご加護がありますように！」

わたしが祈ると、天から優しい金の光が降り注いで、花びらと一緒にいつまでもキラキラと輝き続けたのだった。

異世界トリップの脇役だった件
isekai trip no wakiyaku datta ken
CHLOR HADUKI PRESENTS
葉月クロル
ILLUSTRATION
椎名咲月
コミカライズも
大好評発売中!!
地味子でオマケな私が、
イケメン騎士様《世話好き》に
護衛されて!?
フェアリーキス
ピンク

電子書店にて
コミカライズ
配信中!!
悪役は恋しちゃダメですか?!
葉月クロル
Chlor Haduki
Illustration
山下ナナオ
恋愛初心者な悪役令嬢、
王子にイジられ倒される!!
高飛車な悪役令嬢のミレーヌは、大好きな王子レンドールと婚約中。しかし転生者であることに気づいたことで、普段はツンツンな上から目線なのに、イジられると真っ赤になり、本当はウブで泣き虫キャラだとバレてしまった！　そんなミレーヌの泣き顔が彼のツボを刺激したようで……「俺を煽って、あぶり殺す気か。俺以外の男と絶対に口をきくな。きいたら泣かす！」という俺様ぶりを発揮されて!?
フェアリーキス
ピュア
fairy kiss
Jパブリッシング　https://www.j-publishing.co.jp/fairykiss/　定価：1320円（税込）

香月航 Wataru Kaduki
Illustration RAHWIA
1～2
akuma na ani ga kahogo de komattemasu
悪魔な兄が過保護で困ってます
フェアリーキス
NOW ON SALE
シスコンこじらせた騎士は、
妹を可愛がりたくて仕方がない!!
素敵な恋に憧れるお年頃のユフィは、伯爵家の一人娘。なのに、いつも妹大好きな兄のネイトに婚活の邪魔をされてばかり。血の繋がりはないけど、剣の腕前は騎士団一！　その上類まれなる美貌！　非の打ち所のない兄だが、シスコンこじらせまくりのせいで、ユフィには縁談もやってこない。そんな時、侯爵令嬢の誘拐未遂事件が勃発。護衛となったネイトと共に騒動に巻き込まれ!?
フェアリーキス
ピュア
fairy kiss
Jパブリッシング　https://www.j-publishing.co.jp/fairykiss/　定価：1320円（税込）

殿下の趣味は、
私（婚約者）の世話をすることです
月神サキ
Saki Tsukigami
Illustration m/g
王太子殿下が作る
異世界ご飯は絶品です！
フェアリーキス
NOW ON SALE
王太子のルイスから、婚約の条件として三食おやつ付きでお世話をさせてほしいと告げられた公爵令嬢のロティ。実はロティは食べるのが大好きなのだ。ルイスが作る『オムライス』『肉じゃが』『味噌汁』という料理は初めて見るものばかりですごく美味しい！　聞けばルイスは異世界から転生してきたのだという。すっかりお世話されて甘やかされて「まるでお母さんみたい」とルイスに伝えると、微妙な顔で深い溜め息をつかれてしまうのはなんで!?
フェアリーキス
ピュア
fairy kiss

転生ぽっちゃり聖女は、恋よりごはんを所望致します！2

著者　葉月クロル　© Chlor Haduki

2021年8月5日　初版発行

発行人　神永泰宏

発行所　株式会社Ｊパブリッシング
〒102-0073　東京都千代田区九段北3-2-5 5F
TEL 03-3288-7907　FAX 03-3288-7880

製版　サンシン企画

印刷所　中央精版印刷株式会社

ISBN：978-4-86669-417-7
Printed in JAPAN